UN ÉTRANGER DANS LA MAISON

Née à Greenwich (Connecticut), Patricia MacDonald a fait des études de journalisme. Elle a collaboré à plusieurs journaux et magazines, à Boston puis à New York, avant de publier son premier livre, en 1981. Elle vit à Cape May, dans le New Jersey, avec son mari et sa fille.

Auteur de six romans dont *Un étranger dans la maison*, *La Double Mort de Linda* et *Une femme sous surveillance*, elle est aujourd'hui reconnue comme une des reines du thriller psychologique.

D0030947

Paru dans Le Livre de Poche :

SANS RETOUR

LA DOUBLE MORT DE LINDA

PETITE SŒUR

PATRICIA MACDONALD

Un étranger dans la maison

TRADUIT DE L'AMÉRICAIN
PAR ANNE DAMOUR

ALBIN MICHEL

Titre original :

STRANGER IN THE HOUSE

© Patricia MacDonald Dell Publishing, New York, 1983.
© Editions Albin Michel S.A., 1985, pour la traduction française.

À la mémoire de mes parents
Olga et Donald MacDonald

PROLOGUE

Poussée par une menotte potelée, la voiture rouge gravit un monticule de terre et dégringola dans un fossé.

« Maman, regarde ! La voiture a eu un accident. »

Anna Lange sourit à son fils. « Tu l'as fait exprès Paul. »

Le petit garçon leva vers elle un regard ravi. Il essuya son visage barbouillé avec un avant-bras tout aussi sale et secoua la tête d'un air espiègle. « Non, non. Elle est tombée toute seule. »

Anna rit devant le spectacle que lui offrait son fils béatement assis dans l'herbe, avec son T-shirt rayé, son petit short bleu déjà maculé de terre et ses chaussettes tirebouchonnées qui rentraient à moitié dans les talons de ses baskets miniatures. Sur le béret de marin, Popeye clignait de l'œil en contractant un biceps démesuré. Anna en avait abaissé le rebord sur les yeux de l'enfant afin de protéger sa frimousse du soleil, et Paul était obligé de rejeter la tête en arrière pour regarder sa mère.

Imitant un bruit de moteur, Paul dégagea l'auto du fossé. « Vite, on va travailler maintenant », dit-il. A croupetons, il fit franchir à sa voiture la porte en bois de son parc à jeux et la conduisit vers la pelleteuse mécanique. Abandonnant l'auto, il s'assit lourdement dans le sable, mania la manivelle pour abaisser la benne, toute son attention retenue par sa nouvelle occupation.

Les mèches dorées qui bouclaient sous les bords du béret chatoyèrent au soleil lorsque Paul baissa la tête. Anna contempla son fils avec tendresse. Elle se demanda quel jouet elle pourrait lui acheter le mois prochain pour ses quatre ans. Ses parents, dans le Michigan, avaient offert à leur petit-fils tout ce qui existait à Detroit en matière de voitures et de modèles réduits.

Un souffle d'air traversa la chaleur étouffante de l'après-midi et Anna leva la tête avec soulagement. Elle posa une main protectrice sur son ventre légèrement arrondi. Décidément, l'été n'était pas la meilleure époque pour attendre un bébé. Elle était enceinte de trois mois et tout lui paraissait particulièrement pénible ; la chaleur lui semblait plus oppressante, l'humidité plus suffocante que les années précédentes. Au moins Tracy avait-elle eu la bonne idée de naître en juin. « Allons, Roscoe, dit-elle en tapotant son ventre. Voyons si tu célébreras le nouvel an. » Anna et Thomas avaient surnommé Roscoe le futur membre de la famille ; de même qu'ils avaient appelé Paul, Mortimer, et Tracy, Clem, pendant les mois qui avaient précédé leur naissance.

Sans cesser de babiller, Paul ajouta une pelletée de trop à sa montagne de sable et poussa un cri rageur en voyant le tas s'écrouler, comme secoué par un tremblement de terre.

« Chut, Paul, le gronda Anna. Tracy dort. »

Sa fille avait attrapé un rhume, la veille, et passé une nuit agitée. Bien que le pédiatre eût certifié qu'il s'agissait d'une inflammation sans gravité, l'enfant ne s'était endormie qu'à l'aube, malgré plusieurs bains d'hamamélis.

Paul leva vers Anna ses grands yeux bruns. « Est-ce que Tracy peut sortir aujourd'hui ?

— Pas encore, chéri. Elle n'est pas tout à fait guérie. Continue à jouer. »

Paul se remit à creuser et Anna ferma les yeux pendant un instant. La nuit lui avait paru longue tandis qu'elle s'efforçait de calmer Tracy afin de laisser Thomas se reposer. Il devait rencontrer le directeur financier de sa société à neuf heures du matin et elle savait qu'il était important pour lui d'avoir les idées claires. Pourtant, si les pleurs de Tracy avaient dérangé son sommeil, Thomas n'en avait rien montré au petit déjeuner. Il était plein d'entrain comme d'habitude, déjà absorbé par ses affaires. « C'est étonnant, lui avait-elle dit un jour. Parfois, tu me donnes l'impression de te mettre au travail avant même de sauter du lit. »

S'il travaillait plus que personne, c'était uniquement pour elle et les enfants. Elle savait qu'à ses yeux la réussite était moins une question d'orgueil personnel que le moyen de subvenir à leurs besoins, de les protéger. Ce souci constant de prendre soin d'eux était le seul but de son existence. J'ai beaucoup de chance, songea-t-elle.

Elle ouvrit les yeux et jeta un regard vers le jardin. Il ondulait en pente douce derrière la maison, bordé d'un bois qui donnait une impression d'intimité et de solitude. Seul le chant des oiseaux venait rompre le silence, et, de temps en temps, le grondement étouffé des voitures sur la vieille et majestueuse autoroute de Millgate, long ruban entièrement planté d'arbres qui traversait les abords de Stanwich en longeant quelques-unes des plus somptueuses demeures de tout le riche comté de Fairmont.

Modeste pour l'endroit, leur vieille maison pleine de charme était en fait l'ancien pavillon du régisseur d'une grande propriété que l'on avait autrefois divisée. Leurs plus proches voisins, les Stewart, occupaient la demeure principale. Si elle paraissait minuscule en comparaison du véritable manoir des Stewart, leur habitation suffisait amplement à leur petite famille et faisait figure de palais à côté des logements qu'ils avaient précédemment connus.

Anna sourit. Elle n'ignorait pas combien Thomas était fier d'avoir pu lui offrir cette maison. Cela représentait beaucoup pour lui. Après une enfance chaotique, entre un père toujours absent et une mère alcoolique, traîné de pensions de famille en H.L.M., il avait travaillé pour payer ses études à l'université où Anna et lui s'étaient rencontrés et mariés. Puis, il était devenu directeur financier adjoint de la Phelps Corporation dont le siège se trouvait à New York. Peu de temps après sa nomination, Thomas avait emmené Anna visiter cette exquise petite maison victorienne dans les beaux quartiers de Stanwich.

« C'est beaucoup trop luxueux, avait-elle protesté. Comment pourrions-nous nous offrir cela ?

— Il le faudra bien, avait-il répliqué pour la taquiner. Ne serait-ce que pour ranger tout ton bric-à-brac. »

Elle avait ri. C'était une de leurs vieilles plaisanteries. Elle collectionnait un tas de bouteilles anciennes, gardait les fleurs séchées de tous les bouquets qu'il lui avait offerts et se montrait incapable de jeter un magazine contenant un patron de tricot ou une recette de cuisine.

Paul abandonna son tas de sable et partit en exploration. Anna le regarda traverser la pelouse d'un pas chancelant. Il se pencha pour cueillir une fleur de pissenlit et souffla dessus.

Anna se dirigea vers son fils. « Veux-tu que je te pousse sur la balançoire ? » Paul hocha énergiquement la tête en lui prenant la main et ils s'avancèrent vers la balançoire installée au fond du jardin.

« Allons-y, dit Anna. Cramponne-toi. »

Mais au moment où elle s'apprêtait à le pousser, Paul jeta un cri perçant et se laissa glisser à terre. Il s'élança sur la pelouse aussi vite que le lui permettaient ses jambes rondelettes, riant aux éclats. « Le petit chat ! Le petit chat ! cria-t-il. Je veux le prendre ! »

La petite boule noire et blanche qui était apparue à la lisière des bois resta un instant figée, les poils hérissés, devant l'enfant qui se précipitait joyeusement vers elle en agitant les bras. Puis elle fit demi-tour et s'enfonça à l'abri des arbres. Paul partit vaillamment à sa poursuite.

« Non, mon garçon, il ne faut pas. » Anna se rua sur son fils et le souleva dans ses bras pour le ramener vers le territoire civilisé de la pelouse.

Paul se mit à pleurer. « Je veux le petit chat.

— Sais-tu que tu deviens lourd ? se plaignit Anna. Je ne vais plus pouvoir te porter. Ecoute, le petit chat doit rentrer chez lui. »

Paul continua à pleurer pendant qu'Anna le portait vers la maison. Puis il se mit à téter bruyamment son pouce au milieu de ses larmes.

« Qu'est-ce que ça veut dire ? le gronda Anna. Je croyais que tu n'étais plus un bébé. » Il se frotta les yeux de ses petits poings pleins de sable. Anna resserra ses bras autour de lui.

A l'approche de la maison, elle entendit Tracy gémir faiblement. « Viens, dit-elle à Paul en le posant à terre. Allons voir comment va Tracy.

— Non, déclara l'enfant. Je ne veux pas y aller.

— Très bien », répliqua Anna en le soulevant sous les aisselles pour le déposer à l'intérieur du parc à jeux que Thomas avait fabriqué. « Alors, tu vas jouer bien tranquillement ici pendant que je monte dans la chambre de Tracy. Sois sage. » Elle le menaça gentiment du doigt et abaissa en souriant le loquet de la porte. « Si tu es un gentil petit garçon, je te rapporterai un biscuit. »

Paul lui jeta un regard malheureux. Il se dirigea vers son tas de sable et lança un coup d'œil vers les bois où avait disparu le chaton. « Où est le petit chat ?

— Le petit chat est parti, Paul. Joue gentiment, maintenant. »

Anna monta à la hâte les marches du porche et ouvrit la porte. « Je viens, mon bébé », cria-t-elle avant de gravir l'escalier vers la chambre de sa fille.

Debout dans son berceau, Tracy pleurnichait lorsque Anna pénétra dans la chambre ensoleillée jaune et rose. Dès qu'elle aperçut sa mère, la petite fille éclata en sanglots désespérés. Anna la prit dans ses bras. Le pyjama en coton léger était trempé de sueur. « Oh, mon pauvre petit bout, la consola-t-elle doucement. Il fait trop chaud pour être malade. » Elle la recoucha et l'enfant se mit à hurler. Sans cesser de lui murmurer des mots apaisants, Anna fouilla dans le tiroir de la commode, en sortit un pyjama propre et courut mouiller un gant de toilette dans la salle de bains. Un coup d'œil à sa montre lui rappela qu'il était l'heure de donner une autre Juvépirine à la petite malade.

De retour dans la chambre, elle déshabilla sa fille, essuya son petit corps fiévreux. Elle lui montra le pyjama propre. « Regarde, c'est Snoopy, dit-elle en désignant le motif imprimé sur le tissu. Qu'est-ce qu'il fait ? »

Tracy examina le dessin avec attention pendant qu'Anna lui enfilait le vêtement. « Snoopy est malade », annonça-t-elle solennellement.

Anna repoussa les cheveux soyeux sur le front moite. « Tu as trouvé. Il est malade comme mon pauvre bébé. » Elle lui présenta les deux cachets orange dans le creux de sa main.

« Non.

— Il faut les prendre, dit Anna. Comme ça, vous serez guéris, Snoopy et toi. »

La petite fille saisit les deux comprimés. Elle les mâchouilla lentement, puis avala une gorgée d'eau, serrant ses menottes brûlantes autour du gobelet en plastique que sa mère portait à ses lèvres. « Plus, dit-elle en repoussant le bol.

— Veux-tu que je te raconte une histoire ?

— Non, pleurnicha Tracy.

— Et une petite chanson pour t'endormir ?

— La chanson de Winky, alors. » Anna se mit à fredonner. Lorsque Winken, Blynken et Nod se retrouvèrent sur la mer d'argent, la petite fille s'était endormie.

Anna sortit de la pièce sur la pointe des pieds et descendit les escaliers pour aller retrouver Paul. Elle traversait l'entrée lorsque le téléphone se mit à sonner.

« Allô, Anna. C'est Iris. Est-ce que je vous dérange ? Vous semblez essoufflée.

— Bonjour, Iris. J'étais en haut avec Tracy. Elle a attrapé un rhume. J'ai eu du mal à la calmer.

— Oh, mon Dieu, j'espère que la sonnerie ne l'a pas réveillée.

— Elle dort. Que se passe-t-il ?

— Eh bien, je dois me rendre à un thé organisé par le comité des espaces verts, et je me demandais si vous aimeriez m'y accompagner. Lorraine pourrait venir garder vos enfants. »

L'invitation laissa Anna sans voix. Iris était timide, gauche, et participait à contrecœur à d'innombrables réceptions mondaines dans le but de satisfaire les désirs d'un mari soucieux de son standing. Self-made-man millionnaire, Edward était aussi entiché de mondanités que son épouse, issue de l'une des meilleures familles de la Nouvelle-Angleterre, semblait les fuir. Elle invitait souvent Anna à d'interminables thés ou à des réunions de charité, lui offrant généreusement les services de sa femme de chambre, Lorraine Jackson, pour s'occuper des enfants. De temps à autre, Anna profitait de l'occasion. Contrairement à Iris, elle aimait rencontrer d'autres femmes et se distraire de ses occupations ménagères. Mais cette fois, Anna renonça sans hésiter à l'invitation.

« Je préfère ne pas laisser Tracy. »

Anna savait combien Iris se sentait mal à l'aise en public lorsqu'elle s'y trouvait seule. « J'ai laissé Paul dans le jardin, dit-elle. Il vaut mieux que je retourne auprès de lui. Merci pour votre proposition, Iris. »

Anna se dirigea vers l'arrière de la maison. En chemin, elle se rappela sa promesse et fit un détour par le garde-manger pour y prendre les biscuits préférés de Paul. Elle en choisit deux, hésita, en prit un troisième pour elle-même. Depuis qu'elle était enceinte, elle avait constamment l'impression de mourir de faim.

« Paul, appela-t-elle. Regarde. Je t'apporte un biscuit. » L'enfant ne répondit pas. Anna ne le vit pas à l'endroit où elle l'avait laissé. Il doit être derrière le tas de sable, pensa-t-elle, en descendant les marches du porche. Elle atteignit la clôture, la saisit à pleines mains.

« Paul, où es-tu ? » Il n'y avait aucune trace de son fils.

Sa gorge se noua. Elle parcourut des yeux chaque recoin. L'enfant n'était pas là.

« Paul », murmura-t-elle d'une voix étranglée. Son regard éperdu fit le tour de la clôture et s'arrêta brusquement. Stupéfaite, elle contempla la porte entrebâillée.

Elle se retint à la barrière, écrasant les biscuits contre les lattes de bois. « Paul, hurla-t-elle. Paul ! »

Incapable de faire un geste, le souffle coupé, il lui sembla soudain avoir les membres en plomb. Elle fouilla le jardin du regard, cherchant à reprendre sa respiration. Puis les mots jaillirent, pressants. « Paul, m'entends-tu ? Réponds à Maman. »

Le jardin silencieux et désert miroitait dans la chaleur de l'après-midi de juillet. Les libellules rasaient la pelouse avec un froufrou d'ailes. Au-delà de la balançoire et de la resserre, à la lisière de leur propriété, les bois bruissaient, sombres et frais.

S'écartant de la clôture, Anna se dirigea en titubant vers le fond du jardin. « Paul ! »

Comment avait-il pu sortir ? Elle se retourna pour regarder le loquet. Une des vis qui le fixait à la barrière était tombée. Il restait suspendu à la porte, inutile. J'aurais dû m'assurer qu'il tenait, se dit-elle. Une seule poussée a dû suffire pour le décrocher.

Soudain, Anna se souvint du chat. L'enfant avait paru fasciné par l'animal. Il avait sans doute voulu le suivre dans les bois. Il ne pouvait pas être allé bien loin.

Elle se mit à courir, pénétra dans les bois, appelant son enfant, se rua dans une direction, puis dans une autre. Un reflet roux bougea non loin d'elle. « Paul ! » s'écria-t-elle. Une fougère desséchée se balança devant ses yeux brouillés de larmes. Trébuchant sur le sol, elle s'enfonça plus avant, chercha derrière chaque arbre. Elle entendait le bruit de la circulation sur l'autoroute. « Pitié, mon Dieu, murmura-t-elle. Pitié, faites qu'il ne lui soit rien arrivé. Paul ! Paul ! Maman a besoin de toi. »

Tout à coup, un mouvement attira son attention. Elle s'élança dans sa direction. Assis immobile près d'un arbre, le chaton noir et blanc la regardait d'un air effrayé.

Les lèvres et le menton d'Anna se mirent à frémir violemment. Elle sentit le tremblement gagner ses bras, ses mains, ses genoux, la parcourir jusqu'aux pieds. Elle fixa le chat impassible. Des larmes commencèrent à rouler sur ses joues.

« Où est mon bébé ? Paul ! » hurla-t-elle. Son cri couvrit le roulement des voitures sur l'autoroute. Il sembla s'éterniser dans l'air lourd et oppressant de l'été.

« Nous reviendrons demain à la première heure, déclara l'inspecteur Mario "Buddy" Ferraro. Nous reprendrons les recherches jusqu'à ce que nous trouvions votre petit garçon, monsieur Lange. Je vous le promets. Tout sera mis en œuvre. Tout. Mais il est tard à présent. On n'y voit plus rien et mes hommes ont besoin de repos.

— Je comprends », dit Thomas.

Autour de la maison, il y avait des policiers, des voisins, des gens venus de la ville, et même un groupe de jeunes membres du club du collège. Leur nombre s'était accru depuis le début des recherches, à trois heures de l'après-midi. Thomas les contempla d'un air hagard. Il semblait livide dans sa chemise blanche.

« Ils ont besoin de repos et vous aussi, insista le bel inspecteur au teint mat. Surtout votre femme. Est-ce que le médecin lui a donné un calmant ?

— Il lui a prescrit un somnifère. Il lui aurait fait une piqûre si sa grossesse... » La voix de Thomas se brisa.

« Nous serons de retour avant qu'elle ne se réveille. Nous retrouverons votre petit garçon, monsieur Lange. Nous le retrouverons. J'aimerais aller dire bonsoir à votre épouse et la prévenir que nous partons. »

Thomas le conduisit vers la salle à manger. Assise devant la table, Anna ne bougeait pas. Les mains croisées sur les genoux, Iris Stewart tournait vers elle un visage grave. Debout derrière les deux femmes, vêtu d'un complet à rayures coupé à la perfection, Edward Stewart avait une attitude presque militaire.

« Madame Lange, dit doucement l'inspecteur. Je vais devoir interrompre les recherches pour cette nuit. Il est plus de deux heures du matin. Nous reprendrons dès l'aube.

— Ce sera trop tard, dit-elle. Il faut le retrouver maintenant.

— Nous le retrouverons, madame Lange. Mais à présent nous avons tous besoin de repos. »

Anna se leva en vacillant.

« Je continuerai toute seule puisque vous renoncez.

— Oh, non, protesta Iris. Vous ne pouvez pas dire ça. » Elle eut soudain elle-même l'air d'un enfant perdu.

L'inspecteur s'éclaircit la gorge. « Nous ne renonçons pas. Nous faisons juste une pause. Nous reviendrons dès le lever du jour. »

Une détresse infinie se peignit sur les traits de la jeune femme. Les larmes roulèrent silencieusement le long de ses joues.

« Tâchez de dormir un peu, conseilla Buddy Ferraro. Je dois vous quitter à présent.

— Vous devriez partir aussi, dit Thomas à ses voisins.

— Laissez-moi passer la nuit ici sur le divan, le supplia Iris.

— Allons, Iris, fit Edward. Nous ne ferons que gêner.

— Tout ira bien, Iris, la rassura Thomas. Vous pouvez partir. »

Iris hésita, puis saisit la main blanche d'Anna entre les siennes. « Je serai de retour dès la première heure demain, promit-elle tandis qu'Edward l'entraînait vers la porte.

— Merci pour tout », dit Thomas.

Anna gémit et se cacha la figure dans les mains. « Je suis à peine partie pendant quelques minutes, Tom », murmura-t-elle.

Thomas s'assit en face de sa femme, le regard fixé sur le mur. « Je sais, dit-il d'une voix sourde. Ce n'est pas ta faute, chérie. Il ne faut pas te sentir coupable. Nous ferions mieux d'aller dormir. »

Un faible cri leur parvint du premier étage. Anna leva la tête ; elle se raidit, puis s'affala à nouveau sur la table.

« C'est Tracy », dit Thomas. Il attendit une réaction mais Anna resta prostrée. « Veux-tu que j'y aille ? demanda-t-il.

— Si cela ne t'ennuie pas, dit-elle. Je voudrais nettoyer un peu ici.

— Ne t'occupe pas de ça, chérie. Montons.

— Non, je préfère ranger. » Elle se leva et se mit à ramasser fébrilement les tasses et les serviettes froissées.

Se levant pesamment, Thomas traversa le salon plongé dans l'obscurité et se dirigea vers l'escalier. Un fracas le stoppa net. Il retourna précipitamment vers la salle à manger. Courbée en deux, Anna se tenait l'estomac à deux mains, il y avait des morceaux de porcelaine éparpillés sur la table et par terre à ses pieds.

« Chérie, que se passe-t-il ? »

Pâle comme un linge, Anna respirait à petits coups, les bras crispés sur son ventre.

« Veux-tu que j'appelle le médecin ? »

Anna secoua lentement la tête. Elle respira à fond, se redressa. « Ça va mieux. C'est presque passé.

— Je t'en prie, supplia-t-il. Viens t'allonger.

— Je viens. Dès que j'aurai terminé ici. J'en ai pour une minute. »

Thomas la laissa à contrecœur et se dirigea à nouveau vers l'escalier. Se retournant furtivement, il la vit s'asseoir sur une chaise et fixer, au-delà de son propre reflet dans la fenêtre, le gouffre noir du jardin.

« Quelle nuit ! soupira Buddy Ferraro en se glissant dans sa voiture.

— A quelle heure demain ? questionna un policier.

— Environ sept heures. J'arriverai vers six heures, six heures et demie.

— Je crains qu'une demi-heure de plus ou de moins ne fasse pas une grande différence pour ce môme », dit le policier.

L'inspecteur le fusilla du regard. « Ça peut compter énormément, au contraire.

— Hé, ne vous fâchez pas. Moi aussi, ça me bouleverse. Je serai là de bonne heure. »

Buddy mit le contact, se demandant s'il pourrait dormir. L'angoisse folle de la jeune femme s'était emparée de lui. Perdre un enfant. Un cauchemar. Buddy songea à Sandy et à leurs deux garçons, le petit Buddy et Mark. S'il devait leur arriver quelque chose...

Il décida de rentrer par l'autoroute de Millgate. C'était plus rapide que d'emprunter les petites routes, même à une heure aussi tardive.

Prenant la direction de New York, Buddy traversa le pont qui franchissait l'autoroute et descendit la rampe circulaire jusqu'au stop. On n'avait repéré aucune trace du petit garçon. Rien. Il devait pourtant y avoir un indice qui leur avait échappé. Dans ce cas, on le retrouverait. Il y mettrait toute son énergie. Il sursauta, réalisant qu'il attendait inutilement. Il n'y avait pas de voiture sur l'autoroute. Il appuya sur l'accélérateur et la voiture fonça dans la nuit.

Non loin de l'endroit où il venait de s'arrêter pour céder le passage, Buddy Ferraro n'avait pas remarqué un béret de marin blanc qui avait roulé au fond d'un fossé, sur le bas-côté de la route. Les basses branches d'un buisson le dissimulaient. Il y avait des taches noires sur le bord fripé de la petite coiffure. Et autre chose aussi. Au beau milieu du béret, Popeye clignait de l'œil en levant fièrement sa boîte d'épinards ; sur le bras musclé du bonhomme, sur son visage, sur les grosses lettres de son nom, le tissu était raidi par des traces de sang séché.

1

« C'est vous qui avez fait ça ! s'exclama Anna en passant la main sur la coupe en céramique que lui montrait Iris. Vous devenez rudement habile. »

Iris rougit et contempla les courbes du récipient. « Je suis contente que vous l'aimiez, dit-elle. Vous savez combien je suis sensible à votre opinion. »

Anna sourit intérieurement. Dès le jour où elles s'étaient connues, des années plus tôt, Iris l'avait considérée comme la sœur aînée qu'elle n'avait pas eue, bien que les deux femmes eussent à peu près le même âge. « C'est très beau, dit Anna avec sincérité. J'espère que vous me fabriquerez quelque chose un de ces jours.

— Bien sûr, mais je manque encore de technique. »

Anna avala une gorgée de thé glacé. « Depuis quand prenez-vous des cours ?

— Six mois.

— Et vous travaillez avec cette femme qui enseigne la poterie à l'hôpital ?

— Euh... oui. Mais elle a son propre atelier. Elle donne des cours bénévoles aux enfants hospitalisés. C'est pour cela que j'ai eu envie de m'initier à cet art.

— Eh bien, dit Anna, je suis très impressionnée. Vous êtes vraiment douée. »

Les deux femmes étaient assises au fond de la serre attenante à la somptueuse maison des Stewart. Le soleil ruisselait à l'intérieur, et par les portes ouvertes un vent léger agitait les feuilles des plantes vertes.

« Comment trouvez-vous ce thé ? demanda Iris.

— Délicieux. C'est de la menthe de votre jardin ? »

Iris hocha la tête. « Henry l'a cueillie ce matin. »

Agréablement installées dans leurs fauteuils, Iris et Anna savouraient la fraîcheur de la brise. Sur la table, la coupe vernissée bleu et ocre luisait doucement. Anna souleva une pile d'enveloppes posées près de la coupe, libellées de l'écriture soignée d'Iris. « Pourquoi toutes ces invitations ? »

Le visage d'Iris se rembrunit. « Oh, nous donnons une soirée. Au bénéfice de l'hôpital. Une de ces grandes réceptions pour collecter des fonds destinés au nouveau département de cardiologie.

— J'ai lu ça dans le journal. J'ignorais que la soirée avait lieu chez vous.

— Edward est le président du comité de soutien, vous savez. »

Anna vit les mains d'Iris se crisper sur ses genoux. « Vous recevez toujours à la perfection, la rassura-t-elle. Ce sera une réussite.

— Je l'espère. Il y a une invitation pour vous. »

Anna trouva l'enveloppe adressée à la famille Lange. Elle sourit : « Les enfants aussi ?

— Les plus grands. J'ai pensé qu'ils mettraient un peu d'animation. »

Comme souvent, Anna éprouva un élan de pitié pour son amie. Bien qu'elle n'abordât jamais le sujet et qu'elle imaginât mal Edward penché sur un berceau, elle savait qu'Iris aurait désiré des enfants. « Cette soirée est pour bientôt ? demanda-t-elle.

— Demain en huit. Le 13. J'espère que vous serez libres. Je m'y suis prise un peu tard pour lancer mes invitations.

— Le 13, murmura Anna. Le jour de l'anniversaire de Paul. Il aura quinze ans cette année.

— Vraiment ? » Ses yeux bleus semblèrent soudain plus sombres dans son visage rond. « ... Et où est Tom aujourd'hui ?

— Avec Tracy. Ils jouent au tennis. Edward est-il là ?

— Oh, non. Il avait un déjeuner d'affaires. Il vient de racheter une nouvelle société. La Wilcox Company, je crois. Ils ont quelque chose à voir avec la fabrication des hélicoptères. Je ne sais pas quand il va rentrer. »

Anna agita les glaçons dans son verre et regarda Iris à la dérobée. A la voir, personne n'aurait pu deviner que son mari était millionnaire. Propriétaire d'une entreprise de construction d'avions privés, Edward Stewart était un modèle de correction et d'élégance, très différent d'Iris, toujours vêtue à la six-quatre-deux et aussi peu soucieuse de sa coiffure que de son maquillage. Pur produit des collèges les plus réputés, elle ne ressemblait pourtant en rien aux femmes brillantes qui appartenaient à son milieu, alors que son mari montrait toujours un raffinement proche de l'affectation.

Néanmoins, ils semblaient s'entendre et l'inquiétude que reflétait soudain la voix d'Iris surprit Anna. « Iris, demanda-t-elle d'un ton hésitant, il n'y a rien qui vous tracasse, n'est-ce pas ?

— Mais non, tout va très bien. »

Soulagée de n'avoir pas ouvert la boîte de Pandore, Anna se leva. « Je dois rentrer à présent.

— Comment se débrouille Tracy avec le vétérinaire de la SPA ?

— Oh, elle adore les animaux. Elle n'est pas payée, mais semble très contente.

— Vous voyez ! C'est merveilleux ! Elle avait besoin d'un but. Je vous l'avais bien dit.

— Ça l'a aidée », admit Anna d'un ton absent, un peu agacée par les solutions simplistes qu'Iris apportait toujours à ses problèmes avec Tracy. Sa petite fille timide et secrète se transformait en une adolescente difficile et maussade qui avait l'air d'en vouloir chaque jour davantage à sa mère. Mais Iris semblait toujours croire qu'un changement d'habitudes résolvait tous les problèmes. Peut-être parce qu'elle-même n'avait pas besoin d'autre chose dans son existence dorée et sans enfant, se dit Anna avec amertume.

Iris raccompagna Anna et la regarda descendre les marches du porche.

« Merci d'être passée, Anna. Je vous téléphonerai pendant la semaine.

— Dites bonjour à Edward de ma part », cria Anna en agitant la main. Elle longea la pelouse en pente douce derrière la piscine, salua Henry, le jardinier, et s'éloigna. Le long trajet qui séparait la demeure des Stewart de sa maison lui procurait toujours le même plaisir. Le chemin sinueux traversait le parc, contournait la mare aux grenouilles et s'enfonçait sous un berceau de verdure avant d'atteindre la grande haie qui longeait le ruisseau entre les deux propriétés.

Avant d'entrer dans la maison, Anna décida d'aller cueillir quelques légumes dans son jardin potager pour le dîner. Elle était très fière de ses plantations cette année. Elle s'était découvert une véritable passion pour le jardinage au printemps dernier et les semis que lui avait donnés Henry avaient produit une superbe récolte.

Elle alla prendre son sécateur et un panier d'osier dans la resserre et se dirigea paisiblement vers son carré de potager. D'un beau violet luisant, les aubergines s'étalaient sur le sol, à moitié dissimulées sous leurs feuilles. Les tomates rouges et pulpeuses au bout de leurs tiges semblaient prêtes à éclater. On distinguait à peine les cosses de haricots sur leurs rames. Prenant soin de ne pas abîmer sa récolte, Anna se mit à sa cueillette. Son panier plein, elle arracha quelques mauvaises herbes ici et là, mais il restait peu à faire. Les plants avaient porté leurs fruits. A elle d'en profiter maintenant. Passé un certain stade, on ne peut plus changer le cours que prennent les choses.

Avec un soupir, Anna se redressa et se dirigea vers la maison. En passant devant l'endroit où se trouvait autrefois le parc à jeux des enfants, elle s'arrêta et s'assit sur la balancelle rouillée, contemplant tristement le carré de pelouse. Il était vert à présent et planté de fleurs. Mieux valait ne pas évoquer l'anniversaire de Paul, songea-t-elle. Cela ne servirait qu'à contrarier Tom.

Elle savait à quel point il avait horreur d'aborder ce sujet. Pourtant, tous les ans, elle ne pouvait s'empêcher d'y faire allusion, comme s'il était vital pour leur fils que ses parents évoquent son nom, se souviennent du jour de sa naissance. Et tous les ans, Thomas se détournait d'elle, l'air sombre. Elle n'avait pas l'intention de lui faire de la peine ; mais cela lui paraissait important. L'an dernier, il s'était brusquement mis en colère.

« Anna, je ne supporte pas que tu parles de ça.

— De quoi ? De son anniversaire ?

— Chaque année, c'est le même refrain. Paul a onze ans aujourd'hui. Paul a douze ans. Treize ans. Pourquoi faut-il que tu ressasses la même chose à chaque fois ?

— Parce que c'est son anniversaire. Parce que je veux m'en souvenir.

— On dirait un jeu macabre. L'anniversaire de Paul. Comme s'il était toujours en vie, prêt à franchir le seuil de la porte.

— Je suis certaine qu'il est en vie. Pas toi ? Ecoute, nous ne savons rien. Nous ne devons pas perdre espoir, chéri. »

Thomas s'était éloigné d'elle sans ajouter un mot et le sujet avait été clos une fois de plus. Anna n'aurait pu préciser le moment où ils avaient cessé de parler de Paul. Mais la disparition de l'enfant avait altéré l'harmonie de leur mariage. Tom voulait tirer un trait, ne plus y penser. Ou du moins Anna le croyait-elle, alors qu'elle-même restait désespérément en quête d'une aide, d'un conseil, de l'assurance de retrouver un jour la trace de ce qui semblait irrémédiablement perdu. D'un commun accord, ils évitaient d'en discuter. C'était ce qu'il y avait de mieux à faire.

Anna franchit le porche, à l'arrière de la maison, et entra dans la cuisine fraîche et paisible. Elle posa le panier sur le billot de bois à côté de l'évier et ouvrit le robinet. Le bruit de l'eau troubla le silence qui régnait dans la maison. En temps normal, Anna aimait particulièrement s'affairer dans sa cuisine, mais aujourd'hui une tristesse indicible s'emparait d'elle.

Quelqu'un frappait à la porte. Elle courut ouvrir, ne vit personne. S'avançant sur le porche, elle aperçut le dos familier d'un homme qui se dirigeait vers sa voiture garée dans l'allée.

« Buddy ! appela-t-elle. Revenez. Je suis là. »

L'inspecteur Mario Ferraro s'immobilisa, tourna lentement la tête vers la jeune femme qui lui souriait chaleureusement en haut des marches. Au cours des années, il avait appris à bien la connaître. Longtemps après que l'on eut officiellement abandonné l'enquête sur la disparition de Paul, elle avait continué à lui téléphoner, le questionnant sur des histoires de médiums, de disparitions d'enfants ou sur toute affaire ayant une similitude avec la sienne. Il lui avait toujours répondu avec patience et bienveillance. « C'est encore cette pauvre femme », lui avait dit son jeune collègue Parker, la dernière fois qu'elle avait téléphoné au sujet d'un enfant retrouvé à Houston. Cette pauvre femme.

C'est ainsi que les autres la considéraient. Mais Buddy admirait secrètement le courage et la ténacité d'Anna. Après avoir perdu son fils, puis son bébé, elle s'était ressaisie et lancée à corps perdu dans les recherches. Certains jugeaient ses efforts anormaux, mais Buddy y trouvait une grande cohérence. Il en aurait fait autant à sa place. Il avait décidé de l'aider. Un soir, Thomas l'avait pris à part dans la cuisine. « Il n'y a pas moyen de la raisonner », avait-il dit. D'une certaine façon, Buddy préférait la réaction d'Anna à celle de Thomas. Mais il n'en avait rien laissé paraître. « Ça ne m'ennuie pas, avait-il répondu. Je comprends ce qu'elle ressent. »

« Que vous arrive-t-il ? demanda Anna. Vous n'avez pas l'air dans votre assiette. »

Buddy sourit. « Je suis heureux que vous soyez là.

— J'étais dans le jardin. Je n'ai pas entendu votre voiture. J'espère que vous n'avez pas trop attendu. »

L'inspecteur rejoignit Anna sur le porche et la regarda d'un air grave. Anna passa son bras sous le sien. « Mon potager est splendide cette année. Je vais vous donner des aubergines et des tomates pour Sandra. Vous lui demanderez de vous faire cuire des aubergines au parmesan.

— Anna... »

Ils traversèrent l'entrée et pénétrèrent dans l'accueillante salle de séjour en L pleine de fleurs, de porte-revues et de coussins en tapisserie. Anna lâcha le bras de l'inspecteur et lui désigna l'un des deux fauteuils. « Asseyez-vous, je vous en prie. Je ne vous ai pas vu depuis longtemps. Je suis contente que vous soyez là. J'étais d'humeur un peu cafardeuse. » Elle s'installa en face de lui.

« Voulez-vous boire quelque chose ? Un soda, une bière ? »

Le policier refusa d'un signe. « C'est bon de vous voir », dit-il doucement.

Anna sourit. « Comment vont les garçons ? Mark et le petit Buddy ?

— Bien. Mark entre à l'université l'an prochain. Sandy et moi, nous allons le conduire au collège pour une session d'orientation.

— Oh, Buddy ! Déjà ! Est-ce possible ? C'est merveilleux. Vous devez être fiers de lui tous les deux.

— Oui... Anna, j'ai des nouvelles pour vous. »

Anna sursauta comme s'il l'avait frappée. Tout au long des années, elle avait attendu, telle une amoureuse qui espère en vain recevoir une lettre. A la longue, elle s'était mise à guetter le facteur, non la lettre. Et aujourd'hui l'inspecteur bouleversait brusquement la situation. Elle le fixa droit dans les yeux, cherchant à deviner le message qu'il lui apportait. « Où est Thomas ? demanda-t-il à voix basse. J'aurais préféré qu'il soit là.

— Il est absent.

— Peut-être devrions-nous...

— C'est Paul, murmura-t-elle. N'est-ce pas ?

— Anna... je ne sais comment vous l'annoncer. Vous allez avoir un choc. On... on a retrouvé Paul. Il est vivant. »

La jeune femme écrasa ses poings contre sa bouche et ferma les yeux. Pendant un moment les mots flottèrent dans l'air sans qu'elle en saisît immédiatement la portée. Un frisson d'angoisse la parcourut, l'impression que si elle essayait de comprendre les paroles de Buddy, de s'en emparer, elles lui seraient brutalement arrachées. Tout espoir, tout ce pour quoi elle avait prié, à quoi elle s'était raccrochée durant si longtemps, s'évanouirait sur l'heure et pour toujours. « Ne me racontez pas d'histoires, Buddy, le prévint-elle d'une voix rauque, presque inaudible.

— J'en serais incapable, Anna. Paul est vivant. » Surpris de sentir des larmes lui monter aux yeux, il serra les lèvres avec un pauvre sourire.

Anna resta un moment figée dans son fauteuil. Puis, lentement, comme en transe, elle glissa à genoux sur le sol, les bras serrés autour de sa poitrine, la tête penchée, les yeux clos. Le silence envahit la pièce.

Lorsque Anna se redressa, son visage ressemblait à une fleur en train d'éclore, ouvrant un à un ses fragiles pétales. Elle saisit la main que lui tendait Buddy. « Racontez-moi tout, souffla-t-elle. Où est-il ? Comment va-t-il ? Est-il en sécurité ?

— Il va bien. »

Ils restèrent sans parler, leurs doigts entremêlés. Buddy sentait les vagues de frissons qui la secouaient. Il toussa et fouilla dans sa poche. « Tenez », dit-il en lui tendant son mouchoir. Et tandis qu'Anna s'essuyait les yeux, il se mit à raconter.

« C'est arrivé ce matin. Nous avons reçu un appel téléphonique du shérif de Hawley, en Virginie de l'Ouest. Il avait été contacté par un pasteur détenant la preuve que Paul avait vécu pendant toutes ces années à Hawley en tant que fils d'Albert et de Dorothy Lee Rambo. La femme était atteinte d'un cancer.

La semaine dernière, elle est venue trouver ce pasteur, le révérend Orestes Foster, et lui a remis une lettre en lui précisant de l'ouvrir après sa mort. Elle est décédée hier. La lettre était une sorte de confession : son mari et elle avaient enlevé Paul et l'avaient élevé comme leur propre fils ; elle révélait également l'identité de Paul, qu'ils n'ont apparemment jamais ignorée.

— Etes-vous sûr qu'il s'agit de Paul ?

— C'est votre fils, sans aucun doute. La femme a conservé les petits vêtements qu'il portait le jour de l'enlèvement, des photos, des choses comme ça. De toute évidence, elle croyait que sa maladie était la punition de son crime. Elle voulait réparer, s'assurer que l'enfant vous serait rendu.

— Et son mari ?

— C'est le hic. Elle a dû lui parler de ses intentions, car il a pris la fuite avant même qu'elle ne soit morte, abandonnant le gosse. Il n'a pas reparu depuis. Je crains qu'il ne soit un peu déséquilibré. D'après ce qu'on m'a dit, il a été hospitalisé pour troubles mentaux.

— Oh, mon Dieu !

— Autant que nous le sachions, il n'a jamais fait aucun mal au... à Paul... d'aucune façon. Il est seulement légèrement dérangé. Apparemment, Dorothy Lee était une brave femme. Elle travaillait comme infirmière. Toujours est-il que la police recherche ce Rambo. Ainsi que le FBI. On va le retrouver.

— Où se trouve Paul en ce moment ? Lui avez-vous parlé ?

— Non. Pas encore. La police de Hawley est toujours en train de l'interroger. Ils s'efforcent de recueillir le maximum d'informations. De reconstituer l'histoire morceau par morceau. Mettez-vous à leur place. Ça leur a fichu un coup. Ils connaissaient ces Rambo depuis des années. Vous auriez dû entendre le shérif au téléphone. J'arrivais à peine à comprendre ce qu'il baragouinait. » Buddy eut un petit rire.

« Mais Paul va bien, n'est-ce pas ? insista Anna. Il n'a rien ? »

Buddy lui serra la main. « Ils prennent bien soin de lui. Et vous l'aurez auprès de vous avant même de vous en apercevoir.

— Pourquoi ? murmura Anna. Comment l'ont-ils pris ? Pourquoi mon fils ?

— Nous ignorons encore les détails. Paul était trop jeune pour s'en souvenir. Mais chaque chose en son temps, Anna. Vous le saurez assez tôt. Au moins est-il en vie. Et nous l'avons retrouvé.

— Il faut que je le voie.

— Bien sûr. Vous allez le revoir très vite. »

Anna leva vers lui ses yeux graves, noyés de larmes. « Je n'ai jamais renoncé, Buddy. Parfois, j'ai cru devenir folle. J'ai toujours pensé qu'il reviendrait à la maison.

— Vous aviez raison. »

Les larmes se mirent à rouler lentement sur les joues de la jeune femme. Pour la première fois en onze ans, elle se représenta son fils sans être torturée par l'angoisse. A quoi ressemblait-il maintenant ? Comment allait-il se comporter ? La reconnaîtrait-il ? « Il faut que je prévienne Thomas. Et Tracy. Je dois aller les chercher.

— Où sont-ils ?

— Au tennis du parc municipal. Je dois les prévenir. » Anna se mit debout en vacillant et contempla la pièce autour d'elle d'un air perdu. « Où ai-je mis les clefs de la voiture ? » Elle s'essuya les yeux, mais ses larmes redoublèrent.

« Ne cherchez pas, dit Buddy en se levant à son tour. Je vais vous conduire. Vous n'êtes pas en état de prendre le volant.

— Je ne veux pas vous déranger, Buddy.

— Je préfère ne pas vous savoir seule sur les routes. »

Anna n'insista pas.

Ils parlèrent à peine pendant le trajet. Comme s'il était peu sûr de ses réflexes, Buddy porta une attention excessive à la route. Raide comme un piquet sur le siège à côté de lui, Anna fixait le pare-brise, perdue dans les pensées qui se bousculaient dans sa tête. Les mains crispées, elle se retenait pour ne pas crier : « Plus vite, plus vite. »

L'inspecteur conduisait aussi vite que la prudence le lui permettait. Un bref coup d'œil vers le profil délicat d'Anna l'alarma. Les souffrances qu'elle avait endurées se devinaient aux rides qui lui barraient le front. Des fils blancs striaient ses cheveux bruns et soyeux. Pourtant ses yeux étincelaient et son teint avait retrouvé un éclat perdu depuis longtemps. Il pria secrètement pour que ses tourments soient finis à jamais. Il aurait aimé pouvoir chasser le sentiment de malaise qui l'avait harcelé toute la journée, chaque fois qu'il songeait au retour de Paul chez ses parents.

Ils franchirent les colonnes de pierre qui flanquaient l'entrée du parc municipal. Lorsque la voiture s'arrêta près des courts, derrière le terrain de base-ball, Anna aperçut à travers les rosiers grimpants et les hauts grillages verts l'éclat blanc de la jupe de Tracy, ses jambes vives d'adolescente et, de dos, la silhouette trapue et musclée de Thomas, de l'autre côté du filet.

« Bon, dit-elle à voix haute, comme pour se donner du courage.

— Voulez-vous que j'attende ?

— Tom me reconduira. Buddy, je ne pourrai jamais assez vous remercier. » Elle se pencha, l'étreignit brusquement avec ferveur, et s'apprêta à sortir de la voiture. Au moment où elle posait la main sur la poignée, elle se retourna vers lui, le front plissé.

« Qu'y a-t-il ? demanda l'inspecteur.

— Buddy, je ne peux m'empêcher de penser à cet homme, le ravisseur.

— Rambo ?

— Oui. Vous dites qu'il est déséquilibré. Qui sait ce qu'il est capable de faire ? »

Buddy chassa les craintes d'Anna d'un geste de la main.

« Je suis certain qu'Albert Rambo ne cherche qu'à partir le plus loin possible. Il n'y a rien à craindre, Anna. Nous allons vous ramener Paul sain et sauf. Allez annoncer la bonne nouvelle à Tom et à Tracy. »

Anna sourit et claqua la portière derrière elle.

« Bonne chance ! » lui cria Buddy. Il la regarda se hâter vers le court de tennis. Il ne lui avait pas dit toute la vérité sur la gravité de l'état mental d'Albert Rambo. Pas plus qu'il n'avait rapporté la description troublante que le shérif de Hawley avait faite du jeune garçon maussade et renfermé dont Anna attendait le retour avec tant de joie. Pourquoi l'alarmer ? Les choses s'arrangeraient d'elles-mêmes.

« Cette fois-ci, gare à toi ! » cria Tracy au moment où sa raquette frappait vigoureusement la balle. Thomas bondit vers le filet et leva le bras, prêt à frapper ; mais l'entrée précipitée d'Anna sur le court le déconcentra. Il sourit, lui fit un signe de la main.

« Maman ! hurla Tracy exaspérée. Sors du court. Tu n'as pas le droit de venir ici ! »

Anna n'eut même pas l'air d'entendre sa fille. Elle courut vers Thomas et s'arrêta à un mètre de lui.

« Tom, j'ai quelque chose à te dire.

— Qu'y a-t-il, chérie ? Que se passe-t-il ? » Il fit un pas vers elle.

« C'est Paul. »

Thomas pinça les lèvres, les yeux soudain étrécis. « Nous sommes en plein milieu d'une partie, Anna.

— Qu'est-ce que vous fichez ? cria Tracy de l'autre côté du filet.

— Tom, Buddy Ferraro est venu tout à l'heure à la maison. On a retrouvé Paul. Il est en vie. La femme qui l'avait kidnappé est morte en laissant des aveux. Tom, il est vivant ! Il va rentrer à la maison. Paul va revenir à la maison. »

Thomas dévisagea sa femme d'un air stupéfait, laissant pendre sa raquette au bout de son bras. « Quoi ? murmura-t-il.

— C'est vrai. C'est la vérité. Paul va nous être rendu. »

Le cœur de Thomas fit un bond et se mit à tambouriner dans sa poitrine. Ses yeux enregistrèrent le bleu du ciel, le vert du gazon, le visage en pleurs d'Anna et il sut qu'il ne rêvait pas. Mais le battement du sang dans ses oreilles étouffait les mots qu'elle prononçait. C'était des mots qu'il n'avait plus jamais espéré entendre. Lorsqu'il cherchait à se représenter Paul, il n'y avait que le néant dans son esprit, un trou noir par lequel il avait volontairement remplacé l'image de son fils, au fil des années.

Anna lui saisit les mains. La chaleur de ses doigts, l'intensité de son regard aidèrent Thomas à se reprendre. Les sensations affluèrent à nouveau en lui et il éprouva une tendresse éperdue envers sa femme. Elle se tenait vaillamment devant lui, tel un jeune arbre qui a résisté à la tempête.

Il l'entoura de ses bras, l'attira maladroitement contre lui. « Je le savais, dit-elle, la joue pressée contre sa chemise humide de transpiration. Je savais qu'il était en vie. Je savais qu'il reviendrait. »

Thomas lui caressa les cheveux, le regard lointain. « Paul est vivant, murmura-t-il. Tu ne cessais de le dire. Je n'ai jamais cru... je ne peux pas le croire. »

Anna s'écarta de lui, les yeux noyés de larmes.

« Oh, chéri », murmura-t-elle.

Thomas lui serra les bras. Il aurait aimé pouvoir pleurer lui aussi, mais les larmes restaient bloquées au fond de sa gorge.

« C'est merveilleux, dit-il. Mon Dieu, c'est incroyable.

— Tant pis pour toi », cria Tracy au fond du court. Elle jeta sa raquette et se dirigea d'un air digne vers la sortie. « J'ignore ce que vous fabriquez tous les deux, mais tu peux te trouver une autre partenaire.

— Non, Tracy », s'écria Anna en s'écartant des bras de Thomas pour se précipiter vers sa fille. Elle se pencha au-dessus du filet. « Tracy, attends. Nous avons quelque chose à te dire. Attends. » Anna ne voulait pas crier la nouvelle devant les autres joueurs.

Mais sans prendre la peine d'écouter sa mère, Tracy atteignit la porte du court qu'elle ouvrit brutalement.

« Tracy, écoute-moi, chérie, supplia Anna. On a retrouvé ton frère. Paul. Paul va revenir. »

La jeune fille pivota sur elle-même, regarda sa mère agrippée au filet, son père immobile derrière elle, les bras ballants.

Le sang quitta lentement son visage bronzé, criblé de taches de rousseur. Elle parut pétrifiée sur place, les yeux vides, sans expression, fixés sur ses parents. Ses lèvres n'étaient plus qu'une ligne blanche. Pendant un moment sa main resta figée sur la poignée de la porte, puis retomba lourdement le long de son corps. La porte du grillage se rabattit avec un bruit métallique derrière elle.

2

« Allez, ma belle endormie. Debout ! »

Anna se força à ouvrir les yeux et, l'esprit engourdi, regarda Thomas. Debout en robe de chambre près du lit, il lui apportait le plateau du petit déjeuner qu'ornait un dahlia du jardin dans un verre à pied.

Elle remonta les draps sur sa poitrine et s'assit avec un sourire ensommeillé. « Chéri, qu'est-ce que c'est ?

— Œufs, toasts, café et Bloody Mary ! J'ai oublié le lait. Tiens, prends ça. Je reviens tout de suite.

— Quelle heure est-il ?

— Presque onze heures. J'ai pensé que tu avais besoin de dormir. »

Anna se renversa sur les oreillers et sourit en contemplant le plateau sur ses genoux. Elle parcourut du regard la pièce ensoleillée, le couvre-lit en patchwork roulé en boule au pied du lit, les vêtements éparpillés un peu partout, traces éloquentes de leur impatience amoureuse.

Hier, après leur retour du tennis, ils avaient passé le reste de la journée entre les coups de téléphone, les visiteurs, la famille, les amis, les journalistes. Vers neuf heures du soir, Thomas était allé chercher de quoi dîner chez le Chinois. Prétextant qu'elle avait mal à l'estomac, Tracy s'était enfermée dans sa chambre. Vers minuit, Thomas avait débranché le téléphone, entraîné Anna dans leur chambre et, avec une ardeur qu'elle ne lui avait pas connue depuis longtemps, il lui avait fait l'amour comme si c'était la dernière fois. Au plus fort du plaisir, il avait poussé un cri si semblable à un cri d'angoisse qu'elle avait frémi. Elle l'avait apaisé jusqu'à ce qu'il cédât au sommeil, mais elle-même était ensuite restée éveillée une grande partie de la nuit, l'esprit et le cœur trop gorgés d'émotion pour s'endormir. C'est à l'aube seulement que l'épuisement avait eu raison d'elle.

La porte de la chambre se rouvrit et Thomas rentra avec un petit pot de lait qu'il posa sur le plateau en s'asseyant sur le lit. « Tant pis pour les miettes ! dit-il. Mangeons. »

Anna lui caressa la joue. « C'est bien agréable.

— J'ai pensé qu'il fallait fêter ça. Et puis, nous n'avons pas eu une minute à nous, hier, avec cette agitation.

— Où est Tracy ?

— Elle est partie tôt, à vélo. Elle a laissé un mot pour prévenir qu'elle était chez Mary Ellen.

— Je crois qu'elle est bouleversée par tout ça. »

Thomas remua le Bloody Mary avec une branche de céleri avant de tendre son verre à Anna. « C'est un changement, dit-il. Un grand changement pour nous tous. Mais Tracy s'en réjouira vite lorsqu'elle se rendra compte de la différence dans notre vie. »

Anna soupira. « Notre fils. De retour à la maison. Sain et sauf. »

Thomas hocha la tête et commença à manger son œuf. « Nous allons enfin mener une vie normale. Comme les autres familles.

— Nous avons eu une vie à peu près normale, malgré les circonstances, protesta doucement Anna.

— Je sais. Je ne voulais pas dire ça.

— Ce sera simplement une vie beaucoup plus heureuse, avec Paul auprès de nous.

— C'est ce que je voulais dire. Ce cauchemar va prendre fin. Toi qui courais d'un bout à l'autre du pays dès qu'on entendait parler d'un enfant retrouvé quelque part. Ces nuits passées à téléphoner, ces recherches sans fin. Les cinglés qui appelaient à toutes les heures du jour ou de la nuit, pour rien. Et les journalistes, la police, les médiums. Si jamais j'en rencontre un...

— Ils s'efforçaient tous de nous aider.

— J'en suis persuadé, mais ils t'en ont fait voir de toutes les couleurs. Admets-le. Maintenant Paul va revenir et nous pouvons enfin cesser de nous tourmenter. Retrouver un rythme de vie normal. Tu ne peux savoir à quel point ça m'a manqué. »

Anna le regarda d'un air grave. « A moi aussi, dit-elle. Mais nous n'avions pas le choix.

— D'accord, dit-il. A présent, mange tes œufs avant qu'ils ne refroidissent, et ensuite je pourrai peut-être me glisser sous les draps avec toi, humm ? »

Anna rit et piqua sa fourchette dans ses œufs. « Ils sont cuits à point, dit-elle. Puisque tu te débrouilles si bien, je vais te laisser le soin de les préparer à partir d'aujourd'hui.

— Tu as un mari doué, dit-il. Et modeste.

— Buddy n'a pas encore téléphoné ? demanda-t-elle. Il devait s'arranger pour que nous parlions à Paul ce matin. Je suis étonnée de ne pas avoir de ses nouvelles. »

Thomas versa un peu de crème dans son café. « Il a peut-être tenté d'appeler. Je ne sais pas. Je n'ai pas rebranché le téléphone.

— Tom, protesta Anna. Paul cherche peut-être à nous joindre.

— Je voulais que tu dormes. Tu étais si fatiguée. »

Anna posa le plateau à côté d'elle et se pencha vers

le téléphone, sur la table de chevet. « Branche-le, veux-tu chéri ? Je vais appeler Buddy.

— Tu devrais finir de manger.

— Laisse-moi me renseigner. »

Thomas retira le plateau du lit, le posa par terre et remit la fiche du téléphone dans la prise.

Anna prit le récepteur et composa le numéro.

Assis sur le tapis, la tête appuyée contre le sommier, Thomas regarda d'un air morose les œufs qui refroidissaient sur le bord de l'assiette. Il mordit dans un toast, mâcha lentement. Le pain lui laissa un goût de carton dans la bouche.

Une semaine interminable de préparatifs, de paperasseries et d'attente s'écoula. Mais ce matin, dans sa cuisine inondée de soleil, Anna pensait au dîner qu'elle allait préparer pour le retour de Paul à la maison, ce soir. La table était couverte de livres de cuisine aux illustrations plus alléchantes les unes que les autres. Anna se frotta les yeux et bâilla. Elle n'était pas vraiment fatiguée, nerveuse plutôt.

La journée s'annonçait chaude. D'habitude, un vent léger rafraîchissait agréablement la maison. Anna voulait que tout fût parfait pour le retour de Paul chez lui. Elle voulait qu'il se sentît heureux d'être ici.

Elle se replongea dans ses livres de recettes, tourna lentement les pages, cherchant la meilleure façon de fêter l'événement. Comment savoir ce qu'il aimait ? Elle fut un instant tentée par une recette de homard. C'était un plat exceptionnel et délicieux. Mais si Paul était allergique aux crustacés ?

Le menton dans la main, elle contempla les plantes qui poussaient en abondance sur le rebord de la fenêtre. Les questions qui lui avaient si souvent occupé l'esprit durant la semaine revinrent la harceler. A quoi ressemblait-il ? Comment était-il ? Durant ces onze dernières années, elle avait passé son temps à le voir partout. Dans tous les terrains de jeu, sur les balançoires, au coin des rues, dans les couloirs de l'école de Tracy. Son cœur faisait un bond dans sa poitrine. Certaine qu'il s'agissait de Paul, elle s'apprêtait à crier son nom. Mais au moment où elle ouvrait la bouche, ce n'était plus son visage qu'elle voyait devant elle, mais celui d'un inconnu aux cheveux blonds. Elle se détournait rapidement afin que l'enfant ne pût lire l'angoisse et le désespoir dans son regard.

Mais ce soir elle ouvrirait la porte, et ce serait lui. Ce soir.

Elle s'arracha à sa rêverie et se replongea dans ses recettes. Du mouton accompagné de riz brun ? Le plat lui parut appétissant. La viande luisait dorée et succulente sur la photo. Anna hésita. La perspective d'allumer le four par cette température ne l'enchantait guère. Par la porte de la cuisine, elle voyait une brume de chaleur flotter au-dessus du jardin. Anna tourna la page. Il faisait trop chaud pour manger du mouton.

Vêtue de sa tenue de tennis blanche, Tracy entra dans la cuisine et s'affala sur une chaise sans dire bonjour. Anna repoussa ses livres.

« As-tu bien dormi ? demanda-t-elle.

— Il y avait un tel raffut dans la maison que ça m'a réveillée. »

Anna ignora l'expression boudeuse de sa fille. « Je ne voulais pas te déranger, chérie. Mais je me suis levée tôt car j'avais beaucoup de travail. J'ai fait le ménage, ciré les meubles, et ensuite j'ai préparé un gâteau. » Elle se leva, alla prendre le moule à gâteau sur le comptoir et souleva le couvercle pour faire admirer son œuvre à Tracy. On lisait : « Bienvenue à la maison, Paul » en lettres bleues disposées en arc de cercle sur le glaçage du gâteau. « J'ai pensé que les enfants aimaient tous le chocolat. Qu'en dis-tu ? »

Tracy contempla l'inscription, puis leva les yeux vers sa mère. « C'est toi qui as fait ça ?

— Ça te semble bon ?

— Ouais. »

Anna remit le gâteau à sa place, s'essuya les mains

à son tablier et se tourna vers sa fille. « Que veux-tu pour ton petit déjeuner, chérie ?

— Rien.

— Ecoute, tu devrais manger quelque chose. Tu ne peux pas partir l'estomac vide.

— Un jus de fruits.

— Si tu prenais des céréales. Je vais te les préparer.

— Non ! cria Tracy. J'ai dit un jus de fruits. »

Thomas entra, boutonnant un poignet de chemise. Il s'arrêta brusquement et regarda sa fille.

« Je n'ai pas faim par cette chaleur », lui expliqua Tracy. Elle avait le teint brouillé. Son menton tremblait.

« N'en parlons plus, dit Anna.

— Ce n'est pas la peine de crier, dit Thomas.

— Elle veut me forcer à manger quand je n'ai pas faim », marmonna Tracy.

Anna posa un verre de jus de fruits devant sa fille et se tourna vers Thomas. « Tu n'as pas bien dormi cette nuit. J'espère que je ne t'ai pas réveillé en m'habillant.

— J'ai ouvert un œil. Il faisait complètement nuit. Quelle heure était-il ?

— Oh, il devait être quatre heures et demie, cinq heures moins le quart.

— Cinq heures moins le quart !

— Je n'arrivais pas à dormir. J'étais trop énervée. »

Thomas la serra dans ses bras et l'embrassa sur le front.

« Que veux-tu pour ton petit déjeuner ? demanda Anna.

— Je suis en retard. Je prendrai quelque chose au bureau.

— Oh, Tom...

— Que fabriques-tu avec tout ça ? interrogea-t-il en jetant un coup d'œil sur la pile de livres de cuisine.

— Je cherche une recette pour ce soir. Je me demande si je ne devrais pas regarder aussi dans mes magazines.

— Je croyais que tu les mettais de côté pour les occasions exceptionnelles.

— Je suis tellement débordée que j'ai du mal à garder les idées claires. »

Tracy tira bruyamment sa chaise et se leva. Anna tenta de retenir son attention. « Que devrions-nous faire pour dîner, à ton avis, chérie ?

— Je m'en vais, déclara Tracy.

— Tu joues au tennis, ce matin ?

— Mmmm...

— Avant de t'en aller, j'aimerais que tu ôtes tes affaires de la chambre d'amis... de la chambre de Paul. Je dois faire le ménage.

— Je les enlèverai plus tard. Au revoir, Papa. »

Thomas lui sourit. « Amuse-toi bien. »

Anna ramassa le verre sur la table. « Je veux que tu le fasses tout de suite. Il faut que je puisse entrer dans cette pièce. »

Tracy se raidit. « J'ai un match, ce matin.

— Ça ne te prendra pas longtemps, insista Anna. D'ailleurs, tu as eu toute la semaine pour le faire.

— Je t'ai dit que j'avais un match de tennis.

— Et je te dis que j'ai besoin de préparer cette chambre pour Paul. Je parle sérieusement, Tracy. Monte immédiatement. Il y a des choses plus importantes que ton match. Ton frère arrive ce soir. »

Tracy se tourna vers sa mère, l'air buté. Ses yeux bleu clair étincelaient de rage. « Je m'en fiche. Je me tire. »

Anna resta muette, frappée de stupeur par le regard de défi de sa fille.

« Tracy ! ordonna Thomas, fais ce qu'on te dit.

— Merde ! cria Tracy en sortant d'un pas furieux. Vous me cassez les pieds. »

Anna s'assit. « Seigneur, toute cette histoire la met dans un état épouvantable. Je ne comprends pas. As-tu essayé de lui parler ? Elle est complètement braquée contre moi. »

Thomas glissa son journal dans sa serviette. « Non, avoua-t-il. Je ne sais pas quoi lui dire.

— Peut-être est-elle jalouse de Paul. Elle se sent frustrée.

— Il est vrai que nous n'avons pas eu d'autre sujet de conversation durant toute cette semaine.

— Je sais, mais c'est normal. Comment ne serions-nous pas tous bouleversés ?

— Elle a peut-être l'impression qu'il en sera toujours ainsi, une fois qu'il sera à la maison.

— Que veux-tu dire ?

— Je ne sais pas, répondit Thomas. Elle est un peu difficile en ce moment, c'est tout.

— Je crois que tous les parents réagiraient comme nous. »

Thomas jeta un coup d'œil à sa montre. « Elle s'y fera. Ecoute, Anna, je suis pressé. »

Anna se leva et chercha les clefs de sa voiture. Celle de Thomas était en panne et elle devait conduire son mari à la gare.

« Ton tablier, Anna », dit-il.

Elle baissa la tête vers son tablier taché de chocolat et de sirop, l'ôta et le pendit au crochet, derrière la porte.

Les vieux érables formaient une voûte feuillue au-dessus des paisibles petites routes de Stanwich. Délimitées par des murs de pierre et des haies d'arbres fruitiers, d'imposantes demeures se dressaient au milieu de pelouses parfaitement entretenues. Seules quelques voitures troublaient le calme de la matinée.

Anna conduisait. Silencieux à ses côtés, sa serviette ouverte sur ses genoux, Thomas parcourait ses dossiers. Aux abords du centre de la ville et de la gare, les maisons se firent plus proches les unes des autres, de plus en plus modestes. Anna jeta un coup d'œil vers Thomas.

« Tom...

— Oui...

— Penses-tu à ce soir ?

— Bien sûr.

— Je n'arrive toujours pas à y croire. C'est un

miracle. Notre fils qui revient à la maison... Nous allons nous retrouver tous ensemble. Comme avant.

— Je l'espère, dit Thomas. Je l'espère de tout mon cœur.

— C'est merveilleux. Un tel bonheur...

— Oui. » Il posa sa main sur la cuisse d'Anna. « J'ai seulement peur... J'espère que Paul ira... ira bien.

— Depuis le moment où nous avons eu des nouvelles de Paul, je n'ai cessé de songer... de m'inquiéter...

— A propos de quoi ?

— Eh bien !... il me semble qu'il serait prudent de demander une protection... pour lui.

— Pourquoi ? Je ne comprends pas.

— Ecoute, je ne peux pas m'empêcher d'être inquiète à cause de lui.

— De Paul ?

— Non. De cet homme », dit-elle en frissonnant.

Il y eut un silence. « Rambo, ajouta-t-elle. Il erre en liberté quelque part. C'est un déséquilibré. Dieu sait ce qu'il est capable de faire. Il peut décider de rechercher Paul. Il peut s'imaginer que Paul lui appartient et vouloir le retrouver, ou je ne sais quoi.

— Il ne faut pas voir les choses en noir, Anna. Nous n'avons aucune raison de lui prêter de telles idées. »

Anna se tourna vers lui. « Comment peux-tu en être aussi sûr ! Il a déjà enlevé notre fils, non ?

— Regarde la route ! » cria Thomas.

La voiture fit une embardée dans un virage, puis se redressa.

« Ecoute, dit Thomas. La police... ton ami Buddy... tout le monde t'a dit que cet homme ne cherche sans doute qu'à s'enfuir aussi vite qu'il le peut. Il sera accusé de kidnapping s'il est pris par la police. Pour lui, la dernière chose à faire serait de venir rôder par ici. Je crois que tu devrais cesser de te tourmenter.

— Je sais tout ça. Mais je sais aussi que nous avons affaire à un être irrationnel et imprévisible. Crois-tu qu'il était sensé de sa part d'enlever notre fils ? Comment peux-tu prévoir la façon dont va agir cet individu ? Nous savons qu'il a été hospitalisé pour troubles mentaux.

— D'accord. Mais s'il a pu s'enfuir en découvrant que sa femme avait vendu la mèche, nous pouvons raisonnablement supposer qu'il ne va pas se jeter tout droit dans les bras de la police.

— Tu as peut-être raison. Mais je ne suis pas tranquille.

— Bon Dieu ! Anna, dit lentement Thomas au moment où ils arrivaient en vue de la gare, je croyais qu'une fois Paul de retour, tu en finirais avec tout ça. Prends-tu vraiment plaisir à t'inquiéter ? Pourquoi n'es-tu jamais satisfaite ? »

Anna arrêta la voiture près du quai et laissa le moteur tourner. « Non, je ne prends aucun plaisir à m'inquiéter, et tu le sais très bien. Mais je ne peux pas négliger cette menace. Pas après ce que nous avons vécu. Et tes reproches n'arrangent rien.

— Très bien. Je suis désolé, excuse-moi. » Thomas ouvrit la portière et sortit. Un flot de passagers passa de part et d'autre de la Volvo. Anna se glissa sur le siège du passager et regarda son mari refermer la portière. Comme elle s'apprêtait à parler, Thomas consulta sa montre et se pencha par la vitre ouverte.

« Essaie de rentrer tôt à la maison, dit-elle. Ce sera une soirée merveilleuse, tu verras.

— Je sais. » Thomas lui adressa un sourire crispé et s'éloigna en direction du quai.

Des odeurs de pain grillé, de bacon et de frites s'échappaient de l'aérateur noirâtre à l'arrière du restaurant et se répandaient dans le parking derrière la rangée des magasins. L'homme caché dans le clair-obscur du petit matin sentit la faim lui tordre l'estomac. Il se tiraillla la peau du visage, laissant des traînées rouges sur ses joues blafardes. A l'intérieur du restaurant, les serveuses et le chef plaisantaient au milieu d'un vacarme de vaisselle. L'homme entendait ce qu'ils disaient, mais il ne comprenait pas leur hilarité.

Toutes les boutiques étaient fermées dans la rue et la seule voiture dans le parking, à part sa Chevrolet bleue, était une Cadillac vert canard aux coussins de velours gris, immatriculée à Kingsburgh, dans l'Etat de New York.

L'homme se rappela être passé devant le garage Cadillac à l'entrée de Kingsburgh, la veille au soir. C'était à trois kilomètres du petit motel bon marché qu'il avait découvert en roulant lentement dans la nuit. La faim l'avait réveillé à l'aube ce matin, le poussant à sortir en voiture. Il s'assura que personne ne le surveillait. Il portait un chapeau gris rabattu sur ses yeux et des lunettes noires. Une chemisette en nylon découvrait ses bras blancs, noueux et couverts de poils blonds.

De lourds effluves de petit déjeuner parvinrent à nouveau jusqu'à lui, comme un chat venant se frotter contre ses chevilles. Son estomac gronda. Il regarda la rangée de magasins. Une papeterie, une pharmacie, un bowling avec un bar et, à deux portes du restaurant, une épicerie. Derrière l'épicerie, une grosse poubelle en métal vert — raison de sa présence en cet endroit.

Sortant de l'ombre, l'homme se dirigea vers la poubelle. Il n'avait rien mangé depuis deux jours. Il lui restait très peu d'argent et jusqu'à présent il avait dormi dans sa voiture, avant de se résigner à passer deux ou trois nuits dans ce petit motel minable.

On trouvait toujours quelque chose à se mettre sous la dent dans les poubelles près des épiceries. Il souleva le lourd couvercle de métal et un relent de nourriture avariée monta par bouffées à ses narines. Il plongea la tête sous le couvercle. Sous un journal froissé, il aperçut une boîte d'œufs ouverte contenant trois œufs cassés et deux entiers, et une boîte de crackers. Il repoussa un carton de lait éventé pour atteindre la boîte d'œufs. Il sortit d'abord le journal. Au moment où il le jetait par terre, il vit la photo de son fils qui le narguait, sur la première page.

Albert Rambo ramassa le journal avec un grognement de dégoût. Maintenant le couvercle ouvert de la poubelle contre son épaule, il parcourut l'article qui annonçait l'heureux retour de Paul Lange au sein de sa famille. Sur la page intérieure il y avait une photo de la maison des Lange dans la ville de Stanwich, Connecticut. Un véritable palace.

L'endroit rêvé pour que ce damné petit intrigant pût accomplir ses projets démoniaques, se dit Rambo. Parmi tous les riches et les païens du Connecticut. Si la vérité éclatait, il irait en enfer avec les autres. Rambo ne s'aperçut pas qu'il grommelait à voix haute. Son estomac se remit à protester, plus fort cette fois-ci. Après toutes ces années passées à se priver pour lui, à l'élever comme son propre fils. Il entendait encore la voix de sa femme : « Le gosse a besoin de chaussures. Il a besoin d'un manteau. Billy a besoin... Billy a besoin... »

Rambo contempla la maison où ce petit mécréant de malheur allait vivre dorénavant.

Paul Lange. Il ricana. Un nom de petit prince. D'enfant-roi. La voix de Dorothy Lee s'estompa pour faire place à d'autres voix qui montaient du plus profond de lui-même, l'exhortant, ensorcelantes comme le chant des sirènes. Elles parlaient de la colère de Dieu contre les êtres malfaisants, de Son désir de les voir dépossédés, foulés aux pieds. Elles le pressaient, le harcelaient, persuasives.

Un cri perçant près de son coude le fit sursauter et les voix se turent. Un gros rat débaula dans la poubelle, se faufila dans les détritus. L'estomac de Rambo gargouilla à nouveau. Il jeta le journal et plongea le bras pour attraper les crackers et les œufs.

Stanwich n'était qu'à une cinquantaine de kilomètres d'ici, calcula-t-il en gobant l'œuf cru dans sa coquille brisée. Il connaissait l'endroit exact. La nouvelle maison de Billy. La boîte de crackers sous le bras, il se dirigea vers sa voiture. Il voulait sortir du parking avant l'ouverture des magasins. Il voulait retourner dans sa chambre avant que les voix ne reviennent lui dicter sa conduite.

3

Une brume dorée enveloppait les hautes tours de Manhattan. Thomas regarda par la fenêtre de son bureau, redoutant d'avoir à ressortir. L'air était déjà lourd et écœurant à l'heure du déjeuner et le bitume promettait de se transformer en glu. Il imagina le retour vers Grand Central Station, ce soir. Les piétons qui s'évitaient, se heurtaient, se cognant les genoux dans leurs serviettes. Les gosses sur des patins à roulettes, écouteurs aux oreilles, fendant la foule ahurie. Les vendeurs ambulants et leurs charrettes remplies de fruits secs et de cacahuètes, aux croisements, obligeant les passants à s'écarter dangereusement du trottoir.

Même au vingtième étage, Thomas pouvait entendre le grondement sourd de la circulation sur Madison Avenue. C'était le début de l'heure de pointe, ce qui signifiait que bus, taxis et voitures immatriculées dans le New Jersey étaient en ce moment même fermement bloqués au beau milieu des carrefours, avec l'impossibilité pour quiconque d'en sortir.

Avec un soupir, Thomas se détourna de la fenêtre et parcourut son bureau du regard. Par contraste avec l'extérieur, la pièce climatisée avec ses larges baies vitrées hermétiquement closes semblait encore plus fraîche. Le décor lui-même produisait une impression de fraîcheur. Moquette beige, murs crème et un imprimé bleu sourd pour le canapé et les rideaux. Certains de ses collègues avaient cherché à faire de leur bureau un endroit plus personnel, y apportant leurs gravures favorites et des plantes vertes. Pour Tom, cela ne rimait à rien. Quelques ornements supplémentaires ne reproduisaient pas le bien-être d'un foyer. Seule la photo d'Anna et de Tracy, sur sa table de travail, venait rompre la froideur de la pièce. La décoratrice engagée par la société avait eu beau lui faire remarquer que les photos de famille n'étaient plus de mise dans un bureau, Thomas avait recueilli ses conseils avec la plus grande indifférence. Regarder les visages souriants de sa femme et de sa fille lui rappela que s'y ajouterait bientôt une photo de Paul. Il éprouva un curieux pincement au cœur à cette pensée.

Il prit sans enthousiasme le dossier posé sur sa table. Il fallait qu'il ait fini de l'étudier avant de rentrer chez lui. Il s'agissait du rapport sur le nouveau système informatique que l'on était en train d'installer et de l'amélioration dont bénéficierait la marche de son service. Il était presque dix-sept heures. Il compta le nombre de pages et s'attaqua au premier paragraphe.

Un coup discret frappé à la porte lui fit lever les yeux. Un sourire juvénile éclaira ses traits à la vue de la jeune et élégante femme aux cheveux noirs ondulés qui ouvrait la porte.

« Que pensez-vous de mon rapport sur l'ordinateur ? » demanda-t-elle d'un air enjoué.

Thomas lui montra qu'il était en train de le lire.

« Vous ne l'avez pas encore terminé ?

— Presque », dit-il d'un ton d'excuse.

La jeune femme entra dans la pièce et s'installa sur le canapé, en face du bureau de Thomas. Elle étendit son bras sur le dossier et croisa ses jambes minces. « Autant pour ma brillante analyse, dit-elle avec une moue.

— Vous avez fait un travail remarquable, Gail, la félicita Thomas. Et vous avez raison. Nous aurions dû nous y mettre il y a deux ans.

— Si vous le désirez, je peux vous faire un bref résumé pendant que nous prenons un Martini quelque part, dit-elle.

— Mais je tiens à le lire.

— Je plaisantais...

— Oh », fit-il à la fois flatté et embarrassé. Le regard qu'elle posait sur lui fit courir un frémissement sur sa peau. Il s'efforça de ne pas regarder ses jambes. « Plaisantiez-vous aussi à propos du Martini ? »

Gail Kelleher éclata de rire. « Non, c'était une proposition ferme. »

Pendant un court instant, Thomas s'imagina avec elle dans un bar sombre et tranquille, en train de bavarder gaiement au son langoureux d'un piano. Mais il se rappela ce qui l'attendait chez lui.

« C'est tentant, dit-il. Malheureusement, je ne peux pas. »

La note de regret dans sa voix n'échappa pas à Gail. Comme tout le monde dans le service, elle était au courant du retour imminent de Paul, même si Thomas n'en avait rien dit. Bien que leurs relations n'eussent jamais dépassé le stade du flirt innocent, elle n'avait pas manqué de lui laisser entendre qu'elle était prête à recevoir ses confidences. A deux occasions déjà, il s'était ouvert à elle. Alors qu'Anna courait une fois de plus par monts et par vaux à la recherche de leur fils, il avait emmené Gail prendre un verre et, au deuxième scotch, il lui avait confié le sentiment de frustration qu'il éprouvait devant l'acharnement de sa femme à retrouver l'enfant disparu. A la première manifestation de compassion à son égard, il s'était repris. Mais Gail avait décelé la faille. Cet homme, vers qui elle s'était sentie attirée dès leur première rencontre, n'était pas parfaitement heureux en famille. Et aujourd'hui, elle lisait sur son visage la même expression mélancolique et distraite.

« Vous semblez un peu... abattu, fit-elle observer. Etes-vous inquiet pour ce soir ?

— Inquiet ? Oh, non. Pas vraiment. Mais j'ai cru que cette journée ne finirait jamais. Toute cette attention dirigée vers moi, ces congratulations.

— Je me fais du souci pour vous.

— Je vais très bien, insista-t-il tout en faisant pivoter sa chaise vers la fenêtre. Je me sens en pleine forme. Heureux.

— Je présume qu'Anna doit être dans tous ses états.

— Eh bien, ce n'est pas particulièrement calme à la maison. Anna... C'est tellement important pour elle.

— Elle doit se donner un mal fou pour préparer ce retour.

— Oui. Elle est incapable de penser à autre chose.

— En fait, il me semble qu'elle n'a plus jamais été tout à fait normale depuis la disparition de Paul.

— Anna ! s'exclama Thomas stupéfait. Mais elle est normale. Parfaitement normale. Elle est juste...

— Obsédée. »

Thomas sembla choqué par le mot et Gail sentit qu'elle était allée un peu trop loin.

« Ce n'est facile pour personne. Il faut prendre le temps de s'adapter. »

Thomas hocha la tête et se passa la main sur les yeux. « Je suis un peu fatigué, je crois », dit-il.

D'un geste lent et délibéré, Gail décroisa ses jambes et se leva. Elle se glissa derrière la chaise de Thomas. « Un bon massage, voilà ce qu'il vous faut », déclara-t-elle avec une feinte sévérité. Elle appuya légèrement ses mains sur le bas de la nuque dans un mouvement circulaire, sentant les muscles se décontracter peu à peu sous la pression de ses doigts.

Thomas eut un rire nerveux. « Ça fait du bien », reconnut-il.

Gail sourit et lui massa le cou. « J'ai suivi des cours de massage durant un été, dit-elle.

— Vous avez droit à la mention très bien. » Il aurait aimé prendre un ton léger, insouciant, mais le contact des mains de Gail dénoua quelque chose en lui et il dut faire un effort pour réprimer un sanglot. Il ferma les yeux, honteux de la jouissance qui l'envahissait, pris d'une envie soudaine de se retourner, de prendre la jeune femme dans ses bras, de cacher son visage au creux de ses seins. Ouvrant brusquement les yeux, il s'écarta d'elle.

« Je me sens beaucoup mieux, assura-t-il comme elle ôtait ses mains. Vraiment. » Il s'obligea à regarder sa montre. « Seigneur, je ferais mieux de me dépêcher si je veux attraper le train de 17 h 40. » Il jeta un coup d'œil sur son bureau. « Je vais emporter tout ça à la maison. »

Gail se dirigea vers la porte en faisant bouger ses doigts. « Bon, dit-elle comme si de rien n'était, si jamais vous aviez besoin de discuter de ce rapport pendant le week-end, donnez-moi un coup de fil, ou passez me voir. Je suis dans l'annuaire. J'espère que tout se passera bien avec Paul.

— Merci... Ça se passera sûrement bien. »

Thomas la regarda sortir, admirant la grâce de ses mouvements. Contrairement à l'habitude, il ne se sentait pas pressé de rentrer chez lui. Il avait envie de se retrouver dans l'obscurité d'un bar avec Gail, de tout oublier. Tout, excepté la sensation de ses doigts sur sa nuque. Un frisson le parcourut à cette pensée. Il aurait aimé se sentir heureux ou du moins pouvoir dissimuler à quel point il appréhendait cette soirée. Peut-être n'aurait-il pas à cacher son anxiété après tout. Anna serait sans doute trop préoccupée pour s'en apercevoir. Il glissa le rapport de Gail dans sa serviette, enfila sa veste et, après un dernier regard à son bureau, il se dirigea vers la porte.

Anna défit le papier d'argent et pencha la tête sur le côté avec un sourire crispé. Sans lâcher la bouteille, elle embrassa son amie. « Du champagne, Iris. C'est trop gentil. »

Iris examina l'étiquette d'un air incertain. « C'est Edward qui a choisi le millésime. Il m'a affirmé que c'était une très bonne bouteille. Etes-vous prête ? »

Anna parcourut du regard la cuisine anormalement ordonnée. « Je pense. J'ai tout recommencé deux fois...

— Ce sera tout simplement merveilleux », dit Iris.

Les deux femmes traversèrent la maison silencieuse et sortirent. « Vous aurez une belle soirée », fit remarquer Iris.

Anna scruta le ciel.

« Ne vous inquiétez pas, Anna.

— Je me sens un peu nerveuse, avoua Anna. Je devrais peut-être briquer le carrelage encore une fois. »

Elle s'apprêtait à rentrer dans la maison lorsqu'une

Cadillac noire tourna au coin de la rue et s'engagea dans l'allée. La carrosserie rutilait et au-dessus de la calandre, à la place de l'emblème traditionnel des Cadillac, un aigle doré déployait ses ailes, les serres écartées comme si l'oiseau s'apprêtait à fondre sur sa proie. « Regardez qui arrive, s'écria Iris. Ils ont dû prendre le même train. » A la grande surprise d'Anna, les deux hommes sortirent en souriant de la voiture. Ils se montraient habituellement courtois entre eux, sans plus. Thomas trouvait Edward trop distant et péremptoire. « Il me regarde toujours comme si j'avais du thon sur ma cravate », disait-il à Anna et elle riait de le voir imiter leur voisin, un sourcil levé, le nez plissé, brossant d'un doigt recourbé une miette imaginaire sur le devant de sa chemise. Aujourd'hui, elle fut heureuse de les voir s'avancer côte à côte dans l'allée.

Elle leva la bouteille qu'elle tenait à la main.

« Regarde ce que Iris et Edward nous ont offert », cria-t-elle à Thomas.

Les deux hommes rejoignirent leurs épouses. « Merci, Iris, dit Thomas. C'est vraiment gentil à vous.

— Eh bien, dit Iris, nous nous réjouissons de votre bonheur et nous penserons bien à vous ce soir.

— Certainement », renchérit Edward. Anna les regarda tous les deux avec affection, se rappelant qu'ils avaient été présents et prêts à les aider le soir où Paul avait disparu.

« Voulez-vous prendre un verre ? » demanda-t-elle.

Edward agita une main parfaitement manucurée. « Il faut que nous rentrions à la maison. J'ai beaucoup de travail. »

Il parlait encore lorsqu'une camionnette bleue portant le sigle d'une chaîne de télévision s'arrêta à l'entrée de la propriété.

« Qu'est-ce que c'est ? » dit Thomas en voyant un homme en tricot de corps s'extraire du siège du conducteur et se diriger à l'arrière de la camionnette, tandis qu'on entendait la portière claquer. Une femme blonde, vêtue d'un tailleur et d'un chemisier en soie, fit le tour du véhicule et se dirigea vers les Lange, enfonçant ses talons aiguilles dans l'herbe tendre de la pelouse.

Anna gronda entre ses dents lorsqu'elle reconnut la journaliste Camille Mandeville qui l'avait interviewée à plusieurs reprises après la disparition de Paul. Elle se précipitait à sa rencontre pour l'arrêter, lorsqu'un autre homme surgit à l'arrière de la camionnette et aida le conducteur à décharger la caméra et l'appareil de prise de son.

« Camille, vous m'aviez promis ! s'écria Anna. Pas aujourd'hui. Nous voulons que le retour à la maison de notre fils se déroule dans l'intimité.

— Bonjour, madame Lange, dit la journaliste en lui adressant un sourire éblouissant. Nous avons eu une journée dingue. J'espérais arriver plus tôt.

— Je m'étais clairement exprimée, poursuivit Anna. Tout le monde s'est montré très compréhensif.

— Ne vous énervez pas, l'apaisa Camille. Nous n'avons pas l'intention de rester. Nous aimerions seulement un flash pour les informations de dix heures. Vous, votre mari, votre bonheur, tout ça... »

Thomas, Edward et Iris s'étaient avancés sur la pelouse, entourant Anna comme pour lui prêter main-forte. « Ce sont des parents à vous ? demanda aimablement Camille.

— Ce sont nos voisins, M. et Mme Stewart », répondit Anna.

Camille gratifia Iris et Edward de son sourire éclatant et profita de l'occasion pour faire quelques pas de plus sur la pelouse. « Ravie de faire votre connaissance. Bonjour, monsieur Lange. »

Camille faisait déjà signe à son cameraman de la rejoindre. Elle se tourna vers Anna. « Madame Lange, la gronda-t-elle, les gens de cette région se sont fait beaucoup de souci pour vous et votre famille pendant de nombreuses années. Ne pensez-vous pas que vous leur devez de partager votre joie avec eux en cette occasion ? Tout comme vous, ils ont espéré et prié pour que ce jour arrive.

— Vous avez raison. » Les gens s'étaient montrés gentils à leur égard. Parfois leur curiosité l'avait importunée, exaspérée même. Mais à d'autres moments, c'était auprès d'eux qu'elle avait trouvé son meilleur soutien. Des lettres de mères, d'inconnus, qui la pressaient de ne pas perdre espoir, tentaient de lui donner une indication. Elle jeta un coup d'œil à Thomas. Il haussa les épaules.

« Bon, fit-elle avec résignation.

— Vous devriez vous tenir tous les trois autour de Mme Lange, suggéra Camille en les guidant de ses doigts aux ongles vernis. Ça ne sera pas long.

— Je suis navré, dit Tom à ses voisins.

— Parfait, dit Camille. Serrez-vous autour d'elle. Très bien. Les gens vont adorer ça. Les amis venus partager votre joie, l'atmosphère de bonheur...

— Camille, pria Anna. Nos voisins... Pouvez-vous vous dépêcher...

— Ne vous inquiétez pas, Anna, la rassura Iris. Je trouve ça plutôt amusant. »

Camille prit le micro que lui tendait le cameraman. « A présent, dit-elle, je vais vous présenter aux téléspectateurs. Je poserai une question à chacun d'entre vous. Monsieur Stewart, je vous demanderai depuis combien de temps vous connaissez les Lange, si vous vous souvenez de Paul, ce genre de choses, d'accord ? »

Elle eut un moment d'hésitation devant le masque figé d'Edward, ses yeux gris pleins d'appréhension.

Pauvre Edward, pensa Anna. Il n'est pas à son affaire devant une caméra de télévision. Un portrait discret dans les pages économiques du *New York Times*, à la rigueur ; mais, se retrouver coincé entre les meurtres, les incendies, et les histoires de police locale aux informations de dix heures, sûrement pas.

Edward se passa la langue sur les lèvres et accepta d'un signe de tête.

« Bon, poursuivit Camille. Même chose pour vous, madame Stewart. Et ensuite, nous demanderons à

M. et Mme Lange de raconter ce qu'ils éprouvent. Bien. Tout le monde est prêt ? »

Anna inclina la tête.

« Mes amis, détendez-vous, recommanda Camille. Souriez. Monsieur Lange, si vous passiez votre bras autour de votre épouse ? » Elle se plaça face au cameraman et leva le micro à la hauteur de son menton.

« Parfois, des histoires se terminent bien, commença-t-elle. Aujourd'hui, dans la maison de M. et Mme Lange, l'un de ces rares dénouements heureux va devenir réalité. »

En écoutant l'introduction de Camille, Anna sentit le bras de Thomas l'entourer, sa main peser lourdement sur son épaule.

Anna prit l'un des coussins à pompons sur le divan et le serra contre sa poitrine tout en examinant la disposition de son salon. Elle traversa la pièce, plaça le coussin sur l'un des fauteuils à oreillettes et recula pour contempler l'effet produit. Elle le reprit et passa derrière l'autre fauteuil identique, placé près du secrétaire.

Debout dans l'embrasure de la porte, Thomas la regardait. Il faisait encore très chaud. La sueur qui coulait le long de son cou mouillait le col de sa chemise de sport. Il entra dans la pièce, s'assit dans l'un des fauteuils, et prit un magazine dans le porte-revues. Il leva les yeux vers Anna. « Tu as mis une robe neuve ? demanda-t-il.

— Oh, chéri, je l'ai achetée l'autre jour. J'ai oublié de te le dire. » Elle reprit le coussin et le tint contre elle.

« Ça n'a pas d'importance, dit Thomas en ouvrant son magazine. Elle est très jolie. Anna, ajouta-t-il, qu'as-tu l'intention de faire avec ce coussin ? »

Anna se laissa tomber sur le bord du divan et posa le coussin à côté d'elle. « J'avais envie de le changer de place, dit-elle.

— Dans combien de temps Buddy a-t-il dit qu'ils arriveraient ?

« — Vers neuf heures du soir.

— Où est Tracy ? demanda Thomas.

— En haut. Comment s'est passée ta journée ? »

La question éveilla immédiatement en lui le souvenir des mains de Gail sur son cou. « Bien, dit-il.

— Tu as pris le même train qu'Edward ?

— Oui. Je suis tombé sur lui à Grand Central.

— Vous aviez l'air de très bien vous entendre en arrivant ici.

— Il s'est montré franchement aimable. Il m'a posé des questions sur Paul, sur toute cette histoire.

— Iris et lui se soucient beaucoup de Paul.

— Mmmm.

— Comment marche... euh... ce système informatique dont tu m'avais parlé ? »

Thomas leva vers elle un regard prudent. Il avait des pensées coupables au souvenir de Gail, mais l'intérêt que manifestait Anna lui faisait plaisir. « Celui que nous sommes en train d'installer ?

— Dans combien de temps pourrez-vous l'utiliser ?

— Assez rapidement, à mon avis. Je lisais justement un rapport là-dessus aujourd'hui. Le matériel est déjà en place, mais il reste à réorganiser l'information et à recycler une partie de notre personnel.

— Des gens de ton service ?

— Oui, et l'effort principal se portera sur... »

Un bruit de pas rapides et sourds l'interrompit. Tracy entra en traînant les pieds, vêtue de sa tenue de tennis. Les yeux d'Anna s'agrandirent de consternation à la vue de la silhouette mince et débraillée de sa fille.

« Tracy ! s'écria-t-elle. Pourquoi ne t'es-tu pas changée ? »

Le regard de Tracy alla de sa mère à son père qui fixait le foyer vide de la cheminée.

« Qu'est-ce qui ne te plaît pas dans ma tenue ?

— Tu as l'air d'un véritable torchon. »

Thomas se leva et se dirigea vers la table roulante

où étaient disposés les apéritifs. « Je vais prendre un verre, dit-il. Veux-tu boire quelque chose, Anna ?

— Oui, s'il te plaît.

— Je vais manger un morceau, déclara Tracy en passant brusquement devant son père pour se diriger vers la cuisine.

— Tu n'auras plus faim pour le dîner », lui cria Anna.

Thomas tendit un verre à sa femme.

« Nous passerons à table dès que Paul sera là », ajouta Anna.

Thomas s'installa dans son fauteuil et commença à vider son verre.

« Je t'ai interrompu, dit Anna. Excuse-moi. Que disais-tu ?

— J'ai oublié.

— J'ai prévu des steaks pour le dîner.

— Ah ! » Thomas fit tinter les glaçons dans son verre.

« J'espère qu'il aimera ça.

— Sûrement. »

Soudain, Anna bondit. « Tom, tu entends ? »

Thomas se redressa lentement. « On dirait le bruit d'une voiture dans l'allée.

— Tracy ! » appela Anna.

Un fracas lui répondit. Elle se rua à travers la salle à manger et ouvrit la porte donnant sur la cuisine.

« Qu'est-il arrivé ? »

Tracy lui fit face avec un air de défi. Le regard d'Anna alla du visage de sa fille au tas informe que formait une partie du gâteau au chocolat écrasé sur le linoléum. Les morceaux du plat jonchaient le sol. Le reste du gâteau penchait dangereusement sur le rebord de l'évier.

« Je déplaçais le plat et il est tombé lorsque tu as crié.

— Nettoie tout ça, dit Anna. Immédiatement.

— Je ne l'ai pas fait exprès », se récria Tracy.

Thomas apparut sur le seuil de la pièce. « La voiture de police est dans l'allée. Dépêchez-vous.

— Elle doit nettoyer tout ce gâchis, insista Anna en sortant de la cuisine à reculons.

— Plus tard. Venez toutes les deux. »

Tracy passa à côté de son père avec un petit sourire narquois. Comme hypnotisée, Anna ne quittait pas des yeux les morceaux de gâteau sur le sol. Elle s'agenouilla et se mit à les ramasser à pleines mains.

« Anna ! » Thomas se pencha et la souleva doucement par le coude. « Laisse ça. »

Anna se releva lentement, s'essuya les mains au torchon qu'il lui tendait. Elle jeta un regard désespéré vers son mari.

« Nous fermerons la porte, l'apaisa-t-il. Tout ira très bien. »

La sonnette de l'entrée résonna dans toute la maison. Les yeux de Thomas et d'Anna se rencontrèrent, pleins d'une appréhension soudaine.

« C'est lui, chérie, dit-il doucement. Allons-y. »

Anna saisit sa main et se laissa conduire vers le salon. Tracy était vautrée sur le divan. Thomas voulut lui tendre son autre main, mais elle le repoussa et se dressa seule sur ses pieds.

La sonnette tinta une seconde fois.

Anna s'approcha de la porte et s'immobilisa, figée sur place.

Thomas passa devant elle, ouvrit. Les mains crispées l'une contre l'autre, Anna s'avança derrière son mari et regarda.

Il faisait nuit, mais les phares de la voiture éclairaient les marches du porche et la silhouette qui s'y tenait debout. Attirée par l'éclat de la lumière, une nuée de papillons de nuit fonça sur la moustiquaire de la porte, s'aplatissant contre les mailles métalliques avec un battement affolé d'ailes empoussiérées. A travers cette mosaïque frémissante, Anna aperçut le visage étroit et pâle d'un adolescent. De longs cheveux bruns en bataille lui barraient le front comme une sombre cicatrice. Il était vêtu de jeans délavés, de chaussures de toile noires, d'un T-shirt et d'une veste de coutil usée et rapiécée. Ses yeux noisette profondément enfoncés, soulignés de cernes gris, scrutaient tour à tour le couple dans l'embrasure de la porte et le bataillon d'insectes qui assaillait la moustiquaire.

Thomas poussa la porte. « Entre », dit-il.

Paul se glissa dans l'entrebâillement et pénétra dans l'entrée. Sur une épaule il portait un vieux sac de marin. Son autre main tenait une boîte en carton. Pendant un moment ils se regardèrent tous.

Puis Anna fit un pas vers lui et ouvrit les bras.

Le garçon leva la boîte en carton entre elle et lui. Un miaulement s'en échappa. « J'ai oublié de vous prévenir au téléphone, dit-il. Pour mon chat. »

Des larmes emplirent les yeux d'Anna, brouillant le visage de son enfant. Elle inclina la tête, incapable de parler.

« Sois le bienvenu, Paul, dit Thomas, en reculant pour le laisser passer.

— Je m'appelle Billy. »

Pendant une minute, Thomas le dévisagea ; un frisson glacé le parcourut à la vue du nom brodé sur la poche de la veste de son fils.

« Je suis... je suis habitué à Billy », dit l'adolescent en entrant dans la maison, serrant contre lui ses maigres affaires.

4

Bien que l'écriteau en bois blanchi par les intempéries du motel La-Z Pines annonçât des chambres à air conditionné, l'appareil fixé sur la fenêtre était pratiquement sans effet et Albert Rambo avait la peau ruisselante de sueur.

Assis sur le bord de la chaise à dos droit, ses coudes calleux appuyés sur ses genoux, il fumait une cigarette. La volute de fumée bleue ondula dans l'air moite et son odeur emplit la chambre.

La faim ajoutée à la chaleur lui mit le cœur au bord des lèvres. Sur le lit, de l'autre côté de la pièce, il avait déposé son précieux butin : un blanc de poulet à moitié entamé et un bout de pilon. Rambo était parvenu à voler un paquet de cigarettes sur le tableau de bord d'une voiture ouverte. Dans l'ensemble, il s'était plutôt bien débrouillé.

Pourtant, les voix avaient failli tout compromettre. Alors qu'il se hasardait à ouvrir une portière ici ou là en prenant garde de passer inaperçu, elles s'étaient soudain adressées à lui. Les versets lui étaient montés aux lèvres et il s'était mis à parler tout haut. Une femme avec un landau lui avait lancé un drôle de regard en disant : « Qu'est-ce qui vous prend ? Fichez le camp d'ici. » Les voix s'étaient tues. Elles ne se taisaient pas à chaque fois. Mais cette fois-ci, elles s'étaient tues.

Rambo essuya le voile de transpiration qui lui couvrait le visage et poussa un soupir. L'odeur du poulet faillit le faire tourner de l'œil. Il était fatigué. Fatigué de fuir.

Il en avait marre de tous ces embêtements. Il était resté au même endroit après son mariage avec Dorothy Lee. Jeune, il avait fait les quatre cents coups. Puis le jour où ils avaient eu Billy, il s'était assagi. Bien sûr, il y avait eu les séjours à l'hôpital. Mais il n'aimait pas en tenir compte. Il avait depuis longtemps perdu le goût des déplacements. En outre, Dorothy avait voulu créer un foyer stable pour le gosse.

Le souvenir de sa femme l'emplit de fureur. Comment pouvait-elle lui avoir fait ça ? Tout raconter au pasteur et le laisser seul face à la meute des loups. Après tout, il avait agi pour elle. C'était sa plus grande erreur. Il s'en était rendu compte dès le début. Dès le jour où Billy s'était trouvé chez eux, elle s'était plus occupée de ce fils de Satan qu'elle ne l'avait jamais fait pour Rambo. Ce petit salaud avec son œil diabolique. Elle ne voulait pas le reconnaître, mais Albert le savait bien. La preuve était là. Ses yeux se plissèrent d'amertume en examinant l'aspect minable de sa chambre.

Il se leva péniblement et se dirigea vers le vieux poste de télévision. Il ne voulait plus penser à tout ça. Il avait envie d'entendre le bruit du téléviseur et il voulait manger son poulet à son aise. Demain, il élaborerait un plan. Il alluma le poste et recula jusqu'au lit. Sur l'écran se déroulaient les dernières images d'un film sans intérêt.

Les informations de dix heures succédèrent au film au moment où Rambo portait avec voracité le pilon à sa bouche. Le présentateur annonça qu'ils allaient diffuser un reportage sur les Lange. Rambo songea à changer de chaîne puis se ravisa. Cette histoire le fascinait autant qu'elle le mettait en fureur. Il espéra seulement qu'on n'allait pas montrer son portrait. Heureusement, personne ne s'était soucié de le photographier récemment. Les seules photos qui étaient apparues jusqu'ici à l'écran étaient si floues et déformées qu'on l'y reconnaissait à peine avec son chapeau rabattu sur son visage. Il se demanda s'il ne devrait pas acheter un autre chapeau.

Il était dans un beau pétrin. A nouveau trempé de sueur, incapable de manger, il resta assis immobile sur le lit, le pilon au bout des doigts, en proie à l'épouvante. Deux voix se mirent à psalmodier dans sa tête des paroles inintelligibles à propos de la mort. Rambo s'efforça de les faire taire. Puis son estomac gargouilla, lui rappelant qu'il avait faim. Il porta le pilon à sa bouche et sentit la graisse couler le long de ses joues hâves.

La journaliste commentait l'heureux événement survenu chez les Lange. Rambo fixa l'image qui apparaissait sur l'écran. Le pli amer de sa bouche se relâcha, ses yeux s'écarquillèrent de stupéfaction.

Longtemps après la fin du reportage, Rambo resta assis sur le lit, sans plus penser à son poulet, les yeux fixés droit devant lui, exorbités dans son visage flasque. L'esprit en ébullition, il cherchait à comprendre la signification de ce qu'il venait de voir avant que les voix ne viennent semer le trouble en lui. Et tout à coup il sut que l'image apparue sur l'écran représentait son salut.

Paul repoussa les champignons sur le bord de son assiette. A l'autre bout de la table, les mains sur les genoux, Anna l'observait. Paul leva les yeux et surprit son regard. Il baissa promptement la tête.

« Dis-moi, P..., interrogea Thomas. Quelle est... euh... quelle est ta matière préférée en classe ? »

Paul prit son couteau et concentra son attention sur son steak. « Je ne sais pas... je n'aime pas l'école. » Il mit un morceau de viande dans sa bouche.

« Tu n'es pas obligé de manger ça, lui dit Anna. Je peux te préparer autre chose, si tu préfères. »

Le garçon piqua sa fourchette dans un autre morceau.

« Je t'assure, insista Anna en se levant. Ce n'est pas compliqué. J'ai des provisions dans le réfrigérateur. Je peux te servir un hot-dog ou...

— Non, ça va très bien.

— Ecoute, j'ignorais ce que tu aimais, et j'ai d'autres...

— Non !

— Anna, s'interposa Thomas, il ne veut rien d'autre. »

Elle se rassit lentement. « Je ne voulais pas interrompre votre conversation, dit-elle. Que disais-tu à propos de l'école ?

— Rien. »

Tracy repoussa son assiette. Accoudée sur la table, le menton dans ses mains, elle jeta un regard en biais vers son frère.

« Qu'est-ce que tu faisais pour te distraire ? » demanda-t-elle.

Paul haussa les épaules et poussa un soupir.

« Tu ne pratiques aucun sport ?

— J'aime chasser, dit-il.

— Ce n'est pas un sport ! s'écria Tracy. C'est dégueulasse ! Tuer des animaux pour s'amuser.

— Tracy travaille à la SPA, expliqua Anna. Elle a une passion pour les animaux.

— N'essaie pas de trouver des excuses, Maman, dit Tracy d'une voix perçante. Je trouve que c'est dégueulasse. Un point c'est tout.

— J'aime les animaux moi aussi, dit Paul. J'ai mon chat.

— Et alors, tu serais content si quelqu'un s'amusait à chasser ton chat ?

— Ça suffit, Tracy », ordonna Thomas.

Paul blêmit et Tracy s'appuya au dossier de sa chaise, les bras croisés. Elle avait les yeux brillants de larmes, deux taches rouges coloraient ses joues. Anna lui tendit une main qu'elle repoussa.

« Eh bien, dit Thomas, je suis prêt à parier que tu te plairas à l'école ici. Ils ont les installations les plus modernes, un tas d'activités... » Au moment même où les mots franchissaient ses lèvres, il eut envie de rentrer sous terre. Tu n'es même pas capable de trouver quelque chose à dire à ton propre fils, pensa-t-il.

Paul garda les yeux baissés et découpa un autre morceau de steak.

Anna lui adressa un large sourire. « Nous ne sommes pas loin de New York. Nous y ferons un tour bientôt si ça te fait plaisir. Il y a tellement de choses à voir, des musées, des spectacles.

— On m'a dit qu'il y avait beaucoup de vols et d'agressions. »

Anna resta interloquée.

« Oh... il faut faire attention, bien sûr.

— J'aimerais bien y aller. Ma mère m'avait promis de m'y emmener. »

Le silence s'installa. Paul mastiquait péniblement sa viande.

« Est-ce que je peux m'en aller ? demanda Tracy en se levant.

— Nous n'avons pas fini », lui fit observer Anna.

Tracy se rassit lourdement.

« Laisse-moi te donner autre chose à manger, dit à nouveau Anna à Paul. As-tu une préférence ?

— Avez-vous du ketchup ? »

Tracy le dévisagea. Anna lança à sa fille un regard d'avertissement. « Bien sûr », dit-elle.

Elle alla à la cuisine et prit une bouteille de ketchup dans le réfrigérateur. Puis elle mit la bouilloire sur le feu et plaça le filtre sur la cafetière. Il faisait nuit noire à présent. Le plus fort de la chaleur était passé. Elle s'agrippa à l'évier pour regarder l'endroit où se trouvait le parc à jeux, autrefois.

Tout petit, son fils avait été un bébé potelé et joufflu. Un rien le faisait rire aux éclats. C'était extraordinaire. Le simple fait de le regarder vous réjouissait. Elle jeta un coup d'œil vers la porte fermée qui donnait sur la salle à manger. Ce garçon-là, son fils, était maigre. Ses poignets osseux semblaient prêts à se briser au moindre effort. Ses cheveux étaient sombres et mous. Elle ne l'avait pas encore vu sourire.

Le chat miaula dans sa boîte. L'eau bouillait. Anna versa le café dans le filtre. Elle regarda l'eau couler à travers le café moulu, contempla la bouteille de ketchup sur le comptoir, mais elle resta immobile.

Elle s'attendait à ce qu'il fût resté le même. Avec ses boucles dorées et ses fossettes de bébé rieur. Pendant toutes les années de sa croissance, elle avait perdu son enfant. Il était parti. Elle ne le reverrait jamais. Elle avait perdu son bébé pour toujours. Une douleur soudaine lui transperça le cœur. Disparu. Comme tout le monde le lui avait prédit. A sa place, il y avait cet adolescent, cet étranger, assis à la table.

C'est mon fils, se dit-elle résolument. Et il est ici. Qu'importait le reste ?

« Mon bébé », murmura-t-elle. Elle respira à fond, prit la bouteille de ketchup et poussa la porte de la salle à manger. Ils étaient tous les trois à la même place. Appuyée au dos de sa chaise, Tracy fermait les yeux. Thomas décrivait la ville de Stanwich à Paul comme si ce dernier était un membre de la chambre de commerce. Le visage sans expression, l'adolescent découpait sa viande dans son assiette sans lever la tête.

« Nous avons deux courts de tennis et il y a une très jolie plage. De nombreuses distractions. Un garçon de ton âge ne peut pas s'ennuyer ici. »

Anna se glissa jusqu'à sa chaise et tendit la bouteille de ketchup à Paul.

« Merci, murmura-t-il en arrosant son steak d'un flot de condiment épais.

— Tracy, dit Anna. Ne dors pas à table.

— Je suis crevée. Je voudrais monter prendre une douche.

— Nous avons presque fini. Il y a de la glace pour le dessert.

— Je n'ai pas envie de glace. Il est tard. Pourquoi ne puis-je pas me lever de table ? »

Anna attendit que Thomas intervînt, mais il contemplait fixement la table. Elle tourna alors la tête vers Paul et le vit immobile, son couteau et sa fourchette dressés devant lui. Il avait les yeux démesurément ouverts, les veines du cou gonflées. Brusquement, il piqua du nez dans son assiette.

« Paul ! »

Un gargouillis lui répondit. « Paul, que se passe-t-il ? » s'écria-t-elle en se levant.

Trois paires d'yeux se tournèrent vers lui. Anna vit sa peau blanche devenir d'une pâleur mortelle, les contours de ses lèvres bleuir. Il avait les pupilles dilatées. Un bruit rauque sortit de sa gorge.

« Qu'est-ce qu'il a ? demanda Thomas. Une crise d'épilepsie ? »

La main de Paul s'abaissa lentement vers la viande dans son assiette. En un instant, Anna comprit ce qui se passait. « Il s'étouffe », dit-elle.

Thomas se leva d'un bond et se mit à frapper l'adolescent dans le dos. Raidi, Paul ne respirait plus.

« Non ! » s'écria Anna en repoussant son mari. Elle souleva Paul hors de sa chaise, l'entoura de ses bras et le serra fortement contre elle par saccades.

« Respire », murmura-t-elle en lui comprimant le

diaphragme. Elle sentait le cœur de son enfant battre à grands coups contre ses bras. Il regardait par terre, le corps rigide.

La sueur ruisselait sur le front d'Anna, lui coulait dans les yeux. Elle accentua la pression de son étreinte. Tracy gémit.

« Je t'en prie, supplia Anna. Respire. Oh, je t'en prie ! »

Tout à coup, il eut un haut-le-cœur. Avec un effort désespéré pour vomir, il expulsa un gros morceau de viande qui était resté coincé dans sa trachée-artère. Haletant, cherchant son souffle, il se mit à tousser, secoué de spasmes, avant de se laisser aller mollement dans les bras d'Anna.

« Ça va ? » demanda-t-elle.

Les yeux clos, le visage couvert de sueur, il fit signe que oui. Anna l'aida à regagner sa chaise. Il respira à longues goulées tandis que les couleurs revenaient peu à peu à ses joues.

« Ça va, murmura-t-il.

— Seigneur ! souffla Tracy.

— Es-tu sûr de te sentir bien ? Peut-être devrions-nous appeler un médecin ? » fit Thomas.

Paul secoua faiblement la tête. « Non, c'est passé. » Il se redressa sur sa chaise et resta sans bouger, les épaules courbées, les bras croisés sur ses genoux. Les cernes sombres sous ses yeux semblaient s'être brusquement accentués.

Anna aurait aimé le prendre dans ses bras, mais elle savait qu'il aurait un mouvement de recul à son contact. Il resta immobile, comme s'il s'efforçait d'échapper à leur regard. « Merci... » dit-il tout bas.

Elle baissa la tête, incapable de dire un mot.

Thomas tendit un verre d'eau à Paul. « Tiens, bois une gorgée. »

Paul but.

« Tu ne veux vraiment pas que nous appelions un médecin ? demanda Anna.

— Non. Je n'ai besoin de rien. Je voudrais seulement m'étendre.

— Bien sûr, dit Anna. Bien sûr. Je vais te conduire dans la chambre en haut. » Tracy considéra anxieusement son frère, comme s'il risquait d'avoir une seconde crise.

Thomas se leva. « Très bien, dit-il d'un ton faussement enjoué. Je vais regarder les nouvelles à la télévision. Tu viens, Tracy ? »

Tracy haussa les épaules.

Anna se tourna vers Paul. « Je t'ai préparé ton ancienne chambre. » Il lui jeta un regard morne.

« Il devrait faire assez frais là-haut, dit Thomas. Il y a un aérateur si tu as trop chaud. »

Anna posa sa main sur le bras maigre de Paul. « Tu m'as fait une peur bleue, tu sais. Je suis bien contente que tu ailles mieux.

— Il a l'air tout à fait remis », affirma Thomas.

Paul les regarda tour à tour et se leva. « Où est mon chat ?

— A la cuisine, répondit Anna. Tu devrais le mettre dans le jardin. »

Paul ouvrit la porte de la cuisine et se mit à chercher son chat sous les placards. Il attrapa le petit animal gris et noir, le pressa contre sa poitrine. Le chat plaqua ses pattes sur son épaule et Paul enfouit son visage dans la fourrure douce. L'animal fit mine de lui échapper, mais resta dans ses bras, les muscles tendus.

Tracy se leva. « Je monte dans ma chambre, dit-elle en se dirigeant vers le salon.

— Bonsoir », lui dit son père.

Anna se tourna vers son mari.

« Tom, j'ai eu si peur.

— Tu as réagi très vite. Tu lui as probablement sauvé la vie.

— Il aurait pu mourir étouffé.

— Je sais. Nous avons eu de la chance. » Ils se turent ; leurs doigts s'effleurèrent.

« Il est si maigre, Tom. »

Thomas se retourna pour jeter un regard perplexe au jeune garçon par la porte ouverte.

Paul posa le chat sur le seuil de la cuisine. L'animal hésita pendant un moment, scrutant l'obscurité du jardin. Puis il descendit à pas ouatés les marches du porche et s'enfonça dans la nuit.

Paul revint dans la salle à manger.

« Viens, dit Anna. Je vais te montrer ta chambre. »

Il ramassa son sac de toile et monta les escaliers derrière elle. En haut des marches, il interrogea Anna du regard et se dirigea vers la porte qu'elle lui indiquait d'un signe de tête. Il l'ouvrit, regarda autour de lui, posa son sac sur une chaise, près de la commode. Pendant un instant, Anna eut l'impression de montrer une chambre d'hôtel à un client. Paul semblait ne rien reconnaître.

Il se retourna et croisa son regard. « C'est une grande chambre, dit-il.

— La salle de bains est au bout du couloir. Voilà des serviettes. Es-tu certain de te sentir bien ?

— Oui. Très bien.

— Bon, j'espère que tu vas dormir. » Elle fit un pas vers lui, posa un bras sur ses épaules. Il s'écarta d'elle et le baiser qu'elle s'apprêtait à lui poser sur le front passa par-dessus son oreille.

« Bonsoir », dit-elle en sortant de la chambre. Paul perçut une fêlure dans sa voix.

Une coupe en argent luisait sur la commode en face de Paul. Il la souleva pour l'examiner. Son nom y était gravé. Avec un sentiment de dégoût, il se rendit compte que cette coupe lui avait appartenu. Quelqu'un l'avait achetée pour lui, probablement à sa naissance. Lorsqu'il vivait dans cette maison. Avec ces gens. Paul contempla la pièce inconnue.

Avant de mourir, sa mère lui avait avoué qu'elle détenait un terrible secret. C'était donc ça.

Il examina à nouveau la coupe. A quoi bon lutter, songea-t-il. Ils l'appelleraient Paul s'ils en avaient envie. Il jeta la coupe qui alla rouler par terre et cogner le mur.

Il dénoua les lacets de ses sneakers, les ôta d'une

secousse et se glissa tout habillé sous le couvre-lit. Il portait encore la veste de coutil qu'il avait trouvée dans les bois deux ans auparavant. Après l'avoir lavée et rapiécée, Dorothy Lee y avait brodé son nom.

Malgré le couvre-lit, ses vêtements et la chaleur de la nuit, Paul se mit à frissonner. Il claquait des dents. Il se redressa, serrant ses genoux contre sa poitrine. Personne n'avait mentionné Dorothy Lee. Pas plus que son père. Pas un mot. Comme si tout était parfaitement normal. Un rire sans joie étira ses lèvres. Il eut envie d'uriner, mais il ne voulait pas aller dans le couloir. Il ne voulait pas les rencontrer. Aucun d'entre eux. Ses dents s'entrechoquèrent de plus en plus fort. Il se demanda s'ils pouvaient l'entendre.

Anna mit la dernière assiette dans le lave-vaisselle et s'essuya les mains. Elle donna un tour de clef à la porte de service, tourna le bouton pour s'assurer qu'elle était bien fermée. Puis elle parcourut à pas furtifs la maison silencieuse, poussa le verrou et plaça la chaîne sur la porte d'entrée. On entendait le bourdonnement du téléviseur dans le petit bureau. Anna examina les fenêtres l'une après l'autre. Elle aurait aimé les fermer, mais il ferait vite étouffant à l'intérieur par cette température. Pourtant, les savoir ouvertes la contrariait. Elle leva la tête vers l'escalier. Tout était sombre et paisible. Peut-être s'est-il endormi, se dit-elle.

Elle le revit à table, son visage livide, les veines saillantes sur son cou, ses mains qui cherchaient désespérément à saisir l'air, et elle sentit son cœur se serrer au souvenir de la frayeur qu'elle avait éprouvée. Secouant la tête comme si elle voulait chasser l'image de son esprit, elle descendit au sous-sol et ferma la porte et les fenêtres de la cave. La lumière était allumée dans la salle de jeux. Elle entra. La pièce était calme et déserte. Dans un coin, Anna aperçut les clubs de golf de Thomas. Elle se dirigea vers le sac et en sortit l'un des fers qu'elle fit pivoter dans ses mains. Les fenêtres ouvertes en haut la tracassaient. Au moins pouvait-elle fermer celles du sous-sol. Peu importait qu'il fit trop chaud ici.

Anna posa la canne contre le sac, fit le tour de la pièce, verrouilla les fenêtres l'une après l'autre. Puis elle alla reprendre le club de golf. Le manche et la tête en acier poli pesaient lourd dans ses mains. Après un moment de réflexion, elle monta au rez-de-chaussée.

Sur le palier de l'escalier, elle vit se dresser une silhouette au-dessus d'elle et étouffa un cri.

« Que fais-tu ici ? demanda Thomas.

— Je fermais en bas », répondit Anna en le rejoignant en haut des marches. Il tenait dans sa main la bouteille de champagne des Stewart.

« J'ai pensé que nous pourrions emporter ça dans notre chambre, dit-il. Pour fêter l'événement. Tu viens te coucher ?

— Tout de suite. »

Thomas remarqua le club de golf et fronça les sourcils. « Qu'est-ce que c'est ?

— Un de tes fers.

— Je vois bien. Mais que comptes-tu en faire ? »

Anna passa devant lui et se dirigea vers la cuisine. Thomas la suivit. « Alors, qu'as-tu l'intention de faire avec ce club ?

— Il m'a semblé que c'était une bonne idée de le garder en haut. Juste au cas où...

— Au cas où quoi ? Anna, donne-le-moi. Je vais le remettre à sa place. »

Anna l'empêcha de prendre le club. « Non... nous ne savons pas ce qui peut... nous pouvons en avoir besoin. »

Thomas laissa retomber sa main. Sa mâchoire se contracta violemment. « Tu ne vas pas recommencer, dit-il.

— Cet homme est en liberté on ne sait où, Thomas. »

Il détourna les yeux, le regard dur.

« Je ne te comprends pas. Anna. Tu n'es jamais contente. Ton fils est de retour à la maison et...

— Notre fils », rectifia Anna. Puis elle dit rapidement. « Pardon, chéri. »

Il lui jeta un regard noir et lui tourna le dos. Il contempla la bouteille de champagne. « J'avais pensé que tu aimerais boire une coupe avec moi et parler un peu de cette journée.

— Je te rejoins, Tom. Tout de suite. »

Thomas posa la bouteille sur la table et quitta la pièce. Anna attendit d'entendre son pas dans l'escalier avant de pénétrer dans le salon. Elle écarta les rideaux et regarda dans la rue. La faible lueur d'un lampadaire projetait sur l'asphalte les ombres noires des feuilles qui ondoyaient au moindre souffle dans les arbres. Elle éteignit les lumières et s'assit près de la fenêtre, les mains serrées sur le métal froid du club. L'éclat de la lune fit luire l'acier poli.

Un seul coup serait suffisant, réfléchit-elle calmement. On n'est jamais trop prudent avec les enfants. Tout peut arriver.

Elle leva les yeux vers l'horloge, dans l'angle de la pièce. Il était presque minuit. Je ne vais pas m'attarder longtemps, pensa-t-elle. Elle décida qu'elle monterait rejoindre Thomas vers une heure du matin. Il serait sans doute couché en train de lire. Il suffirait à Anna de glisser le club sous le lit, de son côté.

Bientôt. Elle allait bientôt monter. A moins qu'elle n'entendît quelque chose. Dans ce cas, elle resterait assise ici durant toute la nuit.

Ses yeux s'arrêtèrent sur la photo d'un petit garçon joufflu aux boucles dorées qui riait dans l'obscurité, sur le manteau de la cheminée.

Elle serra son arme encore plus fort. Oui, elle en serait capable. S'il le fallait.

C'est seulement lorsque la lueur blafarde de l'aube eut repoussé les ombres de la nuit que les yeux las d'Anna finirent par céder au sommeil. La tête inclinée sur l'épaule, elle s'endormit, les doigts crispés sur le manche du club.

5

« Pouvez-vous éteindre votre cigarette, monsieur ? »

Rambo leva les yeux vers la fille aux cheveux nattés, vêtue d'une combinaison maculée de graisse, qui passait la tête à la fenêtre de sa voiture.

« Bien sûr, bien sûr, dit-il en écrasant son mégot dans le cendrier.

— Le plein ? »

Rambo considéra son mince portefeuille et en sortit un billet froissé. « Mettez-en pour cinq dollars », dit-il.

La fille se dirigea vers l'arrière de la voiture. Rambo la surveilla dans le rétroviseur extérieur, se demandant pourquoi on laissait les femmes faire ce genre de boulot dans le Nord. C'était idiot avec tous ces braves types au chômage. « Pardon, ma'ame, avez-vous le téléphone ? »

Elle lui désigna la station-service. Rambo ajusta ses lunettes noires, rabaissa le bord de son chapeau et sortit de la voiture. Il marcha d'un air emprunté, à reculons, jusqu'au téléphone accroché au mur, entre les toilettes pour hommes et les toilettes pour femmes. Il était encore tôt dans la matinée ; il n'y avait personne. Il sortit un bout de papier de sa poche-revolver et introduisit la monnaie dans l'appareil.

Pendant toute la nuit, il s'était demandé s'il devait téléphoner ou non, attendant un signe, un mot. En vain. Il avait lu avec avidité le Livre des Juges, inscrit des notes dans la marge, s'armant de courage pour sa mission. A l'aube, il avait pris sa décision. Il composa le numéro que lui avaient donné les renseignements et approcha le combiné de son oreille. Des cercles de transpiration s'agrandissaient sous les bras de sa chemise ; le tissu collait dans son dos. Il devait frapper en plein cœur, faire comprendre à ce barbare qu'il fallait payer. Le malin avait été découvert, il devait être puni. Telle était la volonté de Dieu.

Il y eut un déclic dans l'écouteur. Rambo prit une profonde inspiration. Mais la tonalité indiquant que la ligne était occupée bourdonna à son oreille.

« Damnation », dit-il à voix haute et en raccrochant brutalement.

La fille en salopette lui fit signe qu'elle avait terminé.

Rambo enfonça ses mains dans ses poches et scruta le téléphone d'un œil courroucé. Soudain, il comprit. C'était le signal qu'il attendait. On lui faisait comprendre qu'il devait aller frapper sans prévenir. Il n'y avait pas de temps à perdre.

Apaisé, il récupéra sa pièce et se hâta vers sa voiture.

Il y avait une demi-heure de route jusqu'à l'autoroute de Millgate, et Rambo garda le pied légèrement pressé sur l'accélérateur, portant constamment son attention du compteur aux bas-côtés de la route. Il avait hâte d'arriver, mais il préférait ne pas se faire remarquer par les policiers qui risquaient d'être embusqués sur le bord de la chaussée.

A ses yeux, l'autoroute de Millgate avait un avantage primordial, c'était d'être à peu près toujours déserte depuis l'ouverture de l'autoroute du Connecticut. Il s'y engagea avec une sensation de soulagement, malgré la surface truffée de nids-de-poule qui rendaient la conduite dangereuse, même pour la plus robuste des voitures. La Chevrolet bleue de Rambo, avec ses trous de rouille dans le plancher, bouchés par du papier journal, et quatre pneus complètement lisses, vibrait de toutes ses tôles à la moindre dépression dans la chaussée. Il se cramponna au volant et garda l'œil braqué sur la route tout en psalmodiant des versets à mi-voix.

Bien qu'il le guettât depuis le début, il sursauta en apercevant le panneau qui indiquait la prochaine sortie pour Stanwich. Surveillant les alentours, il parcourut les derniers kilomètres au ralenti.

Rien n'avait changé. Plus de dix ans après, chaque détail était resté gravé dans sa mémoire. Ce jour-là, ils roulaient en sens inverse, bien sûr ; ils rentraient en direction du sud, après l'enterrement de l'un des cousins de Dorothy dans l'Etat de New York. Voilà pourquoi tout s'était passé si facilement. Personne n'avait mis en doute leur histoire lorsqu'ils avaient raconté que Paul était le fils de leur parent décédé et qu'il s'était retrouvé seul au monde. Rambo regarda attentivement de l'autre côté de l'autoroute. C'était l'endroit exact. Ils s'apprêtaient à quitter la route parce qu'il avait eu envie de pisser. C'est alors qu'il avait vu la scène. Il avait mis un moment avant de comprendre ce qui se déroulait sous ses yeux.

Plus de dix années s'étaient écoulées depuis le jour où il s'était accroupi là, dans les buissons, témoin et ensuite complice. Et Dieu sait s'il avait souffert par la suite, mais jamais autant qu'aujourd'hui. Il avait néanmoins tout supporté. Et à présent, il allait avoir sa revanche.

Rambo entendit les voix résonner comme un glas à son oreille. « Malheur à celui qui détourne le nécessiteux de la justice et prive les pauvres de mon peuple de leurs droits. »

La flèche sur la droite indiquait la sortie de Stanwich. Le moment tant attendu était arrivé. Rambo tourna le volant et prit les paisibles petites routes qui bordaient les demeures de quelques riches privilégiés.

« Buddy, excusez-moi de vous déranger. Je sais qu'il est tôt. Mais il fallait que je vous appelle. Je n'ai pas pu fermer l'œil de la nuit à cause de ce Rambo. »

Paul s'arrêta dans l'escalier, tendit l'oreille.

« Je me sentirais tellement plus rassurée si nous avions une protection de la police pour Paul. Jusqu'à ce que cet homme soit arrêté. Je vous en prie, ne me dites pas que je deviens paranoïaque. Je ne le supporterai plus. »

Paul pensa à son père, sans doute planqué à un coin de rue quelque part, en train de proférer des imprécations. Au souvenir du regard fou de Rambo, de ses accusations, de ses divagations sur le diable, un goût de bile lui monta à la bouche. La faim qui l'avait réveillé se calma. Anna, dans la cuisine, implorait toujours le policier.

« Buddy, qui nous dit qu'il n'est pas dangereux ? Le fait qu'il n'ait jamais fait de mal à l'enfant ne signifie pas qu'il se tiendra tranquille. Je ne sentirai pas mon fils en sécurité tant que cet individu sera en liberté. »

Paul descendit les dernières marches à pas de loup et ouvrit sans faire de bruit la porte d'entrée. Il s'avança sur le porche et referma la porte derrière lui. Le jardin humide de rosée scintillait dans le soleil du matin et la paisible route de campagne semblait intemporelle. La sérénité du paysage alentour lui souleva le cœur. Il n'appartenait pas à cet endroit.

« Sam », appela-t-il à voix basse, dans l'espoir d'apercevoir la silhouette familière de son petit compagnon. Des oiseaux pépiaient dans la voûte des arbres, preuve que Sam ne se trouvait pas dans le voisinage immédiat. Paul se dirigea vers l'arrière de la maison.

« Sam ! » cria-t-il.

Il scruta le jardin en pente, la balançoire et le potager. Il y avait une petite cabane à l'orée des bois. Paul alla jeter un coup d'œil à l'intérieur. Il distingua quelques râteaux et des pelles dans l'obscurité. Il referma la porte et inspecta les bois qui s'étendaient derrière la pelouse. Les rayons du soleil filtraient à travers les branches et on entendait par intermittence le roulement lointain d'une voiture sur l'autoroute. Il appela Sam mais rien ne bougea parmi les arbres.

Après avoir longé la lisière des bois, Paul franchit un ruisseau qui serpentait à travers la propriété voisine. De l'autre côté s'élevait une longue haie de lilas au bout de laquelle on apercevait le haut d'une vaste maison aux fenêtres encadrées de bois sombre et à la façade ornée de motifs de stuc. Le toit surmonté de pignons et de tourelles lui donnait l'apparence d'un château. Paul se figea. C'était la plus grande maison qu'il eût jamais vue. Puis il se baissa et, courbé en deux, rasa la haie, attentif au moindre mouvement dans les hautes branches des lilas, s'avançant pas à pas vers l'imposante demeure.

En s'approchant, il eut l'œil distrait par un scintillement derrière la haie. Plongeant son regard à travers les branches, il vit une grande piscine rectangulaire qui miroitait au soleil. Un bateau, modèle réduit à la coque en bois verni, déployait ses voiles blanches sur la surface turquoise de l'eau. Une terrasse meublée de tables et de sièges de jardin en fer forgé blanc encadrait la piscine.

Un genou plié au bord du bassin, un homme en tenue de sport contrôlait la marche du navire à l'aide d'un dispositif de télécommande. Sous sa main, l'élégant voilier fendait l'eau, gonflant ses voiles immaculées dans la brise légère.

Près de lui se tenait un homme plus âgé à la chevelure grisonnante et aux lunettes à monture d'écaille. Il regarda le propriétaire du bateau d'un air inquiet pendant quelques minutes, puis s'éclaircit la gorge.

« Il peut vous paraître mal choisi de ma part de me présenter chez vous un dimanche, dit-il, mais il me semble extrêmement urgent de résoudre ce problème.

— Ne vous excusez pas, je vous en prie », dit l'autre sans pour autant détourner son attention du modèle réduit.

L'homme plus âgé attendit que son interlocuteur levât la tête vers lui. Mais à la longue, il devint évident que ce dernier n'en avait pas l'intention. Le vieil homme s'adressa alors à son hôte

« Monsieur Stewart, lorsque j'ai accepté de vous vendre la Wilcox Company, nous sommes convenus par accord verbal que vous garderiez le président et tous les membres de notre comité directeur. Or, hier après-midi, ils ont tous reçu leur lettre de licenciement et ont été informés de votre intention de renouveler entièrement le personnel. Je veux présumer qu'il s'agit d'un malentendu, d'une erreur en quelque sorte ; c'est pourquoi je suis venu en discuter sur-le-champ avec vous.

— Non, il ne s'agit pas d'une erreur », murmura l'homme agenouillé près de la piscine. Il fit venir le bateau vers lui et arrangea avec soin le gréement des voiles. D'une légère poussée, il éloigna ensuite le voilier.

« Monsieur Stewart, comme vous le savez, mon père a lui-même créé la Wilcox Company et nous avons toujours traité nos employés comme des membres de la famille. En retour, beaucoup de ces gens ont consacré vingt années ou plus de leur existence à notre société. Ils s'y sentent chez eux. Je vous ai expliqué tout cela avant la vente. J'ai cédé cette affaire uniquement parce que ma santé ne me permettait plus de continuer à la diriger. Mais vous m'aviez promis d'assurer l'avenir de mes employés. »

Edward Stewart finit par se tourner vers le vieil homme courroucé. « Monsieur Wilcox, votre société est loin d'être bénéficiaire. Je suis dans les affaires pour gagner de l'argent. Vous et vos directeurs ne vous êtes pas montrés très efficaces en ce domaine. J'ai l'intention de changer cette situation.

— Mais vous m'aviez donné votre parole ! Vous m'aviez promis...

— Monsieur Wilcox, dit patiemment Edward Stewart, j'ai changé d'avis, après réflexion. C'est mon droit. A présent, c'est moi qui suis propriétaire de la Wilcox Company. »

Le vieil homme serra les poings. « Si j'avais su que telle était votre intention, jamais je ne vous aurais vendu la société. C'est contraire à tout ce pour quoi j'ai travaillé, à tous mes principes. Je vous prenais pour un gentleman. J'ai cru en votre parole, et vous m'avez menti. »

Edward Stewart se redressa et se dirigea de l'autre côté du bassin, couvant son voilier d'un regard plein de tendresse. Sous sa commande, le bateau évolua sur le miroir de l'eau. Au bout d'un moment, il s'agenouilla à nouveau au bord de la piscine et secoua la tête avec admiration. « N'est-il pas splendide ? Je crois que c'est l'un de mes modèles les plus réussis. »

Wilcox lui lança un regard chargé d'indignation derrière les verres épais de ses lunettes. « Je ne suis pas venu pour admirer votre flotte, monsieur. J'exige de vous une réponse. »

Détournant enfin son attention du modèle réduit, Edward dévisagea froidement son interlocuteur. « Wilcox, dit-il, ces bateaux sont mon violon d'Ingres. Les fabriquer et les regarder naviguer me procure une véritable détente, un plaisir intense. En réalité, rien ne me satisfait autant que de voir l'un de mes navires réagir à chacune de mes commandes. »

Le visage de Wilcox se contracta comme s'il avait reçu une gifle.

« Vous devriez avoir un hobby vous aussi, lui conseilla Edward avec un vague sourire. Vous aurez tout le temps à présent. Finis les soucis de travail. Je vous recommande les modèles réduits.

— Je vous poursuivrai en justice, monsieur », dit Wilcox en le regardant droit dans les yeux.

Edward haussa les épaules. « Vous aurez du mal à soutenir une accusation. Un passe-temps, monsieur Wilcox. Un passe-temps, voilà ce qu'il vous faut. »

Les yeux du vieil homme étaient pleins de rage, mais chacun de ses muscles semblait s'être relâché. Il traversa dignement la terrasse et entra dans la maison.

« Notre domestique va vous reconduire », lui cria Edward, mais il avait déjà disparu.

Edward se concentra à nouveau sur son bateau. Il l'amena à lui, le sortit de l'eau et examina la coque.

Paul se rendit compte qu'il tremblait de tous ses membres. Il respira profondément, s'efforçant de se maîtriser. Et alors ? se dit-il. Qu'est-ce que ça peut te faire ? Ce sont des histoires d'hommes d'affaires. Tu t'en fiches. Mais il eut beau se sermonner, il se sentit inexplicablement attristé par la scène dont il venait d'être le témoin. La colère désespérée du vieil homme l'emplissait de pitié, et le type avec son bateau qui avait si mal traité ce pauvre vieux le dégoûtait. C'est pas tes oignons, se répéta-t-il. Mais il n'avait pas envie d'aller demander à cet individu s'il avait vu son chat. Il attendit d'avoir retrouvé son calme et rebroussa chemin. Il avait à peine fait quelques pas lorsqu'un chat rayé gris et noir surgit de dessous les buissons devant lui.

« Sam ! » s'écria-t-il.

Edward Stewart leva brusquement la tête ; le bateau lui glissa des doigts et tomba dans la piscine avec un plouf. « Qui est là ? » demanda-t-il.

Sam détala en direction du ruisseau. Paul hésita, faillit s'enfuir en courant, puis se ravisa et sortit de la haie en levant les mains, comme s'il se rendait. « Je suis désolé de vous déranger, s'excusa-t-il. Je cherchais mon chat et je l'ai vu dans ces buissons. »

L'homme blêmit à la vue du jeune garçon et le dévisagea sans mot dire. Pendant l'espace d'une seconde le reflet d'une angoisse proche de la peur passa dans ses yeux gris. Un tic agita ensuite sa paupière gauche et il posa sur l'adolescent un regard froid.

« J'étais à la recherche de mon chat, répéta Paul. Je m'excuse de vous avoir dérangé. »

L'homme parut se détendre. Il desserra les poings, s'éclaircit la gorge.

« Je m'excuse... dit Paul.

— La prochaine fois que tu viendras ici, Paul, prononça enfin Edward, fais-toi tout simplement annoncer. »

Paul resta interloqué. Son visage s'allongea. « Vous me connaissez ? »

Edward lui adressa un petit sourire. « Ma femme et moi sommes les voisins de tes parents depuis de nombreuses années. » Il l'examina attentivement. « A dire vrai, nous t'avons connu lorsque tu étais petit. Peut-être te souviens-tu de moi ? »

Paul se balança d'un pied sur l'autre, les yeux baissés.

« Eh bien, j'étais petit lorsque c'est arrivé, alors vous savez...

— Oui, bien sûr. »

Edward se mit à le dévisager avec une telle insistance que Paul eut l'impression désagréable d'être jaugé comme un criminel échappé de prison. Il chercha désespérément quelque chose à dire. Son regard tomba sur le bateau.

« C'est à vous ?

— Oui. C'est moi qui l'ai fabriqué. J'ai fait des maquettes de quelques-uns des plus grands voiliers du monde. Mon atelier est installé dans ce moulin là-bas.

— C'est formidable », bredouilla Paul.

Le son perçant d'une voix furieuse qui criait son nom l'emplit d'un soulagement inespéré. Tournant la tête vers la maison, il vit Tracy s'avancer vers la terrasse.

Elle fusilla son frère du regard. « Maman te cherche partout.

— J'arrive. J'avais perdu mon chat.

— Je viens de le voir.

— Bonjour, Tracy, dit Edward.

— Bonjour, monsieur Stewart. Tu dois rentrer à la maison, Paul. » Sans ajouter un mot, elle pivota sur elle-même et repartit.

Paul haussa les épaules et fit un pas en arrière. « Bon... Je suis content de vous avoir rencontré, dit-il.

— A un de ces jours », dit Edward.

Paul lui adressa un sourire timide. Il recula de quelques pas, fit demi-tour et s'enfonça dans la haie de lilas.

Edward le suivit du regard, ses impassibles yeux gris rivés sur la silhouette qui disparaissait à travers le feuillage. Derrière lui, le voilier vint heurter le bord de la piscine et chavira ; la coque disparut à moitié sous l'eau. Détrempées, les voiles légères flottèrent à la surface comme des épaves.

Tracy grimpa les marches du porche en frappant du pied et passa devant sa mère.

« Il était chez les Stewart. Il arrive », dit Tracy en claquant la porte à moustiquaire derrière elle.

Anna ferma les yeux pendant une seconde. Tout son corps se détendit. « Merci, Tracy. »

Thomas sortit sur le porche en tirant son sac de golf derrière lui. Il le posa contre la balustrade et examina ses clubs l'un après l'autre.

« J'ai remis le fer à sa place, dit Anna au bout d'un moment.

— C'est ce que j'ai vu. As-tu retrouvé Paul ?

— Il était à côté. Tracy est allée le chercher chez les Stewart.

— Qu'était-il allé faire là-bas ?

— Je ne sais pas. Quand Edward t'a-t-il invité à jouer au golf ?

— Hier, en me raccompagnant ici. J'ai oublié de te le dire.

— Ça m'étonne. Pas toi ? »

Thomas la regarda. « Pourquoi ?

— Eh bien, tu connais Edward. Ce n'est pas précisément son genre. »

Thomas sourit. « C'est le moins qu'on puisse dire. Mais il a manifesté un intérêt très vif pour Paul. Il nous a aimablement invités à son club. Peut-être Iris l'y a-t-elle poussé.

— Peut-être. » Mais Anna avait du mal à imaginer Edward prenant en compte les suggestions de sa femme. « Ce sera sûrement très agréable, dit-elle.

— J'ai pensé que ça pourrait distraire Paul. »

Anna ne voulut pas lui montrer combien elle était heureuse de l'entendre s'intéresser à leur fils.

« Nous pourrions aller tous ensemble à la plage, plus tard. Cet après-midi, si tu veux. Lorsque nous serons rentrés.

— Chéri, dit-elle, je suis désolée pour la nuit dernière. J'avais l'intention de monter me coucher, mais j'étais exténuée et j'ai dû m'endormir dans mon fauteuil.

— Ça ne fait rien.

— A partir d'aujourd'hui, tout va changer. »

Elle le serra dans ses bras et il prolongea leur étreinte.

« Je ferais mieux d'aller préparer le petit déjeuner », dit-elle.

Mais elle vit Paul apparaître au fond du jardin. Elle le regarda s'avancer lentement, parlant tout bas à son chat.

Brusquement, au moment où il atteignait l'emplacement de l'enclos où il jouait lorsqu'il était enfant, Anna vit passer sur son visage une expression de désarroi qui se transforma en grimace de souffrance. Il laissa tomber son chat qui atterrit en boule à ses pieds. Portant la main à son front, il se frotta les sourcils, les traits soudain contractés par la douleur.

« Tom, murmura Anna. Il ne va pas bien. » Elle hésita une seconde, puis descendit d'un bond les marches du porche en bousculant son mari au passage.

« Paul ! cria-t-elle. Qu'est-ce que tu as ? »

Le chat leva la tête vers elle, mais Paul ne la regarda pas.

« Rien », dit-il, les yeux fixés sur le sol. Il passa rapidement devant elle et pénétra dans la maison. Il était blanc comme un linge. Anna le vit entrer dans la cuisine et saluer sa sœur assise à la table. Tracy lui répondit en marmonnant.

Les mains crispées l'une contre l'autre, Anna reporta son regard sur l'endroit où se trouvait autrefois le parc à jeux.

Flairant l'herbe, le chat parcourait prudemment le territoire inconnu, se méfiant de chaque pierre, de chaque brin d'herbe.

6

Les branches mortes cinglaient ses bras nus, des insectes bourdonnaient autour de son chapeau, tandis qu'il s'avançait péniblement dans l'épais taillis d'arbres et de buissons du rough. Il n'avait eu aucun mal à trouver Hidden Woods Lane à la sortie de l'autoroute, ce matin. Il avait garé sa voiture dans un chemin de terre à un croisement, et attendu. Il avait vu l'homme à la Cadillac s'arrêter pour prendre le gosse et son père et les avait suivis jusqu'au terrain de golf. Après avoir escaladé une clôture, il avait suivi leur parcours, tapi dans les arbres et les buissons tout au long du fairway. Ils en étaient au septième trou. C'était plutôt risible de voir le gamin lambiner derrière les deux hommes, manifestement peu intéressé par la partie, transpirant sous le soleil dans sa vieille veste. Lange s'efforçait de se montrer patient avec le maudit drôle, mais le gosse ne faisait pas attention à ses explications. Il se traînait sans un sourire, les épaules tombantes. Rambo se demanda avec amertume si l'homme était satisfait aujourd'hui d'avoir retrouvé ce sale cabochard. Les voix s'adressèrent à lui à nouveau, maudissant l'ingratitude de l'enfant et son retour au pays de l'or et de l'argent, où personne ne discerne le bien du mal. Ses lèvres marmonnaient les paroles qu'il entendait dans sa tête.

Thomas leva son club et frappa d'un grand coup la balle qui partit en direction du septième trou.

« Bien joué », dit Edward.

Thomas regarda la balle retomber. « Pas mal, reconnut-il, étant donné mon manque d'entraînement. »

Edward lui fit signe de poursuivre. « Vous avez une chance de faire un birdie ce coup-ci », dit-il.

Thomas tendit un club à Paul. Ils avaient joué alternativement pendant les six premiers trous. Faisant mine d'ignorer la physionomie maussade du garçon, il s'efforçait consciencieusement d'apprendre à son fils la manière de préparer un coup et de frapper la balle. « Utilise ce club pour ce coup-ci, dit-il. On pourra peut-être arriver directement sur le green. »

Paul contempla le fer que lui tendait son père avant de le repousser. « Je suis un peu fatigué. Est-ce que je peux rentrer ? »

Thomas remit soigneusement le club dans son sac. « Si tu veux. » Il se tourna vers son hôte. « Paul peut-il nous attendre au club house, Edward ? »

Edward hocha la tête. « Bien entendu.

— Nous n'avons plus que deux trous à jouer après celui-ci, insista Thomas. Tu ne veux vraiment pas rester jusqu'à la fin ?

— Non.

— Bien. » Thomas regarda Paul se diriger lentement vers le club house.

Rambo approuva le gosse. Ce sport lui paraissait sans intérêt. Il chassa un moucheron qui voletait autour de sa tête et attendit impatiemment qu'Edward jouât.

Edward se plaça devant la balle, se balança légèrement d'un pied sur l'autre et fit pivoter son club en arrière. A cet instant, Rambo voulut se baisser pour mieux voir et fit craquer des branches. Edward frappa un peu trop violemment et la balle dévia de sa trajectoire et roula jusque dans un bunker. Il piqua un fard. « Avez-vous entendu ce bruit dans le rough ? Ça m'a gêné. » Il jeta un regard exaspéré vers les buissons, monta sur la butte au-dessus du bunker et se baissa vers la balle d'un air contrarié. « Il va falloir que je la sorte de là, à présent, marmonna-t-il. Continuez. »

Thomas contempla le petit point blanc que formait sa propre balle sur le fairway. « Je vous retrouve plus loin », dit-il.

En le voyant passer près de lui, Rambo prit sa décision. C'était le moment ou jamais.

Lorsque Thomas eut parcouru la moitié du fairway, Rambo se rapprocha furtivement du bunker. Edward s'y était engagé avec précaution ; une grimace déformait son visage au contact du sable qui pénétrait dans ses chaussures. Rambo écarta les buissons et courut jusqu'au bord du bunker. Après s'être assuré qu'il n'y avait personne en vue, il s'éclaircit la gorge.

« Monsieur Stewart. »

Edward se raidit, humilié qu'on pût le voir dans cette fâcheuse situation. Il regarda d'un air exaspéré autour de lui, prêt à fusiller des yeux celui qui l'interpellait et fronça les sourcils à la vue inattendue de l'individu pâle et nerveux qui se tenait devant lui. On aurait pu le prendre pour un vieux caddie s'il n'avait eu aux pieds des souliers d'un noir brillant, vraisemblablement en plastique. Edward se détendit. Ce n'était visiblement pas quelqu'un d'important.

« Oui.

— Approchez-vous, dit Rambo. J'ai quelque chose à vous dire.

— Si vous avez un message pour moi, faites vite. Vous interrompez ma partie. »

Rambo le dévisagea, décontenancé par sa réaction. Il secoua un index pointé dans sa direction. « Je suis là pour prêcher la Parole de Dieu, se mit-il à psalmodier. Pour rendre la Justice du Seigneur.

— Dans votre propre intérêt, monsieur, dit Edward, je vous conseille d'aller répandre vos bonnes paroles ailleurs et de quitter immédiatement ce terrain de golf. » Il tourna le dos et approcha la face de son club de la balle à moitié enterrée.

« Le Seigneur m'a parlé. Par deux fois, il m'a signifié d'aller exercer sa Justice sur vous.

— Je vous préviens...

— Malheur à vous, impie. Il est plus aisé pour un chameau de passer par le trou d'une aiguille que pour un riche...

— En voilà assez ! s'écria Edward. Je vais vous faire jeter dehors. »

Rambo fit un pas en arrière. « Je vous ai vu, chuchota-t-il. Ce jour-là, sur l'autoroute. Il y a onze ans. J'ai vu ce que vous avez fait. »

Edward se figea. Son visage blêmit sous sa casquette de golf.

« J'ignore de quoi vous parlez, murmura-t-il.

— Du jeune garçon, le fils de votre ami, dit Rambo en tendant le bras dans la direction où Paul s'était éloigné. J'étais dans les buissons. J'ai tout vu. »

Edward dévisagea l'homme. Et soudain, il comprit pourquoi il lui semblait le reconnaître. Il revit les photos, parues dans la presse, de l'individu décharné, toujours coiffé d'un chapeau. « Rambo, souffla-t-il.

— Vous y êtes, s'écria Rambo triomphant. La voix du Seigneur sur la Terre. »

Edward sentit une angoisse épouvantable le tenailler à mesure que les paroles de Rambo pénétraient dans son esprit. Il réfléchit à toute vitesse. Rambo devait être fou pour avoir osé venir ici avec la présence de Thomas et du garçon.

Il s'humecta plusieurs fois les lèvres, s'efforçant de se concentrer. Mais seules des images fulgurantes de scandale traversaient son cerveau.

« Que désirez-vous ? murmura-t-il dans un souffle, les yeux rivés sur le visage hagard de Rambo.

— Le Seigneur m'a chargé d'une mission, clama Rambo. J'ai une tâche à accomplir. Achever Son œuvre avec l'aide de votre argent. Vous serez sauvé si vous me donnez cet argent. »

Chantage, pensa Edward. En quelque sorte, cette constatation le soulagea un peu. Au début, il avait cru qu'un bras vengeur s'abattait sur lui, que le jour tant redouté était arrivé. L'allusion à l'argent lui remit brutalement les idées en place. Il dévisagea l'homme en face de lui, qui était manifestement fauché. « Que voulez-vous ? » répéta-t-il avec plus d'assurance.

La question sembla tirer Rambo de ses divagations. « De l'argent, répondit-il. Assez pour que je puisse m'en aller.

— Et si je ne vous en donne pas ?

— J'irai vous dénoncer à la police. »

La violence de la menace fit frémir Edward. D'une main tremblante, il essuya son front sous sa casquette. L'estomac noué, il sentait des bouffées de chaleur le parcourir.

« Qui d'autre est au courant à part vous ?

— Ne vous faites pas de bile pour ça. Personne en dehors de moi. Ma femme le savait. Elle se trouvait avec moi ce jour-là. Mais elle est morte. Et le garçon le sait aussi, je présume.

— Vous lui avez raconté ce qui est arrivé ?

— Bien sûr que non ! Mais il était présent, non ? Peut-être se souvient-il. J'en sais rien. Autrement, personne.

— Pourquoi avoir attendu si longtemps, chuchota Edward. Pourquoi maintenant ? »

Rambo eut un sourire rusé. « Je ne savais pas que c'était vous. Pas avant de vous avoir vu à la télévision, hier. Alors je vous ai reconnu, vous et votre voiture de luxe, avec l'aigle. Pas fameux conducteur, hein ?

— La télévision ? » Edward resta un moment avant de se souvenir de l'interview chez les Lange. Sa Cadillac était visible dans l'allée. Il étouffa un grognement en se rappelant la façon dont il s'était laissé convaincre d'apparaître à l'écran. Ressaisis-toi, à présent. Fais fonctionner ton cerveau. Il dévisagea Rambo. Cet homme est fou, pensa-t-il. Il n'a aucune preuve.

Le cœur battant à tout rompre, il se força à ramasser calmement sa balle de golf et s'adressa doucement à Rambo « Ainsi, si je ne vous donne pas... cet argent, vous irez raconter votre histoire à la police, c'est bien ça ? »

Rambo parut vidé. « C'est ça. »

Edward poursuivit sans perdre son sang-froid : « Alors que vous risquez la prison à vie si l'on vous arrête, vous iriez droit au poste de police le plus proche ?

— En fait, répondit évasivement Rambo, je pourrais ne pas m'y rendre en personne. »

Pour la première fois, Edward retrouva son aplomb. Il se sentit maître de la situation. Rambo était un pauvre type minable. Un pitoyable pleurnichard sans importance dont il n'avait rien à craindre. « Comment allez-vous vous y prendre ? interrogeat-il. En leur envoyant un télégramme ? Une lettre anonyme ?

— J'ai un moyen, affirma Rambo, soudain méfiant.

— Je ne vous crois pas, déclara Edward d'un ton cassant. Je ne crois pas que vous le ferez. »

Les traits de Rambo s'affaissèrent ; sa voix monta.

« Donnez-moi l'argent, cria-t-il, ou vous allez voir ! »
Il fouilla dans la poche de sa chemise, en sortit une
cigarette et des allumettes. Il coinça sa cigarette entre
ses lèvres, l'alluma et se mit à aspirer la fumée comme
si elle lui procurait paradoxalement de l'oxygène.

« Laissez-moi vous dire une chose, monsieur
Rambo, dit Edward sèchement. J'appartiens à la
meilleure société de cette ville. Pour parler clairement, je possède l'argent et le pouvoir. Qui croyez-
vous capable de mettre ma parole en doute face à la
vôtre ? »

A ces mots, une nouvelle crise de mysticisme
enflamma Rambo, et il se répandit en invectives.
« Que feras-tu au jour du Jugement dernier ? Auprès
de qui chercheras-tu refuge ? Qu'adviendra-t-il de tes
richesses ? »

Edward se redressa de toute sa hauteur. « Vous êtes
un criminel en fuite. Un fugitif. Un homme traqué. »

Rambo courba les épaules comme si son accès de
violence l'avait épuisé.

Edward sentit qu'il était en train de gagner la
bataille. « Si vous réfléchissez, dit-il lentement, vous
admettrez que c'est une idée absurde. »

Rambo regarda d'un air impuissant celui qu'il
considérait il y a encore un instant comme sa proie.
« J'ai besoin de cet argent, gémit-il.

— Je n'en doute pas, rétorqua Edward. Mais ce
n'est pas de moi que vous l'obtiendrez. Maintenant,
déguerpissez avant que je n'appelle la police. »

Rambo resta bouche bée, essayant vainement de
formuler une réplique. « Le Jour du Jugement dernier...

— Filez ! »

Rambo recula de quelques pas. Lorsqu'il atteignit
le rough, il fit demi-tour et se sauva à toutes jambes
dans le taillis. Edward l'entendit faire craquer les
branches, comme un lapin détalant devant une meute
de chiens.

Tout en regardant froidement Rambo s'enfuir,
Edward sentait son cœur battre à grands coups. Il

s'était débarrassé de lui avec facilité. Il avait retourné la situation à son avantage. Mais l'angoisse lui serrait encore la poitrine. Il regarda la balle dans sa main et, levant son bras en arrière, il la lança aussi loin qu'il le put vers le fairway. Puis il se hissa hors du bunker.

Debout près du green, Thomas scrutait le terrain. Avec un sourire forcé, Edward lui indiqua d'un signe de la main qu'il était sorti du bunker et se préparait au coup suivant.

Il alla choisir un club dans son chariot. Tu t'es débarrassé de lui, se dit-il, cherchant à se rassurer. Il n'y a rien à craindre. Il ne reviendra plus.

Au moment où il se plaçait devant la balle, il remarqua un petit carré de carton blanc sur l'herbe, au bord du bunker. Il alla le ramasser, l'examina. C'était une boîte d'allumettes, portant le nom du La-Z Pines Motel, Kingsburgh, New York, inscrit en lettres pointillées. « Gus deBlakey, Prop. »

Edward regarda les buissons dans lesquels avait disparu Rambo. Il a tout vu, songea-t-il à nouveau. Il sait ce que j'ai fait.

Il mit la boîte d'allumettes dans sa poche, retourna devant sa balle et se prépara à frapper. Il répartit son poids, toucha la balle avec la face du club afin de s'assurer que le coup serait parfaitement droit, leva la canne en arrière et tapa de toute sa force. Avant qu'il ne levât la tête, la balle volait vers le green, hors de sa vue. Parfait, estima-t-il. Tu ne rates jamais ton coup. Tu ne dois jamais rater ton coup.

« Aimes-tu la plage, Paul ? » interrogea Anna au moment où Paul et Tracy sortaient de la voiture. Tracy traversa la route étroite et se dirigea vers la passerelle en planches qui bordait les dunes.

« Je n'y suis jamais allé », avoua Paul en chargeant sur son épaule la chaise de plage en aluminium.

Il a l'air d'un gosse abandonné, se dit Anna. Elle prit le panier de pique-nique dans le coffre. « Tu y viendras souvent à partir d'aujourd'hui, promit-elle. Nous allons te procurer un laissez-passer et t'acheter un maillot de bain. N'est-ce pas, Tom ? »

Thomas refermait la portière. « Quoi ? »

Anna lui tendit le panier de pique-nique tandis que Paul traversait la route, suivant Tracy. « Tu es terriblement silencieux, fit-elle remarquer.

— Je réfléchissais, dit-il en emboîtant le pas aux enfants.

— Tu ne m'as pas raconté ta partie de golf. Est-ce que Paul s'est amusé ?

— Je n'en sais rien. Je l'espère. »

En haut des dunes on apercevait les eaux calmes du Long Island Sound qui s'étendaient jusqu'à l'horizon. Anna rejoignit Paul.

« Alors, qu'en dis-tu ?

— C'est beau. »

Indifférent, Thomas installait les sièges sur le sable. Tracy avait rejoint un groupe d'amis qui bronzaient au soleil, au pied de la chaise du maître nageur.

« Tu ferais mieux de te mettre un peu de crème, conseilla Anna en remarquant la peau pâle de son fils.

— Je vais faire un tour », dit-il.

Elle regarda Paul se diriger vers la mer, sa veste sur son bras. Sa peau paraissait d'un blanc maladif. Elle soupira et se laissa tomber sur la serviette étalée près de Thomas qui feuilletait son journal sur sa chaise basse. Elle lui tapota le genou.

« Veux-tu que je te mette de la crème dans le dos ? » fit-il.

Anna lui tendit le flacon. Il fit couler quelques gouttes de crème dans sa main et se mit à masser le dos nu de sa femme. « Hmmm, c'est bon, dit-elle en renversant la tête en arrière, les yeux mi-clos fixés sur l'endroit où se tenait Paul au bord de l'eau. Je crois que je vais lire un peu.

— Tu as l'air épuisée, dit Tom. Pourquoi ne ferais-tu pas un petit somme ?

— Je ne sais pas. Je préfère garder un œil sur lui.

— Pourquoi ? s'écria Thomas en jetant le flacon sur la serviette. Ce n'est plus un bébé, Anna.

— J'ai oublié de lui demander s'il savait nager. »

Thomas regàrda Paul qui se tenait dans l'eau jusqu'aux chevilles. « Je n'ai pas l'impression qu'il va être emporté par la mer », dit-il.

L'agacement dans sa voix n'échappa pas à Anna et elle chercha à l'apaiser. « Tu as raison. J'ai besoin de me détendre. » Elle s'étendit sur sa serviette et ouvrit son livre, mais elle ne pouvait s'empêcher de lever furtivement les yeux toutes les deux ou trois pages.

La chaleur du soleil sur son corps eut peu à peu un effet soporifique. Elle contempla l'étendue de sable chaud. Elle avait à peine dormi la nuit dernière et la lassitude s'empara d'elle, ses paupières se fermèrent. Elle rêva d'un petit garçon dans une mare d'eau et de lumière.

Soudain un hurlement déchirant transperça son rêve, chassant l'enfant, et Anna se réveilla en sursaut. Le cri aigu se prolongea tandis qu'elle émergeait péniblement des brumes du sommeil. La plainte d'un enfant l'emplit de terreur.

Avec un soupir, Anna se laissa retomber sur sa serviette. Puis, se rappelant Paul, elle se retourna, balaya la plage des yeux. Elle mit un moment avant de l'apercevoir.

Un homme vêtu d'une ample chemise, portant des lunettes noires et un chapeau à large bord, se tenait juste derrière lui. Tous les deux tournaient le dos à Anna. Les mains de l'homme étaient plaquées sur les épaules étroites de Paul.

« Tom ! s'exclama Anna. Regarde.

— Quoi ? » Thomas souleva un coin de son journal.

« Cet homme, dit Anna en se levant, le cœur soudain serré.

— Où vas-tu ? » demanda Thomas en voyant Anna se diriger vers le rivage, les yeux fixés sur son fils et sur l'homme derrière lui, accélérant le pas à mesure qu'elle s'approchait d'eux. « Que faites-vous ? » lança-t-elle à voix si haute que l'homme et le garçon sursautèrent.

Ils pivotèrent vers elle. Paul baissa les jumelles que l'homme venait de lui prêter et eut un mouvement de recul à la vue d'Anna. Son compagnon parut interloqué.

« Je lui montrais... » commença-t-il.

Anna voulut prendre son fils par le bras, mais Paul se débattit pour lui échapper. L'étonnement dans ses yeux fit place à la colère.

« Qu'est-ce qui vous prend ? s'écria-t-il. Il me faisait voir... »

Anna se tourna vers l'homme dont le visage coloré s'allongeait devant cet assaut d'hostilité. « Que cherchez-vous à faire avec mon fils ? demanda-t-elle d'un ton soupçonneux.

— Rien...

— Il me montrait des poissons, cria Paul.

— Je vais appeler un policier, menaça Anna, cherchant à entraîner son fils.

— Laissez-moi tranquille, protesta Paul en s'écartant d'elle. Allez-vous-en ! »

Les mains d'Anna retombèrent. Son regard désespéré passa de Paul à l'homme au chapeau. « Ecoutez, dit sèchement ce dernier en se redressant de toute sa hauteur, je n'ai rien fait de mal. J'ai permis à votre fils de regarder dans mes jumelles. Maintenant, j'estime que vous me devez des excuses. Vous me mettez dans l'embarras devant tous ces gens. »

Anna se sentit soudain toute petite. La peur et la colère la quittèrent. Elle se passa une main sur les yeux, courba les épaules. « Je suis désolée, murmura-t-elle.

— C'est moi qui devrais appeler la police, dit l'homme.

— Je suis désolée, répéta Anna. J'ai perdu la tête. J'ai eu peur... » Ses mains pendaient mollement à ses côtés. Elle fixa un petit trou à ses pieds qu'avait laissé une coque en s'enfonçant dans le sable. Elle aurait voulu rentrer sous terre tout comme ce coquillage.

« On serait désolé à moins », dit l'homme en tirant sur les pans de sa chemise.

Paul s'éloigna d'eux d'un pas mal assuré. Ses joues étaient enflammées. Les yeux baissés, Anna fit demi-tour. Thomas se dressa sur son chemin. Il la dévisagea d'un air sévère, incrédule. Elle secoua la tête, incapable de trouver une explication.

« Partons », dit-il.

Ils quittèrent la plage sans dire un mot, passèrent devant Tracy. « Veux-tu que nous te ramenions ? demanda Thomas.

— Non, dit-elle.

— Téléphone-moi plus tard. Je viendrai te chercher. »

Anna ramassa sa serviette. Paul avait disparu derrière les dunes. Il était sans doute déjà dans la voiture, honteux de l'humiliation qu'elle lui avait causée. Les lèvres tremblantes, elle souleva le panier de pique-nique, lourd de leur déjeuner intact.

7

Gus deBlakey, le propriétaire du La-Z Pines Motel, balayait le seuil du bureau de réception lorsque Albert Rambo s'engagea dans la cour. Gus s'appuya sur son balai pour regarder passer la vieille Chevrolet bleue toute cabossée. Il se demanda combien de temps ce type avait l'intention de rester. Mais son peu d'imagination ne le portait pas à s'attarder sur les clients de passage. Dieu sait s'il avait assez à faire comme ça.

Rambo claqua la portière de sa Chevrolet, ouvrit la porte de sa chambre et la referma bruyamment derrière lui. Il ne prit pas la peine d'allumer, mit en route l'air conditionné, se laissa tomber sur le lit défoncé et resta immobile, le regard fixé sur les stores vénitiens baissés. Il sortit une cigarette de sa poche, et ne trouvant pas ses allumettes, prit celles qu'il avait repérées ce matin dans le tiroir de la table de nuit.

Il ne pouvait chasser de son esprit le souvenir du regard furibond d'Edward. Un sentiment d'échec l'envahit à mesure qu'il se rappelait leur conversation sur le terrain de golf. Il n'avait aucune preuve réelle contre cet homme. Il avait compté sur l'effet de surprise pour le faire chanter. En outre, il avait reçu l'ordre de le faire. On l'avait chargé de cette mission.

Rambo prit sa Bible et s'absorba dans la lecture du chapitre marqué d'un ruban. Mais ses yeux refusaient de s'arrêter sur les mots. Au bout d'un moment, il referma le livre et le mit de côté. Lentement, il sortit son portefeuille, l'ouvrit, en contempla le maigre contenu. La pièce était silencieuse. Aucune voix divine ne s'élevait pour lui dicter sa conduite, à présent. Les choses étant ce qu'elles étaient, il n'aurait plus un sou d'ici un jour ou deux.

Il referma son portefeuille. Une photo dépassait de l'une des poches intérieures. Il la tira complètement.

C'était un portrait de Dorothy Lee, souriante dans son uniforme d'infirmière. Une vieille photo prise le jour où elle avait obtenu son brevet. Elle avait été si fière d'être diplômée.

Tenant délicatement la photo par un coin usé, il se rappela sa femme. En fait, c'était pour elle qu'il avait agi ainsi, qu'il avait pris le gamin. Elle avait tellement envie d'avoir un bébé et il ne pouvait pas lui en donner. Au service des adoptions, ils n'avaient même pas daigné s'occuper d'eux, soi-disant parce qu'il passait son temps enfermé à l'hôpital. C'est pour ça qu'il avait pris le gosse. Et voilà où ça l'avait mené !

Dorothy Lee l'avait tanné pour le forcer à garder sur lui une photo du môme, mais il avait toujours refusé. Pas question de trimbaler sur lui la photo de ce foutu gamin. C'était déjà assez pénible d'avoir à le regarder dans la réalité. Maudit gosse qui avait ruiné son existence !

Une fois l'enfant à la maison, Rambo n'avait plus compté. Comme si Dorothy Lee ne se souciait plus de lui. Il la revoyait en train de regarder la télévision, assise sur la banquette-lit dans l'obscurité de la caravane, l'enfant blotti sur ses genoux. Elle passait son temps à le bercer en fredonnant, à jouer avec ses cheveux, sans faire attention à son mari. Rambo regarda à nouveau la photo de sa femme, tenté de la déchirer. Puis il la remit dans son portefeuille.

« Tu ne peux pas comprendre, Albert, lui répétait-elle. Une mère ferait tout pour son enfant. » Lorsqu'il lui rappelait que Billy n'était pas véritablement son enfant, Dorothy l'envoyait promener. « Je suis sa mère, disait-elle, et ça ne regarde que moi. »

Soudain une voix s'éleva dans la chambre. Non pas la voix du Seigneur, mais la propre voix de Rambo. « Bien sûr ! La mère. C'est elle qui paiera. La mère ! »

Pendant un long moment, il tourna et retourna l'idée dans sa tête. Puis, croisant une jambe par-dessus l'autre, il posa la Bible ouverte sur son genou osseux et se mit à marmonner à voix haute, cherchant avec fébrilité le chapitre et le verset qui l'aideraient à solliciter l'aide du Seigneur pour mener à bien cette ultime entreprise.

« Edward ? »

Edward referma la revue des anciens élèves de Princeton et la posa à côté de son assiette. Ils étaient attablés dans la vaste et sombre salle à manger de leur maison.

« Pardon ?

— Je te demandais si Paul a apprécié sa partie de golf aujourd'hui, dit Iris.

— J'ai eu l'impression, oui. »

Iris prit un petit pain dans la corbeille, en rompit un morceau qu'elle tint entre ses doigts.

« A quoi ressemble-t-il ? »

Edward lança un coup d'œil désapprobateur sur le morceau de pain dans la main de sa femme et s'apprêta à piquer sa fourchette dans sa salade de fruits de mer. « Je ne sais pas, dit-il. Il n'a rien de particulier.

— Je suis tellement impatiente de le voir. A-t-il l'air de s'être habitué à sa nouvelle vie ? »

Les yeux d'Edward passèrent du visage de sa femme à la couture décousue de sa robe, juste au-dessus de sa taille épaissie. Il prit sa fourchette par les dents et se pencha vers Iris.

Elle le regarda, interdite, et tressaillit en sentant le manche froid de la fourchette toucher sa peau à travers le trou de sa robe.

Edward fronça le nez de dégoût. « Iris, tu n'entres plus dans tes vêtements. »

Iris eut un mouvement de recul. Ecarlate, elle croisa les bras dans l'espoir de dissimuler la partie décousue. « Je ne m'en suis pas rendu compte en m'habillant.

— Tu pourrais te montrer un peu plus soigneuse.

— Je sais. Je suis désolée.

— Tous les préparatifs sont-ils terminés pour la réception ? demanda-t-il sans la regarder.

— Oui ! » s'écria-t-elle.

Edward soupira. « Tu n'as pas besoin de crier comme ça, Iris.

— Je... j'ai téléphoné au fleuriste et au traiteur. Tout est prêt.

— A propos, tu peux rayer les Wilcox de notre liste d'invités. Ils ne viendront pas.

— Le pauvre homme semblait bouleversé en quittant la maison ce matin. Que s'est-il passé ?

— Ce sont les affaires, Iris. Ça ne te regarde pas. Raie-les de la liste. C'est tout. »

La domestique entra pour débarrasser le couvert. Iris lui tendit son assiette et surprit le regard de son mari fixé sur sa taille. Elle baissa vivement le bras.

Edward reprit son magazine. L'esprit préoccupé par les événements de la journée, il n'arrivait pas à se concentrer sur les articles qu'il parcourait.

« Iris, dit-il. J'espère que tu as une robe décente pour la soirée.

— Oui. Je compte mettre ma robe bleue, celle que

je portais pour le ballet de bienfaisance. On m'en a fait de nombreux compliments. »

Un dégoût irrésistible s'empara d'Edward en la voyant approcher une pleine cuillerée de crème glacée de sa bouche. Incapable de se contenir plus longtemps, il roula prestement son magazine entre ses doigts, se leva à moitié et plongea le tube de papier glacé dans la coupe de sa femme. Iris poussa un cri. La crème éclaboussa le devant de sa robe tandis que les coins de la revue se recroquevillaient lentement dans l'entremets.

Iris leva vers son mari un regard interloqué.

« Iris, dit-il en maintenant le magazine planté dans la coupe. Peux-tu m'expliquer pourquoi tu te gaves de crème glacée alors que tu éclates dans tes vêtements ? Tu n'as vraiment pas besoin de ça, si tu veux maigrir. »

Iris essuya ses lèvres et le devant de sa robe tachée avec sa serviette et se leva de table en chancelant. Sur le seuil de la porte, elle se retourna, regarda avec amertume son mari déguster sa glace et quitta la pièce.

Edward lança un coup d'œil sur la revue aux pages détrempées et sonna impatiemment la domestique pour qu'elle l'emportât hors de sa vue. C'était tout de même dommage d'avoir dû sacrifier son périodique afin de donner une leçon à Iris. Il éprouvait toujours une grande satisfaction à le lire, car chaque numéro lui confirmait qu'il avait mieux réussi que la plupart des étudiants de sa promotion, même s'ils avaient démarré dans l'existence avec des avantages qu'il n'avait pas connus.

Rien n'avait été facile pour lui. Tandis que les autres perdaient leur temps à disputer des matchs de football ou à se retrouver dans leurs clubs de luxe, il avait dû travailler dans un petit restaurant pour payer sa scolarité et loger en dehors du campus chez une vieille femme qui élevait son petit-fils orphelin et avait besoin d'argent.

L'endroit avait le mérite d'être calme et Edward avait pu étudier à son aise sans prêter attention à la femme et au petit garçon. Jusqu'à ce maudit jour où il avait laissé traîner son rapport de fin de trimestre sur la table de la cuisine pendant quelques minutes. Le gosse avait par inadvertance renversé un bol de chocolat sur les feuillets, obligeant Edward à retaper son rapport et à le rendre avec un jour de retard.

Il s'était chargé de punir l'enfant. Un matin, profitant de l'absence de la femme et de son petit-fils, il s'était introduit dans le garage et avait desserré les roues de la bicyclette du gamin. Lorsque ce dernier était sorti faire un tour à vélo, les roues s'étaient détachées et il était tombé sur la tête. Dissimulé derrière les rideaux de sa chambre, Edward avait observé la scène ; l'enfant qui gisait immobile par terre, le filet de sang qui coulait le long de son visage pour former peu à peu une mare sur le trottoir. Le gosse s'en était sorti avec une douzaine de points de suture et un œil au beurre noir. Edward s'était senti satisfait. La vieille femme ne l'avait accusé de rien. Elle lui avait simplement demandé de partir dès le lendemain. Trouver un autre logement n'avait pas été facile, mais il n'avait pas regretté son geste.

Il avait parcouru un long chemin depuis cette époque. Il lui fallait noter d'informer la rédaction du journal qu'il avait acheté la Wilcox Company.

Il plongea la main dans sa poche pour y prendre son calepin en cuir et sortit en même temps la boîte d'allumettes du La-Z Pines Motel. Instantanément l'angoisse qui l'avait tenaillé pendant toute la journée revint le harceler. D'abord, il s'était félicité d'avoir si bien su se débarrasser de Rambo. Voir le prétendu maître chanteur réduit à l'état de lamentable ver de terre l'avait empli de satisfaction et il avait repris confiance en son propre pouvoir. Mais à mesure que s'avançait la journée, il était moins sûr de lui.

L'homme était sans doute fou, mais il restait en liberté et il connaissait le terrible secret d'Edward. Lui donner l'argent qu'il réclamait ne représentait pas une solution, car rien ne garantissait que Rambo gardât le silence si la police l'arrêtait. Bien sûr, il ne possédait aucune preuve. On ne pourrait engager aucune poursuite contre Edward. Mais il existait d'autres risques. Il y avait sa position sociale à préserver. L'éventualité d'un scandale. Trop de gens seraient contents de le voir déshonoré. On le jalousait. Il frémit à la pensée qu'un article pourrait naître dans les colonnes de la revue des anciens élèves de l'université, donnant le détail des accusations répugnantes portées contre lui.

Il était tellement plongé dans ses pensées qu'il n'entendit pas Iris. Elle s'avança jusqu'à la table, vêtue d'une autre robe.

« Je me demandais... dit-elle avec hésitation. J'ai envie de passer quelques jours dans une station thermale, la semaine prochaine. Je pourrais perdre un peu de poids. »

Edward porta à ses lèvres la tasse de café que la domestique venait de lui apporter. « C'est regrettable que tu n'y aies pas songé avant la réception, dit-il.

— Je compte partir mardi.

— Je n'y vois pas d'inconvénient.

— Mardi donc », répéta Iris. Elle passa derrière lui et se dirigea vers la porte.

Edward regarda la boîte d'allumettes dans la paume de sa main. Il n'y avait qu'une solution pour empêcher Rambo d'ébruiter son histoire, songea-t-il. Il n'avait pas le choix. Aussi longtemps que Rambo serait en vie, il y avait un risque.

« Tu es certain que ça ne t'ennuie pas, Edward ? demanda Iris sur le seuil de la porte.

— Iris, je peux te jurer que ça m'est complètement égal. »

Il savait ce qu'il lui restait à faire et il le ferait. Il n'était pas de ceux qui reculent devant l'obstacle. Albert Rambo allait regretter le jour où il avait tenté de le faire chanter. Il allait payer très cher son erreur.

Thomas remonta sa montre, la posa sur la commode et se glissa dans le lit en prenant son livre sur la table de chevet. Il alluma la lampe à côté de lui.

Anna ôta lentement ses vêtements. Elle décrocha sa chemise de nuit dans le placard et, la tenant devant sa poitrine, se tourna vers son mari. Thomas ne leva pas les yeux vers elle. Il semblait absorbé par sa lecture. Elle enfila sa chemise avec un petit soupir et se dirigea vers sa coiffeuse. Ses initiales étaient gravées sur le dos de sa brosse à cheveux en argent, cadeau de Thomas pour leur premier anniversaire de mariage. Le peigne assorti était posé à côté de la brosse sur la coiffeuse. Anna commença à brosser lentement ses cheveux.

Thomas abaissa son livre et regarda la longue chevelure se déployer doucement sur les épaules de sa femme. « Je suppose que tu dors ici cette nuit, dit-il d'une voix bourrue.

— J'ai fermé les portes à clef, dit-elle. J'espère que tout ira bien. Je n'arrive pas à savoir ce qu'il ressent depuis son retour... parmi nous. Je crois qu'il est un peu troublé par tout ça. » Elle se tourna et regarda Thomas. « Qu'en penses-tu ?

— Je ne sais pas. »

Anna s'approcha du lit. « Tom, je regrette ce qui s'est passé à la plage aujourd'hui. Je suis désolée de t'avoir mis dans l'embarras. Ainsi que les enfants.

— Mais non, dit-il d'un air crispé.

— Je crois que j'étais à bout de nerfs. » Elle se glissa à ses côtés. « J'espère que nous pourrons nous reposer tranquillement demain, malgré cette réception.

— Il faudra que j'aille reprendre la voiture au garage dans la matinée, et je voudrais acheter de l'engrais pour la pelouse.

— Peut-être pourrions-nous faire quelque chose tous les quatre, à ton retour.

— J'ai dit à Tracy d'emmener Paul à la SPA demain après-midi.

— Oh ! non ! Tom. Pourquoi ?

— Pourquoi pas ? Ces deux-là ont besoin de se connaître.

— Mais aller là-bas tous les deux seuls ? C'est risqué. »

Thomas lui jeta un regard noir. « Tu permets bien à Tracy d'y aller. Tu sais très bien qu'il n'y a aucun danger.

— Oui, bien sûr... Mais tout de même... avec cet homme...

— Anna, ne recommence pas ! Ce qui s'est passé sur la plage aujourd'hui ne te suffit donc pas ? Tu ne rends aucun service à ce garçon en agissant comme tu le fais. Tu ne peux tout de même pas le surveiller à chaque minute de la journée. Pourquoi ne lui fiches-tu pas la paix ?

— Je suis inquiète pour sa sécurité. Et il me semble que tu devrais l'être également. »

Il éteignit la lumière et tourna le dos à sa femme. Anna lui toucha l'épaule. « Je suis désolée, dit-elle. Je ne voulais pas dire ça.

— Ça ne fait rien.

— C'est sans doute toi qui as raison, dit-elle. Je n'arrive pas à prendre sur moi. Tu avais raison pour Tracy. Tu passais ton temps à me mettre en garde parce que je la protégeais trop à cause de ce qui était arrivé... à Paul. Et tu avais raison. »

Elle parlait à mi-voix, se rappelant leurs disputes au sujet de leur fille. Elle avait eu du mal à laisser Tracy vivre normalement. Elle avait dû lutter contre elle-même pour se rendre aux raisons de Thomas. Lorsque Tracy était partie faire un voyage de deux jours à Washington avec sa classe, Anna avait passé presque toute la nuit à vomir dans la salle de bains, torturée par l'angoisse.

« Je sais que tu as raison, répéta-t-elle. Mais c'est très dur pour moi. Je ne peux pas balayer d'un coup toutes ces années de chagrin et d'épouvante.

— Je sais.

— Ça m'aiderait tellement si je sentais que tu me comprends. J'ai besoin de toi. J'ai besoin de partager ce que je ressens avec toi. » Elle passa timidement ses bras autour de lui, posa sa main sur son poignet crispé. « Nous avons tout partagé jusqu'ici. Si nous pouvions seulement... continuer.

— Je ne sais pas, Anna. Peut-être est-ce trop nouveau pour moi. J'ai besoin de m'habituer à l'idée que notre fils est revenu.

— Ce n'est pas facile, chéri. Je comprends. Dès qu'ils auront arrêté Rambo, je te promets de ne plus m'angoisser. Je voudrais seulement que tu aies l'air plus heureux. »

Soudain, elle desserra son étreinte et se redressa. « Tu n'as rien entendu ? » demanda-t-elle.

Il se retourna et la regarda, assise dans le lit, son corps dessiné par le clair de lune dans la mince chemise de nuit.

« Où ?

— En bas. Je suis certaine d'avoir entendu quelque chose. »

Thomas enfouit son visage dans l'oreiller.

« Il y a quelqu'un qui marche, murmura-t-elle.

— Je n'entends rien », dit-il en remontant le drap sur sa tête.

Anna sortit du lit, enfila et noua sa robe de chambre, l'oreille tendue vers les craquements imperceptibles qui lui parvenaient du rez-de-chaussée. « C'est sans doute l'un des enfants », dit-elle d'une voix indécise.

Thomas resta étendu, sans bouger, enfoui dans les draps. « C'est ton imagination », dit-il sombrement.

Anna regarda dans le couloir. Les portes des chambres de Paul et de Tracy étaient fermées, la maison plongée dans l'obscurité totale. Elle perçut l'exaspération de Thomas, mais ne put s'empêcher de céder à son impulsion.

« Je vais voir », dit-elle.

Il ne répondit pas. Anna se glissa dans le couloir et alluma la lumière en haut de l'escalier. Elle descendit lentement, se retenant au mur d'une main, comme pour affermir son pas.

L'escalier était sombre et silencieux. Elle s'arrêta au bas des marches, hésita. Thomas avait sans doute raison. C'était son imagination. Elle pénétra dans le salon, se dirigea instinctivement vers une lampe.

Soudain, elle entendit un son étouffé en provenance de la cuisine.

« Qui est là ? » dit-elle en allumant. Il n'y eut pas de réponse. D'un bref regard autour d'elle, elle s'assura qu'il n'y avait personne dans la pièce, puis elle inspecta la salle à manger. Les chandeliers en cuivre massif attirèrent son attention.

Le cœur battant, elle s'empara de l'un d'eux. Il était lourd et rassurant dans sa main. « Qui est là ? répéta-t-elle. Tracy ? »

Serrant le chandelier dans sa main moite, Anna ouvrit la porte donnant sur la cuisine et alluma le plafonnier. La pièce était vide. Elle regarda autour d'elle, se dirigea vers la porte de service, vérifia qu'elle était bien fermée à clef. Elle retourna ensuite au milieu de la pièce et s'aperçut que la porte du cellier était entrouverte. Elle s'approcha.

Levant le chandelier en arrière, prête à frapper elle donna un coup de pied dans la porte qui s'ouvrit en grand. Elle regarda à l'intérieur et baissa le bras. « Paul ! s'exclama-t-elle. Que fais-tu là-dedans ? »

La lumière de la cuisine éclairait faiblement l'intérieur du cellier. Accroupi par terre, Paul regardait Anna. Ses yeux d'animal pris au piège semblaient exorbités dans son visage pâle et maladif. Ses mains agrippaient l'étagère la plus basse du cellier comme s'il cherchait à se retenir. Il examina Anna avec méfiance, portant son regard sur le chandelier qu'elle tenait dans sa main.

« Pourquoi ne m'as-tu pas répondu ? » demanda Anna d'un ton que le soulagement rendait cassant.

Le garçon haussa les épaules. Anna s'avança vers lui, scrutant avec inquiétude ses traits tirés. Elle s'aperçut qu'il tremblait.

Il se remit péniblement debout sans lui laisser le temps de l'approcher et se glissa devant elle en rasant les étagères.

Anna le suivit dans la cuisine et posa le chandelier sur le comptoir. « Je ne pouvais pas dormir, dit-il. J'avais faim.

— Paul, tu n'as pas à te cacher de moi, dit Anna. Tu es chez toi. » Il évita son regard. « As-tu trouvé quelque chose à manger ? » ajouta-t-elle.

Il hocha la tête.

Elle l'observa avec attention, sans le croire, mais préféra ne pas insister. « Qu'y a-t-il, Paul ? Tu ne te sens pas bien ? »

Il lui jeta un coup d'œil en biais et respira profondément. « J'ai fait un cauchemar. Ça m'a réveillé.

— As-tu envie de le raconter ? Ça fait du bien, parfois.

— Non. Je vais remonter dans ma chambre. B'soir. »

Elle attendit qu'il fût en haut de l'escalier pour éteindre la lumière et le suivre. L'imaginer tapi dans l'obscurité du cellier lui glaça le cœur et elle s'efforça de repousser l'image de son esprit. Mais elle se demanda quelle sorte de rêve avait pu le pousser à se recroqueviller aussi peureusement à son approche.

Elle retourna dans sa chambre. Le corps de Thomas se détachait dans la lumière du clair de lune. Il était couché en chien de fusil, le dos tourné.

« C'était Paul, dit-elle. Il a fait un cauchemar. »

Thomas respirait bruyamment. Anna savait qu'il faisait semblant de dormir. Elle ôta sa robe de chambre et se glissa auprès de lui. Dans la sombre maison silencieuse, la respiration de son mari ressemblait au bruissement des arbres dans le jardin. Elle resta immobile, le dos appuyé à la tête du lit, s'efforçant de retrouver son calme. Au bout d'un moment, elle sentit les muscles tendus de Thomas se relâcher et sut qu'il s'était endormi.

8

Le mécanicien s'essuya les mains avec une serviette : « Je vous fais la facture tout de suite.

— Ne vous pressez pas, dit Thomas, la main posée sur le capot de la voiture. Est-ce que c'était sérieux ?

— Pas tellement. A peu près ce que je vous avais dit au téléphone.

— J'ai été surpris que vous soyez ouvert un dimanche.

— Dimanche, lundi et tous les jours, dit l'homme. Je reviens dans un instant. »

Thomas jeta un coup d'œil à l'intérieur du garage. Il flottait une forte odeur d'huile. Sur un vieux tableau d'affichage, il y avait un calendrier illustré d'une pin-up et une multitude de notes illisibles concernant les voitures. Des pneus étaient entassés sur des rayons ; de grosses taches noires maculaient le sol en ciment. Une poche en plastique remplie de cartes routières et de stylos à bille marqués au nom du garage était posée sur une table.

L'ensemble créait une atmosphère sympathique. C'était un endroit où un homme pouvait boire une bonne bière et lancer quelques plaisanteries douteuses en déjeunant d'un club-sandwich ; un endroit où il pouvait emmener son fils et lui expliquer le fonctionnement d'un moteur. Thomas tenta d'imaginer qu'il venait ici avec Paul et secoua la tête.

Il avait mal dormi la nuit dernière et avait à peine adressé la parole à Anna tandis qu'elle le conduisait au garage. Son regard, lorsqu'elle l'avait quitté, l'emplit de remords. Elle s'apprêtait une fois de plus à s'excuser de s'être levée pendant la nuit pour vérifier si la maison était bien fermée, mais il s'était détourné sans lui laisser le temps de parler.

Il admettait pourtant qu'elle n'avait pas à s'excuser. Après tout, Albert Rambo était un criminel qui avait enlevé leur fils et il était toujours en liberté.

Thomas ferma les yeux. Il avait tort. Tort de ressentir ce qu'il ressentait. Ce n'était pas la faute de Paul si son propre père était incapable d'éprouver pour lui autre chose qu'une sorte de rancœur latente. Il donna un coup de pied dans le pneu de sa voiture.

« Les pneus sont en bon état, dit le garagiste en revenant vers Thomas avec la facture. Je les ai vérifiés. »

Thomas jeta un coup d'œil au montant de la facture et signa un chèque en s'appuyant sur le capot. « Merci beaucoup, dit-il.

-- Je vous en prie. »

Thomas se rappela la liste des achats qu'il devait effectuer avant de rentrer chez lui. Il avait besoin d'engrais pour la pelouse et d'une nouvelle paire de sécateurs à haie.

Il y avait une boutique de vêtements pour hommes à côté du supermarché. Peut-être pourrait-il y trouver quelque chose pour Paul ?

Là aussi, il avait tort. On n'offre pas un cadeau pour étouffer un sentiment de culpabilité. On ne donne pas un présent à son enfant parce que l'on se sent incapable de lui donner son affection. Or il ne pouvait nier qu'il se sentait frustré. Avant le retour de Paul, il avait une femme. A présent, il semblait qu'il l'eût perdue, elle aussi.

« N'approche pas tes mains des animaux, prévint sèchement Tracy. Tu peux les regarder, mais ne les touche pas. » Elle revêtit un tablier couvert de taches et disparut dans une petite pièce attenante aux chenils.

Paul la regarda partir et fit le tour des cages. L'odeur était très forte ; les bêtes poussaient des hurlements désespérés, comme pour se plaindre d'être enfermées. Profitant de l'absence de Tracy, Paul passa une main dans la cage d'un petit fox-terrier tassé contre le grillage. L'animal geignit et sembla se recroqueviller sous la caresse. Paul s'aperçut qu'il avait la truffe chaude. Il tâta à nouveau l'extrémité du museau. Le chien se ramassa un peu plus sur lui-même.

« Ce chien est malade ! » s'écria-t-il.

L'épaule chargée d'un sac de nourriture pour animaux, Tracy s'avança entre les cages. « Quoi ?

— Il a la truffe chaude. »

Tracy déposa le sac à ses pieds. « Je t'ai dit de ne pas les toucher... Lequel est malade ? »

Paul désigna le fox-terrier.

« Ne t'occupe pas de lui. » Mais Paul remarqua qu'elle lançait un coup d'œil inquiet vers le chien. « Tu devrais sortir. Tu gênes ici. »

Paul tendit la main à travers le grillage et donna une petite tape au chien. Puis il sortit dans la cour ensoleillée à l'arrière des chenils. Un grand arbre feuillu se dressait dans un coin. Paul se laissa tomber au pied du tronc. Il était en nage dans sa veste de coutil, mais il n'avait pas envie de l'ôter. Il resta assis sous l'arbre, caressé par un souffle d'air frais. Un moment après, Tracy vint le rejoindre.

Paul ferma les yeux, feignant de savourer la douceur de la brise pour ne pas avoir à la regarder. Il l'entendit s'affaler sur l'herbe à côté de lui, ouvrit les yeux et la vit assise jambes croisées. Devant elle, un petit sac en plastique rempli d'un mélange de feuilles qui ressemblaient à des herbes séchées. Tracy plia en deux une feuille de papier à cigarette et y tassa un peu de marihuana. Elle tourna la cigarette entre ses doigts.

« Tu fumes ? demanda-t-elle.

— Bien sûr », mais il mentait.

Tracy roula le joint sur sa langue, en mordit le bout et l'alluma. Paul la regarda aspirer une longue bouffée. Il avait déjà tâté des cigarettes et du whisky, mais n'avait encore jamais fumé de l'herbe.

Tracy lui passa le joint. Il avait entendu dire que la marihuana coûtait cher. Comment pouvait-elle s'en offrir ?

« Est-ce qu'on te paie pour ce boulot ? demanda-t-il en désignant les chenils.

— Qu'est-ce que ça peut te faire ? » se hérissa-t-elle.

Il plaça le joint entre ses dents et aspira, prenant soin de jeter un regard autour de lui pour s'assurer qu'il n'y avait personne dans le voisinage. Sam, son chat, reniflait autour des chenils. Seul le frémissement des feuilles troublait le silence. Paul rendit le joint à Tracy et se mit à tousser.

Sa sœur l'observa avec dédain. « Tu n'aimes pas ça ? »

Paul chercha à reprendre son souffle. Il avait les yeux larmoyants. « J'ai avalé de travers, expliqua-t-il.

— Prends une autre bouffée. »

Il retrouva sa respiration, tira sur la cigarette. Une faiblesse envahit brusquement ses membres ; il eut soudain la bouche désagréablement sèche. Pendant un moment, il resta les yeux levés, fasciné par l'aspect floconneux des nuages qui défilaient lentement. Puis il regarda Tracy étendue sur le dos dans l'herbe. Immobile, elle l'examinait avec une expression perplexe. Paul soupira et serra ses genoux entre ses bras. Il lui passa le joint qu'elle prit sans dire un mot.

« C'est quoi cette réception ce soir ? » interrogea-t-il.

Tracy rejeta un filet de fumée avec un grognement méprisant. « Un truc de charité chez les Stewart. M. Stewart est le grand manitou de toutes les œuvres de bienfaisance de la région.

— Vraiment ?

— Ouais. »

Paul imaginait mal ce type s'occupant de causes généreuses. Pendant la partie de golf, il n'avait cessé d'observer Edward Stewart, se demandant s'il faisait semblant de se montrer aimable.

Son tour d'exploration terminé, Sam vint s'installer sur les genoux de Paul qui passa ses doigts dans la fourrure. Le chat se laissa aller de tout son poids et se mit à ronronner.

« Je crois que quelqu'un arrive, dit Tracy. J'ai entendu une voiture. Il vaut mieux cacher tout ça et aller voir.

— Je n'ai rien entendu, dit Paul. Quelle heure est-il ?

— Comment veux-tu que je le sache ? » répondit sa sœur en se levant. Elle brossa ses vêtements, ramassa son sac à dos et fourra le paquet de marihuana dans une poche.

Paul la regarda disparaître à l'intérieur du chenil. Il referma les yeux et se laissa aller à la dérive. Des prismes de lumière jaillissaient derrière ses paupières. Il y avait suffisamment de brise pour qu'il se sentît bien. Il lui semblait flotter, léger, en paix. Il s'efforça de ne penser à rien, de savourer uniquement ses sensations. Une impression étrange s'empara de lui alors qu'il laissait ses pensées errer entre le souvenir et le rêve ; une impression fugitive qu'il avait éprouvée à plusieurs reprises depuis son retour chez les Lange. Ce n'était pas un souvenir, car il ne se rappelait rien. Ni les visages, ni les maisons, ni quoi que ce soit. Mais de temps à autre, un sentiment ténu de déjà vu l'envahissait. Il se demanda si l'effet de la marihuana l'aiderait à réveiller sa mémoire. Il se représenta le visage de Tracy, s'appliqua à évoquer sa sœur lorsqu'elle était enfant.

Il tenta de se figurer ses yeux méfiants couleur noisette mouchetés de vert, dans un visage de bébé. Il parcourut la maison en esprit, cherchant à s'imaginer en train de jouer avec sa petite sœur. Soudain, l'image d'une clôture en lattes de bois jaillit dans sa mémoire comme un flash, lui laissant la certitude désagréable qu'il l'avait déjà vue bien qu'il n'y ait rien de semblable dans le jardin.

Alors qu'il s'évertuait désespérément à retrouver où il avait pu voir cette clôture, il fut tout à coup submergé par le souvenir de son cauchemar de la nuit précédente.

L'angoisse le gagna à nouveau, comme si le rêve reprenait forme. Il gisait par terre, s'efforçant en vain de bouger. Le sol était dur et froid sous lui. Brusquement, une énorme masse noire qu'il n'arrivait pas à identifier se dirigeait sur lui, comme pour l'écraser.

106

Un grand aigle doré aux ailes déployées planait au-dessus de lui, menaçant. Puis un homme à l'aspect familier bien qu'indistinct se penchait sur lui. Et il était saisi d'épouvante.

Paul ouvrit brusquement les yeux et parcourut du regard la cour silencieuse. Il avait presque oublié l'endroit où il se trouvait. Il se frotta les mains l'une contre l'autre, comme si le souvenir de l'horrible rêve les avait glacées. Une douleur aiguë lui transperça l'œil gauche. Il n'avait aucune idée du temps écoulé depuis qu'il s'était assis sous cet arbre. Il tourna la tête dans la direction du chenil. Tracy aurait dû être de retour à présent.

Il courut jusqu'à la porte de derrière. « Tracy ! » appela-t-il. Dans leurs cages, les animaux se mirent à glapir et à japper de plus belle. Paul traversa le chenil à pas rapides et grimpa l'escalier qui menait à la salle d'attente et au cabinet du vétérinaire.

Les salles étaient désertes. Toutes les armoires à pharmacie étaient fermées à clef. Sur le bureau de réception, le carnet de rendez-vous était ouvert à la page du lundi. Il n'y avait personne dans la salle d'attente. Aucune trace de Tracy.

Pendant un instant, Paul craignit qu'il ne lui fût arrivé quelque chose. Si c'était vraiment un voleur qui se trouvait dans la voiture ? Sa gorge se serra à la pensée que quelqu'un ait pu la kidnapper en la trouvant là. Il courut à la porte principale et l'ouvrit d'un coup.

Il n'y avait aucune voiture dans l'allée. Paul regarda plus attentivement et ne vit qu'une seule bicyclette sur le bas-côté de la pelouse, la sienne. Tracy l'avait laissé en plan.

Une vague de colère contre sa sœur monta en lui. Il appela Sam, mais il n'y avait pas plus de chat que de Tracy. Lui aussi avait plaqué Paul. Il se rendit compte qu'il ne connaissait pas le chemin du retour. Il avait pédalé derrière Tracy les yeux braqués sur son sac à dos.

Il songea à appeler chez lui, mais réalisa qu'il

ignorait le numéro de téléphone. Il connaissait le nom de la rue — Hidden Woods Lane. Il pouvait téléphoner aux renseignements. Mais il ne voulait pas avouer qu'il était perdu. Sa rage contre Tracy l'emplit de résolution. Elle pensait sans doute que c'était drôle. Il ne lui montrerait pas qu'il avait peur. Il retrouverait son chemin.

Il descendit à la hâte les marches du porche et enfourcha son vélo. Il se souvint qu'ils avaient atteint le panneau au bout de l'allée en venant de la gauche. Il prendrait à partir de là.

Il sentait la sueur lui dégouliner sous les bras tout en pédalant le long de l'allée, mais il éprouvait en même temps une sorte de soulagement. Il jeta un coup d'œil en arrière vers le bâtiment de la SPA avec l'impression d'abandonner son affreux cauchemar dans la cour, à l'endroit même où il s'en était souvenu. Il n'en restait qu'un mal de tête. Il remonta lentement l'allée et tourna sur sa droite.

Le casier contenait un assortiment de serviettes en papier. « Grande taille », indiquait l'affichette. « 99 cents seulement. Articles pour pique-nique ».

Anna poussa son chariot jusqu'au présentoir et examina la pile de serviettes colorées. Elle se remémora les réunions de famille dans le Michigan lorsqu'elle était petite. Les grands week-ends de vacances, avec pâtés en croûte et poulets au barbecue, les après-midi passés à jouer aux anneaux, les longs jours d'été plein d'insouciance.

La première fois qu'elle avait emmené Tom au pique-nique traditionnel du 4 juillet, il n'en avait pas perdu une miette. « Voilà ce que je veux pour nous, avait-il déclaré. Une famille comme ça. »

Anna frissonna en entrant dans le rayon d'alimentation à air conditionné. Personne ne faisait ses courses le dimanche, excepté pour des achats de dernière minute. Après avoir forcé Tracy et Paul à se rendre ensemble à la SPA, Tom avait prévenu Anna qu'il avait beaucoup à faire au moment où elle l'avait déposé au garage. Elle avait eu envie de sortir de chez elle et de faire quelque chose d'utile.

« Elles sont à un prix intéressant », recommanda la grosse femme aux cheveux bruns, derrière la caisse, en voyant Anna hésiter devant le présentoir des serviettes. Anna lui sourit et ajouta un paquet de serviettes dans son chariot, poussée par le désir inconscient de faire croire à cette femme qu'elle en avait besoin pour une grande réunion de famille.

Elle commença à décharger ses achats devant la caisse. Un par un, la femme enregistra les articles et les disposa dans des sacs en papier brun. Anna rangea les sacs et se dirigea vers les portes automatiques.

Elle appuya son chariot contre le pare-chocs arrière de sa voiture, chercha ses clefs dans son sac. Ses mains tremblaient. Elle introduisit la clef dans la serrure du coffre et ouvrit.

Un homme dans une Chevrolet bleue surveillait les mouvements d'Anna. Au moment où elle leva le couvercle de la malle arrière, il sortit de sa voiture et vint vers elle. Il portait un chapeau gris, des lunettes noires et jetait des regards anxieux autour de lui.

Anna plaça le premier sac dans le coffre. L'homme arriva à sa hauteur et s'arrêta.

« Mme Lange », dit-il.

Elle se redressa, reconnut immédiatement l'individu maigre et nerveux et laissa choir le sac qu'elle tenait à la main. Quatre oranges roulèrent dans la malle.

« Ne criez pas. »

Anna le dévisagea. Ainsi, c'était lui. Le sujet de tous ses tourments : un individu décharné au teint pâle, aux traits fuyants, avec un chapeau de paille gris foncé et des souliers brillants. Elle s'aperçut qu'elle n'avait pas l'intention de crier. Il lui semblait avoir toujours su que cette rencontre aurait lieu. Elle resta les yeux rivés sur le visage de l'homme qui lui avait volé son fils.

Rambo alluma une cigarette et recracha un peu de tabac. Il se mit à parler d'une voix saccadée, rapide.

« Ne vous mettez pas à brailler, dit-il. Je ne vous veux pas de mal. Je n'ai ni revolver ni arme d'aucune sorte. Je veux juste vous parler.

— Je savais que vous reviendriez », dit Anna. Elle ne reconnut pas le son de sa propre voix, calme et totalement froide. « Vous ne l'aurez pas cette fois. Je vous tuerai plutôt. »

Rambo leva ses deux mains jointes. « Je ne veux pas le reprendre. Je n'en veux surtout pas. Je ne suis pas venu pour ça. Non, le Seigneur m'a chargé d'une mission... »

Comme si elle retrouvait ses esprits, Anna referma brutalement le coffre et fit mine de retourner vers le supermarché. « Je vais appeler la police, dit-elle.

— Ne faites pas ça ! cria Rambo en lui saisissant le bras.

— Lâchez-moi, espèce de sale... Pouah !... » siffla Anna entre ses dents serrées et en lui frappant violemment le bras pour se dégager.

Les yeux de Rambo scrutèrent le parking. « Non, écoutez-moi. J'ai quelque chose à vous dire au sujet du garçon. » Il se cramponna à elle de plus belle. « Vous allez ameuter tout le monde. Calmez-vous. »

Verte de rage, Anna se retourna et poussa un rugissement de fureur. Pendant des années, il l'avait torturée sans jamais se montrer. Aujourd'hui, le fait de le voir si frêle et inoffensif ne faisait qu'accroître sa rage. « Vous... vous...bredouilla-t-elle, indignée. Vous ne vous enfuirez pas cette fois-ci. »

D'un mouvement vif, elle lui envoya son poing dans l'estomac, le forçant à libérer son bras, et s'écarta de lui d'un pas chancelant. Elle chercha désespérément des yeux un gardien ou une voiture de police. Mais le parking était désert, il n'y avait aucun flic en vue.

« Au secours ! hurla-t-elle. Police ! »

Rambo la rattrapa. « Ecoutez-moi ! cria-t-il. Ne faites pas l'idiote.

— Lâchez-moi, gronda Anna. Au secours ! » Elle balaya du regard les alentours du supermarché, en quête d'une aide.

Ils titubaient à présent, liés l'un à l'autre par la poigne de Rambo. « Je vais vous dire quelque chose, siffla-t-il avec l'énergie du désespoir. La vie de ce gosse est en danger. Ça ne vous intéresse donc pas ?

Anna pivota vers lui, l'air vindicatif. « Vous n'approcherez jamais de lui. Vous irez en prison. »

Elle parvint à nouveau à lui échapper, appela au secours.

« Le danger ne vient pas de moi, s'écria Rambo derrière elle. Vous feriez mieux de m'écouter. C'est une question de vie ou de mort. » C'était sa dernière tentative. Elle gueulait si fort qu'il lui fallait déguerpir au plus vite.

Les mots pénétrèrent dans le cerveau d'Anna au moment où elle s'apprêtait à crier de plus belle. Elle se retint, se tourna vers lui. « Que voulez-vous dire ?

— Ecoutez, chuchota-t-il. Je vous dirai tout ce que vous désirez savoir. Je sais des choses sur ce garçon qu'il vous serait utile d'apprendre. Mais il me faut de l'argent. Cinq mille dollars feront l'affaire. Je vous raconterai alors ce que vous devez connaître. Ensuite, je vous ficherai la paix. A vous de décider. »

Frémissante, Anna maîtrisa son envie de lui cracher à la figure. Pourtant elle ne pouvait détacher son regard de cet homme. « Vous êtes une ordure, dit-elle.

— Je ne raconte pas d'histoires, madame, dit Rambo. Question de vie ou de mort.

— Que se passe-t-il par ici ? »

Anna et Rambo se retournèrent d'un même mouvement vers le vendeur de billets de loterie qui s'avançait d'un pas traînant vers eux, gonflé de toute son importance d'invalide de guerre. Saisi de panique, Rambo s'aperçut qu'il était trop tard pour s'enfuir. Il jeta un coup d'œil vers Anna, vit l'hésitation peinte sur son visage. L'homme s'approchait. Rambo serra les clefs de sa voiture dans sa main, espérant que la vieille Chevrolet ferait rapidement demi-tour s'il devait se tirer.

Anna regarda l'homme se diriger vers eux, le visage rouge d'indignation, comme si la scène se déroulait au ralenti. Elle n'avait qu'un mot à dire et Rambo serait arrêté. Tout son bon sens la poussait à crier. Mais, au fond d'elle-même, l'instinct luttait contre la raison. Rambo ne mentait pas. Il lui disait la vérité. Et il était le seul être sur terre qui fût capable de lui raconter la vie de Paul pendant ces années d'absence.

Des images lui traversèrent l'esprit : le teint pâle de Paul, ses traits crispés par de soudains maux de tête ; la façon dont il était recroquevillé dans le cellier, tremblant, l'air perdu, harcelé par l'insomnie. Et s'il était malade ? S'il courait un danger ? Ces onze dernières années à jamais écoulées comportaient peut-être des secrets qu'Anna n'avait aucun autre moyen de découvrir.

L'invalide lui faisait face maintenant : « Que se passe-t-il, m'dame ? Cet homme vous a-t-il fait mal ? »

Anna dévisagea son éventuel sauveteur pendant une seconde. Puis, l'estomac serré, elle secoua la tête.

« Ce n'est rien, dit-elle. Une simple dispute. Je suis désolée d'avoir crié comme ça. »

L'infirme jeta un regard noir à Rambo qui fixait l'asphalte à ses pieds, le visage dissimulé sous le bord de son chapeau. « Si elle crie encore une fois, menaça-t-il en brandissant son crochet, j'appelle la police. Je connais tous les flics du coin. Alors, fais gaffe à toi.

— Merci, dit Anna. Merci beaucoup de vous être dérangé. »

L'homme grommela, tourna les talons avec un salut militaire et se dirigea vers sa table pliante.

Après son départ, Anna se tourna vers Rambo. Le marché était conclu entre eux. Rambo tremblait.

« Racontez, maintenant, dit Anna.

— Pas avant d'avoir l'argent. » Il lui tendit un bout de papier. « Voici mon adresse. Venez demain matin avec l'argent. Pas de flic. Vous toute seule. La porte sera ouverte.

— Je ne peux pas, dit Anna.

— Vous n'avez pas le choix. La vie du gosse peut en dépendre. »

Anna scruta le visage pâle et sournois d'Albert Rambo. Cette loque humaine avait élevé son fils comme s'il était le sien. Paul l'avait appelé Papa. Forte de cet argument, elle tenta de l'émouvoir. « Ecoutez, supplia-t-elle. Si Paul souffre d'une maladie quelconque, pourquoi ne pas me le dire tout de suite afin que je puisse le faire soigner ?

— Je vous le dirai. Apportez d'abord l'argent.

— Vous l'avez élevé comme votre propre fils. Vous ne vous souciez pas de ce qui lui arrive ?

— Bien sûr que je m'en soucie, répliqua Rambo. C'est bien pour ça que j'agis ainsi. »

En le regardant se précipiter vers sa voiture, Anna sut avec certitude que sur ce point-là, il mentait.

9

Anna jeta un coup d'œil sur l'horloge. Presque dix-sept heures et Thomas n'était toujours pas là. Partagée entre l'agacement et le soulagement, elle se demanda comment lui cacher l'émoi qui l'agitait lorsqu'il rentrerait. Au fond, moins ils passeraient de temps ensemble avant la soirée chez les Stewart, mieux ce serait.

Habituellement, elle se plaisait dans sa cuisine. C'était à la fois son refuge et le cœur de la maison. Mais aujourd'hui, tout en parcourant la pièce du regard, elle sentait la panique la gagner. Chaque chose se trouvait parfaitement à sa place et pourtant il lui semblait que la confusion la plus totale régnait dans son existence.

Elle fit un effort pour se ressaisir. Ne commence pas à t'attendrir sur toi-même, tu n'as pas le choix. A quoi bon tergiverser ? Thomas lui avait autrefois reproché d'être capable de n'importe quoi pour retrouver son fils. Eh bien, Paul était auprès d'elle à présent, et elle avait l'intention de le protéger. Je me fiche de ce que dira Thomas en apprenant la vérité, pensa-t-elle. Mais elle redoutait déjà sa réaction. Elle ne pouvait cependant rien lui raconter. Elle ne pouvait pas prendre ce risque.

Elle entendit la porte d'entrée s'ouvrir, alla dans la salle à manger et vit son mari s'avancer dans le vestibule. Il portait une grande boîte blanche sous le bras.

« Désolé d'être en retard, dit-il. Où est Paul ?

— En haut, dans sa chambre. Il est dans tous ses états. Il croyait que son chat avait suivi Tracy, mais elle affirme ne pas l'avoir vu. Sam n'est pas encore revenu. Paul semble très attaché à cet animal, tu sais... Comment marche ta voiture ?

— Oh, très bien. J'ai fait quelques courses en sortant du garage. Je lui ai acheté un cadeau.

— A Paul ?

— C'est son anniversaire. Après tout...

— C'est-à-dire... »

Thomas lui jeta un regard étonné. « Qu'y a-t-il ? »

Anna écarta les mains d'un geste impuissant. « Je lui ai souhaité un bon anniversaire ce matin, et il m'a dit que c'était en octobre.

— Quoi ?

— Ils lui ont inventé une date de naissance. Il n'y peut rien.

— Je sais. »

Elle s'avança vers lui. « Que lui as-tu acheté ? Montre-moi.

— Oh, une veste. J'ai pensé qu'il n'avait rien à se mettre sur le dos pour la soirée des Stewart.

— Va la lui donner. Je suis sûre qu'il sera très content.

— Peut-être. » Thomas examina attentivement Anna pendant un court instant. « Tu vas bien ? Je suis vraiment désolé d'être rentré si tard.

— Ça va. J'avais seulement peur que tu n'aies oublié la soirée.

— Veux-tu voir la veste ?

— Je la verrai sur lui. »

A peine Thomas eut-il le pied sur la première marche de l'escalier qu'Anna se détourna afin de lui cacher les larmes qui lui montaient aux yeux. Il s'était souvenu de l'anniversaire de Paul ; il lui avait apporté un cadeau. Les choses finiraient peut-être par s'arranger, avec le temps.

Elle décida de lui préparer un cocktail et prit la bouteille de gin dans le bar. Et si elle lui parlait de Rambo ? Si elle lui disait ce qu'elle avait l'intention de faire ? Elle mit des glaçons dans un verre, versa une mesure de gin. Non. Il voudrait prévenir la police. Elle ne pouvait pas prendre ce risque. Une fois les choses arrangées, elle lui raconterait tout.

Un éclat de voix domina le martèlement lancinant du rock and roll qui s'échappait de la chambre de Tracy. Une porte claqua. Thomas descendit lourdement l'escalier. Il avait le visage sombre, fermé.

« Il n'en veut pas, dit-il.

— Pourquoi ?

— Il ne veut pas quitter son espèce de guenille en toile.

— Oh, Tom, je suis navrée.

— Je lui ai dit qu'il ne viendrait pas à la soirée s'il persistait à vouloir porter cette horreur. Je n'ai pas l'intention de l'exhiber vêtu comme un clochard.

— Tu ne lui as pas dit ça ! »

Thomas lui jeta un regard furieux. « Si, c'est exactement ce que je lui ai dit. Et je le pense.

— Il tient tellement à sa vieille veste. Allons, assieds-toi. Je t'ai préparé un verre.

— Je vais prendre une douche.

— Tu ne veux pas boire quelque chose ?

— Non », dit-il, et il s'éloigna avec raideur.

Anna reposa le verre sur le bar. Les glaçons fondaient, noyant l'alcool. Elle se dirigea vers l'escalier. Elle allait tenter d'amadouer cet étrange garçon.

La lune ressemblait à un croissant de sucre suspendu dans le violet du ciel ; des guirlandes de lanternes en papier de couleur pastel éclairaient une partie de la pelouse et la terrasse, à l'arrière de la somptueuse maison des Stewart. Trois musiciens de jazz en smoking jouaient en sourdine près des portes-fenêtres, mais personne ne dansait. En tenue de soirée, les invités bavardaient et riaient par groupes dans la lumière du crépuscule. Venus avec leurs parents, quelques jeunes gens s'étaient rassemblés autour de la piscine.

Sans cesser de jouer avec son bracelet, Anna jeta un coup d'œil à Paul. Il se tenait dans l'embrasure de la porte qui donnait sur la terrasse, engoncé dans sa veste neuve. Après avoir salué les Stewart, Tracy avait rejoint le petit groupe près de la piscine.

« C'est joli, n'est-ce pas ? » demanda Anna à son fils.

Paul examina le jardin illuminé.

« Ils doivent être pleins aux as. »

Anna le regarda avec inquiétude. « Comment te sens-tu ?

— Bien. »

Il parcourut d'un regard inquiet le décor autour de lui, les tables recouvertes de linon blanc, le ballet des serviteurs virevoltant au rythme de l'orchestre. Anna savait qu'il aurait donné cher pour filer en douce. Elle-même se sentait nerveuse. Trop tendue pour pouvoir l'aider, elle le regarda redresser ses maigres épaules et enfoncer ses mains dans ses poches. Elle aurait voulu le garder près d'elle, en sécurité, en marge de la réception.

Quittant Paul des yeux, elle se rendit compte que Thomas fixait sur elle un regard indigné.

« Allons saluer l'assistance », dit-elle.

Paul eut un mouvement de recul. A cet instant, Iris les aperçut. Elle s'entretenait avec une femme aux traits forts couronnés de courtes boucles brunes, qui portait un ample caftan et de longs pendants d'oreilles. Elle fit un signe en direction d'Anna et vint à sa rencontre, accompagnée de son interlocutrice. Il était visible que cette réception la mettait dans un état d'agitation extrême.

« Tu es sûrement Paul, s'exclama-t-elle en tendant la main. Je suis Mme Stewart. Je suis si heureuse que tu sois là.

— Merci, dit Paul.

— Je vous présente Angelica Harris, mon professeur de poterie et l'une des aides bénévoles les plus appréciées de l'hôpital. »

Anna sourit à la femme qui lui serrait fermement la main. « Vous êtes un professeur remarquable. Iris m'a fait admirer quelques-unes de ses œuvres. »

Angelica Harris eut un large sourire, dévoilant un interstice entre ses incisives. « C'est ma meilleure élève. »

Iris devint écarlate. C'est le moment que choisit Edward pour s'approcher. Il jeta un regard sévère sur la tenue flottante du professeur de céramique avant de se tourner d'un air contraint vers sa femme. « Iris, dit-il, j'espère que tu n'oublies pas tes autres invités. »

Soudain très pâle, Iris baissa les yeux sur ses mains jointes.

« Si vous voulez bien m'excuser, dit Angelica visiblement consciente de la désapprobation d'Edward, je vais retourner me mêler à l'assistance.

— Merci de nous avoir invités, dit Anna à Edward après le départ d'Angelica. Merci également d'avoir convié Thomas et Paul à jouer au golf avec vous, hier.

— Tout le plaisir était pour moi. Paul, tu devrais aller rejoindre les jeunes de ton âge, suggéra-t-il en joignant les mains derrière son dos. Ils ont l'air de bien s'amuser.

— Je suis très bien ici », objecta Paul, laissant errer un regard anxieux sur le groupe joyeux près de la piscine. Anna lui posa une main sur l'épaule et la retira immédiatement en le sentant se contracter. Elle aurait voulu intercéder pour lui dire : « Je dois le garder auprès de moi, ne pas le quitter des yeux une minute. Il est peut-être en danger. » Pour la énième fois, elle se demanda ce que Rambo avait voulu dire.

Paul était-il malade ? Que signifiaient ces maux de tête, son insomnie ? Bien sûr, elle pouvait sans attendre l'emmener voir un médecin. Mais si Rambo savait autre chose à propos de la santé de Paul ? Et s'il s'agissait d'une histoire de vengeance ? Quelqu'un qui en voulait à Rambo et à sa femme ? Elle avait l'impression d'avoir passé toutes les possibilités en revue. Il lui fallait attendre pour savoir. Demain. Elle contempla la nuque de Paul. Elle aurait aimé lui caresser les cheveux. Comment imaginer qu'on pût lui vouloir du mal ? En tout cas, il ne lui arriverait rien ici. Elle sentit le regard de Thomas sur elle et retint les mots qui lui montaient aux lèvres.

Paul enfonça ses mains plus profondément dans ses poches. La panique se lisait dans ses yeux, malgré ses efforts pour la dissimuler.

« Je crois que notre jeune invité ne connaît pas encore la maison, intervint Iris. Veux-tu la visiter, Paul ? »

Paul réfléchit. Tout bien pesé, il préférait cette proposition à la perspective d'aller rejoindre les amis de Tracy.

« Je veux bien, dit-il.

— Iris, dit Edward, tu as à peine échangé trois mots avec nos invités. Il serait temps de t'en occuper.

— Oh, je ne pensais pas que mon absence serait remarquée. »

Edward examina le jeune garçon d'un œil sévère. « Va, dit-il à sa femme. Je montrerai moi-même la maison à Paul. »

Paul tressaillit en réalisant trop tard que M. Stewart serait son guide. Après un regard vers Anna, il suivit Edward à l'intérieur de la maison.

Un invité intercepta Iris au passage. Anna regarda son fils disparaître avec leur hôte. Elle sursauta en sentant Thomas lui toucher le bras.

« Tu es bien nerveuse, ce soir, dit-il.

— Oh, je m'inquiète pour Paul. Je crains qu'il ne se sente un peu perdu.

— C'est donc Edward qui lui fait les honneurs de la

maison. Tâche plutôt ingrate pour le maître de céans, tu ne trouves pas ?

— Il fait preuve de gentillesse, c'est tout. »

Thomas leva les mains. « Mettons que je n'aie rien dit.

— Excuse-moi, soupira Anna. Je ne voulais pas m'en prendre à toi. Tu crois que ça l'ennuie ?

— Que ça ennuie qui ?

— Edward. De faire visiter la maison à Paul.

— Je n'en sais rien. Il est probablement ravi de pouvoir faire admirer tout ce qu'il possède. Dommage que Paul n'ait aucune idée du prix des choses. Bien qu'à la réflexion je fasse confiance à Edward pour le lui laisser entendre.

— Thomas, ce n'est pas gentil, dit Anna avec un sourire.

— Mais c'est la vérité. »

Iris revint auprès d'eux avec un verre de Martini qu'elle tendit à Anna.

« Anna, dit-elle. Il est tout à fait charmant !

— C'est Tom qui lui a acheté sa veste, dit Anna.

— Voulez-vous m'excuser, l'interrompit brusquement Tom. Je vais chercher un autre verre. »

Iris regarda son amie d'un air préoccupé. « Comment allez-vous ? Tout cela doit être assez éprouvant. Vous semblez nerveuse.

— Fatiguée, sans plus, répondit Anna. Vous avez raison, ce n'est pas facile.

— Avez-vous d'autres nouvelles de cet homme, de ce Rambo ? »

Anna tressaillit et fit déborder un peu de son Martini.

« Non, non. Pas encore.

— Ils vont l'arrêter, affirma Iris. Ne vous faites pas de souci. Pauvre Paul. J'espère que la description détaillée des lieux ne va pas l'ennuyer.

— Edward est très gentil avec lui », dit Anna. Elle songea à nouveau à ce qui l'attendait le lendemain. La nuit allait être interminable.

« Voici ma chambre. » Edward ouvrit la seule porte fermée dans le couloir du premier étage, et Paul jeta un regard dans la pièce obscure aux fenêtres habillées de lourds rideaux.

Edward referma la porte. « Et voilà la chambre de Mme Stewart », dit-il au moment où ils passaient devant une pièce aux murs coquille d'œuf et aux meubles recouverts de chintz fleuri. Le lit avait un baldaquin.

Paul ignorait que des gens mariés puissent faire chambre à part. Sans doute une particularité des riches, se dit-il. « Un lit avec un toit, fit-il remarquer. C'est commode lorsqu'il pleut. »

Il regretta immédiatement sa plaisanterie devant le regard sévère qu'Edward fixa sur lui. La musique et les rires montaient par les fenêtres ouvertes et l'étrange réception lui parut soudain infiniment préférable à cette visite de la maison des Stewart. Toutefois, Edward semblait peu soucieux de l'embarras du jeune garçon.

« Ici se trouvent les chambres et les salles de bains des invités, continua-t-il en arrivant au bout du couloir. Entre dans cette pièce. Je vais te montrer ce qui me tient le plus à cœur. »

Paul pénétra docilement dans l'une des salles de bains et regarda par la fenêtre dans la direction que lui indiquait Edward, mais il ne vit rien. Seules les formes des arbres se découpaient dans l'obscurité.

« Mon moulin à vent », signala fièrement Edward. Il remarqua l'expression perplexe de Paul. « Tu ne peux pas le voir dans le noir. Il est à peine visible à la lumière du jour. Les arbres le dissimulent presque complètement. Je vais t'y conduire. »

Sur le palier, Paul leva la tête. « C'est une belle maison, murmura-t-il.

— Merci, Paul, dit Edward en faisant tourner son alliance autour de son doigt. Tu venais souvent ici lorsque tu étais petit. T'en souviens-tu ?

— Je ne me rappelle pas être jamais entré dans une

aussi grande maison. En fait, je ne me souviens pas du tout de cette période.

— C'est normal, le rassura Edward tout en le précédant le long du corridor du rez-de-chaussée. C'était il y a longtemps. A présent, ajouta-t-il, fais attention où tu marches. Suis-moi. » Ils sortirent dans la nuit, évitèrent les abords de la fête.

A la suite d'Edward, Paul franchit des gradins et gravit la pelouse en pente. Il aurait aimé posséder une lampe de poche pour repérer le chemin, mais son guide semblait se diriger comme en plein jour et il lui emboîta le pas. Il trébucha une ou deux fois sur une pierre, sentit une branche basse lui cingler le cou et s'arrêta, jetant un regard en arrière, vers l'îlot de lumière et de bruit.

Edward se retourna. « Allons », dit-il.

Paul se remit en route, attentif à chacun de ses pas, jusqu'à ce qu'Edward levât une main pour le prévenir. « C'est ici. »

A travers les arbres se dressait un édifice massif en forme d'obélisque ; la faible clarté du croissant de lune dessinait les grandes ailes du moulin ; les murs étaient recouverts de sombres et grossiers bardeaux de bois, les fenêtres minuscules formaient des trous noirs dans la paroi.

Edward ouvrit la porte et appuya sur un interrupteur. « Sois le bienvenu dans mon atelier », dit-il en faisant signe à Paul de le suivre.

Tout était silencieux à l'intérieur. Paul cligna des yeux pour s'habituer à la lumière, se frotta les paupières et parcourut du regard la pièce. Il faisait plus froid dedans que dehors. Edward s'avança vers l'établi qui prenait toute la longueur de l'un des six pans de mur et alluma une lampe au-dessus d'une quantité de tiroirs et de compartiments, tous remplis d'un assortiment de chevilles, de vis et de clous méticuleusement rangés. Le peu d'espace au sol était d'une propreté immaculée et une pile régulière de feuilles de contre-plaqué occupait l'un des angles de la pièce. Des livres, des outils, du papier de verre et des petits bouts de coques étaient soigneusement rangés dans des casiers le long des murs. Des modèles réduits à différents stades d'assemblage trônaient sur une étagère fixée à la paroi. Paul leva les yeux. Une échelle permettait d'accéder à un grenier au-dessus d'eux. Edward contempla avec amour son atelier bien ordonné. « Voilà l'endroit où je construis ma flotte », dit-il.

Paul se sentit brusquement mal à l'aise devant l'immobilité d'Edward, l'expression lointaine de ses yeux. Il fit un pas vers la porte. « Merci de me l'avoir montré. »

Edward le dévisagea d'un air étrange pendant quelques secondes. « Regarde. Prends tout ton temps. »

Après un moment d'hésitation, Paul se dirigea vers la collection de modèles réduits. Edward passa derrière lui et ferma la porte du moulin. Il regarda l'adolescent s'arrêter devant les bateaux.

« Assieds-toi », dit-il en désignant une chaise.

Paul s'assit et examina la pièce autour de lui. C'était trop bien rangé pour qu'on pût y travailler, pensa-t-il, mais il était évident que M. Stewart avait horreur du désordre. Il frissonna.

« Il fait plutôt frisquet, ici, dit Paul.

— C'est à cause du sol en pierre. Je devrais le faire recouvrir. »

Assis en face d'Edward qui occupait presque tout le restant de l'espace libre, Paul eut l'impression de ne plus pouvoir se mouvoir. Comment Edward supportait-il de rester aussi à l'étroit là-dedans ? se demanda-t-il.

Edward prit un morceau de tissu en soie multicolore et le déploya devant Paul.

« C'est un spinnaker pour le voilier que tu vois là, dit-il en désignant un modèle réduit aux formes élancées. Je l'ai cousu à la machine. » Paul tourna les yeux vers la vieille Singer à moitié dissimulée dans un coin.

« Vous savez piquer à la machine ?

— Bien sûr. Regarde-moi ça. Sept couleurs différentes pour cette seule voile. »

Paul lui prit le spinnaker des mains. Le tissu soyeux lui échappa des doigts et tomba par terre. Edward fit mine de se baisser.

« Laissez », l'arrêta Paul en se laissant glisser de sa chaise pour ramasser la voile. Penché sur les chaussures à empeigne surpiquée d'Edward, il posa la main sur le tissu. Debout au-dessus de lui, sa haute silhouette obstruant la lumière, l'homme jetait une ombre sur la forme accroupie du jeune garçon.

Au moment où il allait se redresser, Paul se sentit pris de vertige. Un fragment d'image jaillit devant ses yeux. Sorti d'un nuage noir, un aigle doré fonçait sur lui, ses serres écartées, ses yeux froids emplis de fureur. Soudain pâle comme la mort, Paul se couvrit l'œil gauche d'une main tremblante.

Edward contemplait la tête du garçon courbé à ses pieds. « Que se passe-t-il ? Tu ne te sens pas bien ?

— Je ne sais pas. »

Edward se baissa vers lui et voulut l'aider à se relever.

« Non ! » hurla Paul avec un mouvement brusque pour lui échapper. Dans sa précipitation, il heurta la tablette sur laquelle reposait le voilier blanc. Le modèle réduit bascula et tomba. Le gréement délicat alla se fracasser sur le sol.

Paul se releva en chancelant, le souffle court. Il regarda par terre sans avoir l'air de voir le bateau ni de réaliser ce qu'il venait de faire.

Figé sur place, la paupière gauche agitée d'un tic, Edward rivait sur lui un regard tranchant comme un scalpel. « Navrant », murmura-t-il au bout d'un moment.

A ces mots, Paul sembla revenir sur terre. Consterné, il contempla le navire brisé. « Je suis désolé, dit-il. Désolé.

— C'était un modèle unique en son genre, dit Edward d'une voix basse. Un exemplaire spécialement fait pour moi.

— Je suis désolé ! cria à nouveau Paul en levant un

regard plein d'effroi. Je ne sais pas comment c'est arrivé. »

Les yeux gris d'Edward ressemblaient à deux rivets plantés au milieu de son visage. « Manque d'attention. Il n'y a aucune excuse pour l'inattention.

— Je sais. Je suis désolé, répéta Paul d'un air malheureux. Puis-je m'en aller, maintenant ? »

Edward ouvrit la porte du moulin.

« Je pourrais peut-être le rembourser », proposa Paul en désespoir de cause.

Edward se retourna et le dévisagea pendant un moment. A nouveau, Paul eut l'impression d'étouffer. « N'en parlons plus, prononça enfin Edward d'une voix qui ne trahissait aucune indulgence.

— Merci », balbutia Paul. Il sortit précipitamment du moulin et courut en direction des lumières qui brillaient à l'arrière de la terrasse.

« J'arrive tout de suite », cria Edward. Il regarda Paul s'éloigner avant de revenir examiner les débris de son bateau. Avec précaution, il s'accroupit et ramassa tous les morceaux.

A la sensation de panique et de désarroi avaient succédé des élancements sourds qui lui battaient les tempes. Chaque fois qu'il posait le pied par terre, la douleur devenait plus fulgurante. Il fut pris de nausée et dut retenir sa respiration pour ne pas vomir. En atteignant les premiers groupes d'invités, il hésita, peu désireux de se retrouver au milieu de cette foule d'inconnus. Les lumières des lanternes lui firent mal aux yeux.

Du bord de la terrasse, Iris distingua l'adolescent dans l'obscurité. « Paul, appela-t-elle. Enfin te voilà. » Elle s'avança vers lui, souriante. « Est-ce qu'Edward t'a fait faire le tour de la propriété ? »

Paul hocha la tête. Ses yeux cherchaient Anna dans la foule, dans l'espoir de pouvoir lui confier qu'il désirait rentrer. Il voulut demander à Iris où elle se trouvait, mais ne sut comment la nommer. Il ne pouvait pas se résoudre à dire « ma mère ».

Iris fit un geste en direction des invités. « Tu devrais aller t'asseoir avec les jeunes et manger quelque chose. »

Il se laissa conduire à contrecœur vers un groupe d'adolescents. Une odeur de marihuana s'élevait des abords de leur table, mais Iris ne sembla pas s'en apercevoir. Elle lui désigna une chaise. « Je vais t'envoyer un serveur. »

Du coin de l'œil, Paul vit Tracy le surveiller de l'autre côté de la table.

« Amuse-toi bien », l'encouragea Iris en lui tapotant l'épaule avant de s'éloigner. Paul baissa la tête. Il avait l'impression que son crâne allait éclater.

Tracy se pencha vers lui. « Où étais-tu ?

— Dans la maison. Avec M. Stewart. »

Tracy chuchota quelque chose à ses amis, suscitant un rire moqueur retentissant. Paul s'efforça de les ignorer. Un serveur s'approcha de la table et posa une assiette pleine devant lui.

Il contempla la tranche de poisson rose. « Qu'est-ce que c'est ?

— Du saumon, dit Tracy. Tu n'en as jamais mangé ?

— Je n'ai pas faim. » Il s'efforça de ne pas regarder le poisson, mais il lui sembla que l'odeur le submergeait, écœurante, et il se sentit encore plus mal.

« Tire une bouffée, lui proposa Tracy en sortant un joint de dessous la table. Ça te donnera de l'appétit. »

A côté de Tracy, une jolie brune partit d'un éclat de rire et se couvrit la bouche des deux mains.

« Je ne veux rien », dit Paul. Il repoussa l'assiette de saumon, comme pour l'ôter de sa vue.

« Mary Ellen voudrait te poser une question », dit Tracy sournoisement.

Paul se raidit, jeta un bref coup d'œil vers les deux filles. La douleur l'assaillait par vagues, maintenant. Il arrivait à peine à concentrer ses yeux douloureux sur le visage de la fille.

« As-tu jamais... » Mary Ellen se mit à rire aux larmes.

« Mary Ellen, tu n'es qu'une conne », dit Tracy en lui donnant un coup de coude dans les côtes.

Au supplice, Paul s'appliqua malgré tout à garder un visage impassible en prévision de l'attaque suivante.

« Est-ce que... » cria la jeune fille et elle s'esclaffa à nouveau.

« Oh, ta gueule, dit Tracy. Laisse-le manger son saumon en paix. » Elle poussa brusquement l'assiette qui heurta le bras de Paul. La tranche de saumom glissa sur sa veste. Les deux filles piquèrent un fou rire, mais Paul entendit à peine le son de leur voix, étouffé par le pénible martèlement dans sa tête. Il ramassa le saumon. Le poisson était froid et glissant dans sa main. L'odeur lui parut infecte. Il le rejeta loin de lui, se leva brusquement, les jambes molles. Des taches noires apparurent devant ses yeux. Il voyait Tracy et son amie le regarder fixement, mais elles avaient l'air de s'éloigner à mesure que l'obscurité descendait sur lui, nuage noir qui s'élevait, s'abaissait, et s'abattait d'un seul coup, obstruant entièrement sa vue. Il s'écroula avec un bruit sourd, entraînant une chaise dans sa chute, et il perdit connaissance.

Tracy hurla. Le brouhaha des conversations fit place aux murmures inquiets des invités qui s'agglutinaient près de l'adolescent. Paul revint à lui. Toute force semblait l'avoir quitté. Il essaya de se hisser sur le bord de la chaise, avec l'impression que tous ces corps chauds l'emprisonnaient, l'étouffaient. Il était pris au piège. Que lui était-il arrivé ?

Soudain, Anna fut près de lui, ses mains fermes sur ses épaules. « Paul, dit-elle.

— Je me suis évanoui », dit-il.

Galvanisée par la détresse qu'elle lisait dans ses yeux, Anna ne posa pas d'autres questions. « Il va bien, maintenant, dit-elle d'un ton résolu aux gens qui les entouraient. C'est fini. Nous allons partir. » Elle l'aida à se relever. « Laissez-nous. » Thomas fit un pas vers eux, puis s'arrêta. Anna semblait être à des lieues de lui, parfaitement sûre d'elle.

« Nous partons », dit-elle. Elle se tourna vers Iris. « Je suis navrée. Je vous téléphonerai. »

Elle se fraya un chemin parmi les invités. Hagard, son jeune visage mortellement pâle, Paul la suivit comme un automate.

10

Edward traversa la pelouse à grands pas. On avait éteint les lanternes et les extras engagés pour la soirée débarrassaient les restes du buffet à la lumière des projecteurs de la terrasse et de la piscine.

Edward aperçut Iris un peu à l'écart des lumières. En pantoufles et kimono à fleurs, elle mangeait un chou à la crème qu'elle venait de prendre sur un plateau.

Elle eut un sursaut en voyant Edward s'avancer vers elle et, d'un geste rapide, voulut remettre le gâteau à sa place. Edward lui jeta un regard furieux.

« Enlevez-moi ça immédiatement, ordonna-t-il à l'une des femmes qui desservait. On n'en finira donc jamais de ranger ! »

Interdite, la femme leva la tête et s'empara vivement du plateau.

Edward se tourna vers Iris. « Eh bien, dit-il. J'espère que tu es satisfaite !

— De quoi ?

— La soirée a été un vrai désastre.

— Oh, je n'ai pas eu cette impression, Edward. Les gens avaient l'air très contents.

— L'exhibition de ce gosse a jeté un froid. A partir de ce moment-là, tout le monde est parti.

— Pauvre enfant. Il m'a fait pitié. Il était tellement gêné. »

Edward poussa un grognement de dégoût. « C'était plutôt moi qui étais gêné. Il m'a humilié devant mes invités.

— Je suis certaine que personne ne s'est formalisé.

— Et d'abord, pourquoi as-tu invité ces gens ?

— Quels gens ?

— Les Lange. Ils n'appartiennent pas à notre milieu. Ils n'ont pas leur place ici. Et ils se sont arrangés pour gâcher ma réception.

— Edward, tu es injuste. Ce sont nos amis. »

Edward se détourna, l'air exaspéré. Iris resta un moment indécise, enroulant la ceinture de son kimono autour de son doigt. « Je crois que je vais monter me coucher, finit-elle par dire.

— Et peux-tu me dire qui était cette femme dans ce boubou ? » questionna Edward en se retournant brusquement.

Iris se tortilla, baissa les yeux. « J'avais invité quelques personnes qui travaillent bénévolement à l'hôpital. C'est mon professeur de céramique. Elle s'occupe des enfants malades.

— Sa tenue était carrément grotesque. Un vrai clown. »

Iris laissa échapper un soupir.

« Je suis épuisée, Edward. Bonne nuit.

— Ils ne seront plus invités, déclara Edward. Aucun d'entre eux. Je vais faire deux ou trois choses dans le moulin. J'ai besoin de me détendre.

— Oh, s'étonna Iris, peu habituée à ce qu'il la prévienne. Bien. »

Edward la regarda s'éloigner vers la maison, son kimono gonflant derrière elle comme du linge pendu sur un fil. Elle n'a aucune grâce, songea-t-il. Elle n'en a jamais eu.

Il l'avait rencontrée lors d'une réception semblable à celle de ce soir, donnée par un riche avocat issu de l'une des meilleures familles de la Nouvelle-Angleterre, pour remercier tous ceux qui l'avaient aidé à gagner les élections primaires. Edward avait participé à cette campagne dans l'unique but de faire la connaissance de quelques personnes susceptibles de favoriser sa jeune carrière. Ses efforts s'étaient pourtant révélés vains. Il s'était astreint à mille corvées pour se retrouver à cette soirée sans avoir obtenu le moindre contact intéressant.

Il était d'une humeur massacrante ce soir-là, frustré de ne pas être admis dans le cercle de ces aristocrates, tout comme autrefois à Princeton. Il n'avait remarqué Iris que parce qu'elle servait le punch. Il l'avait prise pour une domestique dans sa tenue de couleur sombre et avait failli perdre patience devant la lenteur de ses gestes. Lorsque son tour était venu d'être servi, elle lui avait tendu un verre fêlé. Il avait vu rouge. Cette rien-du-tout avait sûrement fait exprès de lui donner un verre abîmé. Il était sur le point de lui jeter le punch à la figure lorsque l'un des invités avait demandé à la jeune fille si elle pensait que son père avait des chances de gagner les élections sénatoriales. Bienheureuse question qui avait sauvé Edward d'un faux pas malencontreux et changé Iris de crapaud en héritière.

A tout prendre, il ne regrettait pas de l'avoir épousée. Bien sûr, il avait du mal à la supporter, mais le nom de sa famille avait encore beaucoup de poids dans la société et l'argent de son père avait aidé Edward à démarrer dans les affaires. Pour le reste, il s'était débrouillé seul.

Aujourd'hui, il avait tout. Tout ce dont il avait rêvé dans son enfance. Il était un homme important, riche et puissant. Et il n'avait rien négligé pour en arriver là.

Une des femmes de ménage vint enlever la nappe du buffet. « Ce n'est pas trop tôt, marmonna Edward. Et emportez tous les restes hors de la maison », ajouta-t-il. Au moins, Iris ne serait-elle pas tentée de s'empiffrer avant de partir en cure.

Il poussa un grognement méprisant. Il perdait son temps à penser à Iris. Il avait des choses autrement plus importantes à faire.

Il avait passé l'après-midi à arpenter les alentours du La-Z Pines Motel. Rambo était arrivé à seize heures trente au volant d'une vieille Chevrolet bleue cabossée. Edward avait noté le numéro de sa chambre avant de regagner furtivement sa voiture, dissimulée un peu plus loin sur la route. Maintenant, il lui fallait rassembler les instruments nécessaires, sortir sans se faire remarquer et refaire le trajet jusqu'au motel. Cette nuit, il mettrait définitivement fin au problème d'Albert Rambo.

Thomas contempla par la fenêtre la silhouette courbée, assise sur la balancelle dans le noir.

« Il n'a pas bougé. »

Anna soupira et jeta un coup d'œil dans le jardin. « Je ne sais pas quoi faire.

— Peut-être devrions-nous simplement le laisser tranquille. »

Tracy entra dans la cuisine et prit une poire dans le réfrigérateur.

« Il est bouleversé, dit Anna. Si nous lui parlions...

— Il vaut mieux le laisser seul, crois-moi. L'air ne peut que lui faire du bien. »

Anna ne sembla pas entendre la suggestion de son mari. Elle se tourna vers Tracy qui mangeait sa poire, assise à la table de la cuisine, le regard fixe. « Tracy, dit-elle. Que s'est-il passé chez les Stewart ?

— Rien. Pourquoi ? On faisait les imbéciles, c'est tout. Il s'est levé et il est tombé dans les pommes.

— Qu'entends-tu par "faire les imbéciles" ?

— Rien de spécial. On plaisantait.

— Veux-tu aller lui parler ?

— Moi ? Pourquoi ?

— Il se sentirait peut-être réconforté.

— Ça m'étonnerait.

— Veux-tu essayer ? S'il te plaît, fais-le pour moi. »

Tracy haussa les épaules. « Bon, mais je ne sais pas...

— Merci, chérie. »

Tracy sortit dans la nuit. Elle attendit un instant que ses yeux se fussent habitués à l'obscurité, puis se dirigea vers l'endroit où se tenait Paul sur la balancelle. Elle s'arrêta à quelques pas de lui. Il ne leva pas la tête.

« Tu devrais rentrer, dit-elle doucement. Il est très tard.

— Non.

— Ecoute, on voulait juste plaisanter chez les Stewart. J'ignorais que tu étais malade. Tu aurais dû le dire. Je comprends que tu aies des idées noires à cause de ton chat qui s'est enfui et de tout le reste. Mais pourquoi refuses-tu de rentrer à la maison ? Je t'aiderai à chercher Sam, demain. »

Lentement, Paul se redressa et lui fit face.

« Qu'est-ce que tu lui as fait ? » demanda-t-il.

La jeune fille recula d'un pas, serrant la ceinture de son peignoir autour d'elle. « Quoi ?

— Qu'as-tu fait à Sam ? Où est-il ? Tu lui as fait quelque chose. J'en suis sûr.

— C'est dégueulasse de dire ça », protesta-t-elle.

Paul s'avança vers elle d'un pas menaçant. « Toi et tes amis, vous avez dû trouver ça marrant.

— Pauvre con ! Ce n'est pas le genre de choses qui me fait rire.

— Je suis un pauvre con, hein ? » Il lui tourna le dos et retourna s'asseoir. « Va-t'en. Fous-moi la paix. »

Tracy hésita, déconcertée par les accusations de son frère. Puis elle s'approcha de la balancelle. « Tu te comportes comme un bébé. Me croire responsable de la disparition de ton chat ! Je n'y peux rien s'il a fichu le camp.

— Ta gueule, dit-il. Va-t'en. »

Soudain écarlate, Tracy se rua sur la balancelle et envoya son poing en plein dans l'épaule de son frère. « Je n'y suis pour rien, hurla-t-elle. Pour rien ! »

Paul bondit, attrapa Tracy par le poignet et la fit pivoter vers lui. « Ne me touche plus, gronda-t-il.

— Je n'y suis pour rien, répéta Tracy, les yeux agrandis, en le frappant de sa main libre. Lâche-moi. »

Paul libéra son poignet. Soudain, il poussa un

grognement, se prit la tête à deux mains et tomba lentement à genoux. Tracy le vit avec stupéfaction s'effondrer sur le sol. La porte de la cuisine claqua. Anna courut vers eux.

« Que se passe-t-il ? s'écria-t-elle. Pourquoi vous battez-vous ? »

Interdite, Tracy leva les yeux vers sa mère tandis que Paul se roulait par terre, la tête entre ses mains. « Il allait me casser le bras.

— Rentre à la maison, dit Anna sévèrement en se baissant vers Paul. Qu'y a-t-il ? demanda-t-elle d'un ton suppliant. Dis-moi où tu as mal.

— Ma tête, gémit-il.

— Je ne l'ai même pas touché à la tête, se défendit Tracy.

— Rentre, Tracy.

— Laisse-moi t'aider », supplia Anna en passant un bras sous celui de Paul. Elle l'aida à se relever.

— Viens, dit-elle. Je vais te conduire à l'hôpital.

— Non ! hurla le garçon. Pas l'hôpital. » Il chercha à se dégager du bras d'Anna.

« Bon », dit-elle d'un ton apaisant. Elle lui posa une main fraîche sur le front tout en l'aidant à se traîner à ses côtés.

« Je veux aller me coucher, dit-il.

— Très bien. Rentrons. »

Ils avancèrent sur l'herbe épaisse jusqu'à l'arrière de la maison. Anna sentit son fils frissonner dans ses bras. « Je vais t'aider.

— Ça va mieux, maintenant », dit-il en montant lentement les marches du porche.

A peine la tête posée sur l'oreiller, il s'était endormi. Elle resta assise au pied du lit et le regarda s'abandonner au sommeil, son maigre visage pâli par la souffrance. La bouche ouverte, il semblait chercher de l'air ; dans le clair de lune, ses traits n'étaient qu'ombres et creux. Des mains reposaient ouvertes sur les draps, inertes. Des gouttes de sueur luisaient doucement sur son front et sur sa lèvre supérieure.

Il est malade, pensa Anna. Voilà ce que voulait lui

dire Rambo. Elle ne pouvait s'empêcher d'imaginer le pire. Une tumeur au cerveau. Un cancer. Ce devait être cela.

Peut-être devrait-elle le conduire directement chez le médecin demain matin, sans se soucier de son rendez-vous avec Rambo. Un médecin serait sans doute à même de diagnostiquer le mal à temps. Mais Rambo savait peut-être quelque chose de vital. Après tout, Paul avait grandi auprès de lui. Peut-être avait-il reçu une blessure, pris certaines drogues... Elle devait découvrir ce que savait Rambo. Il risquait de disparaître et elle ne saurait jamais ce qu'il voulait lui apprendre. Anna eut l'impression qu'elle tournait en rond. Elle tenta de se calmer. Agis comme tu l'as prévu, se dit-elle. Courage. Demain, tu sauras.

Elle regretta de ne pouvoir se confier à Thomas. Mais elle savait qu'il ne la laisserait pas faire. Non. Elle agirait seule. Elle se redressa sans faire de bruit. Paul respirait enfin régulièrement. Elle sortit de la chambre, referma la porte et suivit le couloir.

En passant devant la chambre de Tracy, elle remarqua un faible rai de lumière sous la porte. Pas encore couchée. Des bruits étouffés lui parvinrent de l'intérieur, comme si quelqu'un essayait de reprendre haleine. Hésitante, Anna posa la main sur la poignée, ouvrit doucement la porte et risqua un coup d'œil.

La lampe de chevet jetait un halo de lumière sur le plancher de la pièce. Tracy était assise au bord du rond lumineux. La tête penchée, elle tenait une poupée habillée de blanc dans ses bras. Anna regarda attentivement la poupée et sentit son cœur lui manquer en voyant qu'elle était vêtue de la robe et du bonnet de baptême de Paul, avec des petits chaussons en satin à ses pieds. Les épaules secouées de sanglots, Tracy la berçait sur sa poitrine.

« Tracy », chuchota Anna.

Tracy eut un haut-le-corps et se détourna brusquement, la poupée dissimulée derrière son dos. Elle avait les yeux rouges et des larmes roulaient encore sur ses joues.

« Va-t'en ! » cria-t-elle.

Anna fit un pas en avant. « Tracy, dis-moi ce qui ne va pas.

— Sors d'ici, gémit l'adolescente.

— Je t'en prie, Tracy, parle-moi.

— Non ! »

Avec un soupir, Anna se prépara à sortir.

Une petite voix pleine de reproche s'éleva : « J'en ai marre qu'on s'en prenne toujours à moi. »

Anna se tourna vers sa fille. « Qu'on s'en prenne toujours à toi ? Pour quoi ? demanda-t-elle doucement.

— Pour ce qui lui est arrivé, murmura Tracy.

— Oh, Tracy, je ne te reproche rien, affirma Anna, soulagée de voir sa fille s'ouvrir à elle. Je regrette de m'être emportée contre toi, chérie. J'étais inquiète pour Paul. Ces maux de tête... J'ai peur qu'il n'ait quelque chose de grave...

— Ce n'est pas seulement pour ça, l'interrompit rageusement Tracy. C'est pour avant. Quand on l'a enlevé.

— Quand on l'a enlevé ? » Anna regarda sa fille sans comprendre. « Qu'est-ce...

— Tu m'en as toujours voulu, accusa Tracy. Tu as toujours pensé que c'était ma faute. »

Anna était stupéfaite.

« Ce n'était pas de ta faute, Tracy. Personne au monde n'a jamais pensé que c'était de ta faute, protesta Anna.

— Toi, tu l'as pensé. »

Anna secoua la tête, navrée. « Jamais, dit-elle.

— Tu l'as toujours pensé, s'entêta Tracy.

— Tracy ! s'écria Anna. Tu n'étais qu'un bébé. Les gens qui ont fait ça étaient des adultes. Cela n'avait rien à voir avec toi. Comment as-tu pensé une chose pareille ?

— Tu l'as dit.

— Jamais de la vie.

— J'étais malade ! Tu disais ça chaque fois que tu en parlais. Tu disais que j'étais malade ; que tu étais rentrée dans la maison pour me soigner. Et qu'ensuite, il avait disparu. A chaque fois, tu répétais la même chose. Tu avais dû rentrer parce que je pleurais. Parce que j'étais malade... »

Tracy regarda sa poupée comme si elle l'avait oubliée. « J'étais malade, murmura-t-elle à nouveau. Ils sont venus et ils ont pris mon frère. »

Anna sentit les larmes lui monter aux yeux. « Non, non, dit-elle d'une voix étouffée.

— Je ne voulais pas qu'on le prenne. C'était mon frère. Laisse-moi seule. »

Anna eut envie de lui demander pardon. Mais elle avait besoin de prendre du recul, de réfléchir au mal qu'elle avait fait, durant des années, sans le savoir. Elle était atterrée, comme si elle venait d'apprendre que la cigarette qu'elle croyait éteinte avait mis le feu à la maison.

« Je suis désolée, murmura-t-elle accablée.

— Je vais me coucher », déclara Tracy.

Au moment de quitter la pièce, Anna se retourna pour voir sa fille se mettre au lit et arranger sa poupée à côté d'elle sur l'oreiller. « Je suis désolée », répéta-t-elle.

Tracy éteignit la lampe de chevet.

Anna resta un moment dans l'obscurité, songeant à la façon de réparer ce gâchis. Elle contempla la forme immobile de Tracy pelotonnée dans son lit. Je me réconcilierai avec toi, se promit-elle. Mais elle ne savait pas encore comment.

Albert Rambo secoua la tête au-dessus du lavabo, éclaboussant les bords de la cuvette de gouttelettes marron. Il se redressa, lissa régulièrement sa maigre chevelure mouillée sur son crâne pâle parsemé de taches rousses. Puis il fit un pas en arrière et s'examina de trois quarts dans la glace de la salle de bains. Ses cheveux jusqu'alors d'un blond grisonnant avaient pris une vigoureuse teinte auburn. Pas mal, estima-t-il. Il se laisserait pousser la moustache et la teindrait de la même couleur. Il n'avait pas apprécié la facilité avec laquelle Anna Lange l'avait reconnu. Demain, lorsqu'il aurait l'argent, il achèterait aussi un nouveau chapeau avant de décamper. Ensuite, il serait paré.

Il frotta énergiquement son crâne dégarni avec une serviette, coiffa méticuleusement chaque mèche et admira le résultat. Les produits de teinture lui avaient coûté ses derniers dollars, mais ça valait le coup. Sous le tube fluorescent, sa peau prenait un reflet verdâtre et il avait des valises sous les yeux. Ses cheveux, en revanche, étaient impeccables.

Après un dernier regard dans le miroir, il enfila sa chemise et la boutonna. Il emporta ensuite la boîte de teinture dans sa chambre et la cala dans un coin de sa valise. Passant machinalement un doigt sur la lèvre supérieure, il se demanda combien de temps sa moustache mettrait à pousser. Il n'avait jamais été du genre poilu. Il risquait d'avoir l'air mal rasé pendant deux semaines. D'ici là, il serait loin.

On cogna à coups redoublés à la porte de sa chambre. Rambo s'immobilisa, le regard fixé sur le panneau, le cœur battant. La police, songea-t-il immédiatement. Elle avait prévenu la police.

A la seconde série de coups, il bondit de sa chaise et se tint debout, pieds écartés, poings serrés, les yeux rivés sur la porte. Mais cette fois-ci une voix s'éleva.

« Désolé de vous déranger. C'est le directeur de l'hôtel, M. de Blakey. »

Rambo poussa un soupir de soulagement, puis sentit la colère monter en lui.

« Qu'est-ce que vous voulez ? cria-t-il d'un ton sec.

— C'est votre voiture, monsieur. Vous vous êtes trompé d'emplacement et l'autre client fait tout un foin. Je sais qu'il est tard, mais pourriez-vous venir la changer de place ?

— Bon, bon, je viens », répondit-il d'une voix bourrue. Mieux vaut ne pas attendre, se dit-il.

« Merci beaucoup, monsieur Rambo. »

Alors même qu'il ouvrait la porte, un fait lui revint

à l'esprit. Il avait signé le registre de l'hôtel du nom de Smith, M. William Smith.

Une force venant de l'extérieur ouvrit la porte en grand, le projeta au milieu de la chambre. Pendant une seconde, il resta paralysé par le choc, la gorge bloquée, incapable de crier. L'homme, dans l'embrasure, avança la main vers lui et Rambo rencontra deux yeux gris qui luisaient dans un visage froid en lame de couteau. A l'instant où il reconnut Edward Stewart, Rambo sentit ses membres reprendre vie et il se mit à se débattre, frappant son agresseur d'une volée de coups de poing sans le moindre effet.

Impassible sous l'assaut, Edward saisit Rambo par la tête et lui fourra le chiffon qu'il tenait dans sa main gantée sur la figure. Haletant, Rambo chercha désespérément à échapper à l'odeur suffocante qui lui emplissait la gorge et les narines. Il tituba en arrière, mais Edward le retint, écrasant le tissu contre sa bouche ouverte. Glacé de terreur, Rambo fixa les yeux de son assaillant. Ils reflétaient la même détermination impitoyable qu'il y avait lue sur l'autoroute, des années auparavant. Il entendit les voix crier faiblement dans ses oreilles. Puis les yeux disparurent. Ce fut le silence.

11

L'œil fixé sur le bord de la route, Anna cherchait anxieusement le La-Z Pines Motel. Il était déjà midi passé. Elle avait pris de l'argent dans trois banques différentes, et s'était arrêtée deux fois dans Kingsburgh avant de trouver quelqu'un capable de lui indiquer la direction du motel.

Le panneau indicateur se dressa soudain sur sa droite. D'un brusque coup de volant, Anna tourna dans l'allée et roula lentement sur les graviers de la cour, inspectant l'un après l'autre les bungalows, à la recherche du numéro 17. Un homme grisonnant, de haute taille, chargé d'une pelle et d'un balai, s'arrêta pour regarder la voiture passer. Puis il tourna le dos et se dirigea vers la réception.

Anna attendit qu'il eût disparu derrière la porte avant de se garer. La cour du motel était calme et presque agréable, à l'ombre de ses pins touffus. Les murs autrefois blancs avaient pris une teinte grisâtre, mais les encadrements des portes et des fenêtres étaient d'un vert sombre fraîchement repeint. Anna sentit sa jupe et le dos de sa chemise coller au siège de la voiture. L'argent était posé à côté d'elle dans un sac d'épicerie en papier brun. Cinq mille dollars. Quelle ironie ! Il était un temps où elle aurait accueilli avec joie une demande de rançon, signe que le ravisseur de son enfant avait agi pour de l'argent, qu'un échange était possible.

Aujourd'hui, elle allait payer une rançon pour obtenir un début d'information — probablement inutile. Elle avait déjà pris sa décision. Si Rambo n'avait aucun renseignement à lui communiquer, elle ne tenterait pas de discuter avec lui. Elle lui remettrait la somme promise en acceptant l'éventualité de la perdre définitivement. Elle préviendrait la police après avoir quitté Rambo, espérant qu'ils retrouveraient l'argent. Sinon, elle se débrouillerait pour le rembourser. Elle trouverait du travail. Elle acceptait de courir le risque. Rambo n'avait peut-être rien à lui dire. Pourtant, au fond d'elle-même, Anna éprouvait la même certitude qu'elle avait ressentie dans le parking du supermarché : Rambo détenait une information importante au sujet de son fils. Et après les crises de Paul, la nuit dernière, elle était convaincue qu'elle avait raison de chercher à la connaître.

Elle jeta un coup d'œil dans le rétroviseur, dans l'espoir de repérer Rambo dans les parages. Il avait dit qu'il laisserait la porte de sa chambre ouverte et attendrait qu'Anna fût à l'intérieur pour se manifester. Elle ne vit rien à part quelques voitures ici et là, les stores baissés des bungalows et le feuillage immobile des arbres.

Bien, se dit-elle. Allons-y.

Après avoir fermé la portière sans faire de bruit, elle jeta un coup d'œil autour d'elle et franchit d'un pas pressé la pelouse inégale jusqu'au seuil de la chambre 17. Il n'y avait qu'une marche à l'extérieur. Anna la gravit et frappa deux coups secs à la porte.

D'un geste prompt, elle tourna la poignée, se pencha en avant pour ouvrir la porte qui résista. La poignée ne tournait pas à fond. Anna la secoua en vain. Elle voulut ouvrir de force. Puis elle renonça et se retourna brusquement, scrutant du regard les bungalows voisins et les arbres, au cas où Rambo la surveillerait, s'amusant de son désarroi. Rien ne bougeait dans la cour. Elle approcha son visage de la porte et appela doucement. « Rambo, Rambo, ouvrez. » Aucune réponse ne lui parvint de l'intérieur.

Anna demeura un moment à regarder fixement la cour, sans savoir quoi faire. Le sac en papier serré contre elle, elle revint vers sa voiture, se glissa sur le siège avant, claqua la portière et resta les yeux vrillés sur la porte de la chambre 17.

Elle fut momentanément tentée de s'en aller, de tout laisser tomber. Mais elle savait qu'elle ne pouvait en rester là. Même si Rambo avait pris peur et s'était enfui, il avait peut-être laissé quelque chose derrière lui, un indice. Elle ne devait pas renoncer.

Anna ressortit avec détermination de la voiture et se dirigea vers la réception. Assis derrière le bureau, Gus deBlakey regardait son feuilleton favori *Jeunes et Aventureux*. Il fit une grimace en voyant la conductrice de la Volvo entrer dans la pièce, pressentant qu'il n'allait pas s'en débarrasser facilement.

« Vous désirez ? demanda-t-il en jetant un coup d'œil vers le jeune homme en smoking en train de déclarer sa flamme à une jeune fille étendue sur un lit d'hôpital.

— Je cherche quelqu'un, dit Anna. Un... un de mes amis. Chambre 17. »

Gus examina Anna plus attentivement. Ce n'était pas le genre de femme à avoir pour ami le locataire du 17. Ce drôle de coco qui conduisait la Chevrolet bleue.

« Vous avez frappé ?

— Personne ne répond.

— Doit être sorti. »

Anna examina la rangée de voitures. Parquée non loin du bungalow 17, il y avait une voiture bleue couverte de boue, dont le pare-chocs était cabossé.

« La voiture bleue en triste état appartient-elle au 17 ? » demanda-t-elle.

Gus contourna le bureau et suivit Anna jusqu'à la porte. Elle lui désigna le pare-chocs cabossé, visible de l'endroit où ils se trouvaient.

« C'est à lui, dit Gus.

— Mais il ne répond pas », protesta Anna.

Gus haussa les épaules. « On est en démocratie. Peut-être qu'il a changé d'avis. » A la vue de l'angoisse peinte sur les traits d'Anna, il ajouta plus doucement : « Il est peut-être parti faire un tour à pied.

— Il m'attendait, dit-elle. Il doit être là. Sa voiture est là. S'il vous plaît, monsieur, pouvez-vous ouvrir la porte pour moi ? J'ai peur qu'il ne soit malade où je ne sais quoi ? S'il est absent, je vous confierai un billet pour lui. »

Gus commença par refuser.

« Oh, je vous en prie, implora Anna. Si je pouvais seulement jeter un coup d'œil.

— D'accord.

— Oh, merci, dit Anna. Merci beaucoup. »

Gus traversa la cour à grandes enjambées jusqu'au bungalow 17, Anna sur ses talons.

« C'est ici », dit-il en s'arrêtant devant la chambre. Il frappa à la porte, appela : « Monsieur Smith ? » Puis il ne tourna vers Anna. « Pourvu qu'il soit pas complètement schlass ou occupé à autre chose. Il va être fou furieux. Allons-y. J'espère que vous êtes vraiment de bons amis. »

Il ouvrit la porte et pénétra dans la pièce plongée dans l'obscurité. Anna le suivit. Le lit double était froissé mais non défait. Les maigres affaires de Rambo étaient entassées dans une valise ouverte sur le sol. A côté, sur le dessus de la commode, il y avait les clefs de la voiture et un petit tas de monnaie.

« Où se trouve la lumière ? demanda Anna.

— Il y a une lampe à côté du lit. »

Anna se pencha pour allumer. L'ampoule de faible intensité éclaira un coin de la pièce.

« Il a dû sortir acheter des cigarettes », dit Gus en désignant les paquets écrasés et les mégots dans le cendrier. Il se dirigea vers la fenêtre et essaya de la soulever. « Pouah, ça pue là-dedans ! »

La porte de la salle de bains était légèrement entre-bâillée mais ne laissait filtrer aucune lumière. Anna s'en approcha alluma le plafonnier.

« On ferait bien de débarrasser le plancher », dit Gus. Anna ne répondit pas.

Il traversa la pièce et s'arrêta sur le seuil de la salle de bains. « Nom de Dieu ! » s'écria-t-il.

Une paire de chaussures noires luisantes se balançait à quelques centimètres du visage de la jeune femme. Les jambes pendaient, molles, avec une tache humide à l'entrejambe. Les mains étaient ouvertes et raides, les ongles bleus. Une corde accrochée au plafonnier entaillait le cou brisé de Rambo. Sa langue sortait, gonflée et grise. Ses yeux sans vie semblaient exorbités dans le visage à la peau marbrée. Quelques mèches désordonnées de cheveux auburn se dressaient sur son crâne blanc.

Pâle comme un linge, Anna n'arrivait pas à détacher son regard de l'horrible spectacle.

Gus la bouscula pour passer devant elle et faillit trébucher sur la chaise qui avait basculé sur le côté.

« Dieu tout-puissant ! souffla-t-il en redressant maladroitement le siège.

— Oh, Seigneur ! entendit-il murmurer derrière lui. Oh, non ! »

« Je regrette infiniment, monsieur Stewart, dit le vendeur de la boutique de jeux. J'ignorais que les instructions étaient erronées. »

Edward dévisagea l'homme chauve et agita les feuilles imprimées qu'il tenait à la main sous son nez.

« J'avais pratiquement terminé de monter la coque lorsque je me suis rendu compte que les indications étaient inexactes. Heureusement, je m'y connais suffisamment et j'ai pu interrompre le montage avant que le bateau ne soit fichu.

— Vous avez dû être très déçu, murmura le commerçant.

— Dois-je vous rappeler, reprit Edward, que je suis l'un de vos clients les plus importants ? Lorsque je vous commande un modèle, j'entends qu'il soit parfait dans tous les détails. Il n'y a pas de place pour l'erreur dans ce genre de travail de précision.

— Je sais. Vous avez raison.

— Je suis constructeur d'avions, monsieur Martin. Que diriez-vous si ma compagnie faisait preuve de cette sorte de négligence sur les appareils que nous fabriquons ? Aimeriez-vous partir pour vos prochaines vacances à Miami sur un avion construit avec des pièces défectueuses ?

— Bien sûr que non. Vous avez raison.

— Ce pourrait être le dernier vol de votre vie », s'emporta Edward.

Le vendeur chercha ses lunettes dans la poche de sa chemise et les ajusta sur son nez. « Ça vous ennuierait que j'y jette un coup d'œil ? » Il tendit la main vers les feuilles d'instructions.

« Oui, ça m'ennuie, répondit Edward en les remettant hors de sa portée. Vous me faites perdre mon temps. » Il en fit une boule de papier qu'il jeta sur la caisse.

« Laissez-moi aller voir si je peux vous trouver un autre modèle. J'en ai pour une minute. »

L'homme disparut dans son bureau.

Mis à part ce désagrément, Edward se sentait bien disposé aujourd'hui. Il eut une bouffée d'orgueil en se remémorant la façon dont il avait su régler le problème d'Albert Rambo, et se débarrasser à jamais des insinuations de ce pauvre cinglé.

« Je regrette, monsieur, dit le vendeur en revenant, mais nous n'avons aucun de ces modèles en stock. Je vais vous établir un avoir pour votre prochain achat. »

Edward lui lança un regard glacial.

« Remboursez-moi, dit-il. A partir d'aujourd'hui, je compte me fournir ailleurs. »

L'homme renonça à discuter ; il ouvrit le tiroir de la caisse et tendit le montant du remboursement à Edward qui lui prit brutalement l'argent des mains et quitta le magasin en claquant la porte derrière lui.

C'était l'incompétence qui le mettait hors de lui, le manque d'attention pour ce qui était important. Il ne mettrait plus les pieds dans cette boutique.

Il repensa à Rambo en train de le faire chanter sur le terrain de golf. L'imbécile avait payé cette imprudence.

Le coup de klaxon d'un taxi et les vociférations du conducteur le firent tressauter. Il remonta précipitamment sur le trottoir, tremblant, poursuivi par les invectives du chauffeur.

Au moins, celui-ci avait-il fait preuve de vigilance. Edward revit soudain l'accident qui avait tout déclenché. Il venait de quitter l'autoroute dans l'intention de passer se changer chez lui après une réunion d'affaires à New Haven. Il avait brillamment conclu un marché et était en train de repasser dans son esprit la stratégie qui lui avait permis d'emporter la victoire. Il avait aperçu trop tard l'enfant qui trottinait sur la chaussée de la bretelle de l'autoroute. Il ne l'avait pas reconnu sur le coup. De toute façon, tous les enfants se ressemblaient pour lui. Mais il se souvenait encore du petit béret de marin et des grands yeux interrogateurs qui avaient rencontré les siens à travers le pare-brise, juste avant que la calandre de la voiture ne le projette dans les herbes sur le bas-côté. Le bruit mat du choc retentissait encore en lui.

En fait, même s'il l'avait vu, il n'aurait pu s'arrêter à temps. L'enfant n'aurait pas dû se trouver là. Sa mère aurait dû le surveiller. C'était aussi simple que cela.

Edward regarda à droite et à gauche avant de descendre du trottoir et de prendre la rue qui le ramenait à son bureau. Si seulement ce gosse était mort ce jour-là, il n'aurait pas été obligé de tuer Rambo.

C'était fait, maintenant. Cela ne servait à rien de revenir là-dessus. Mais un autre sujet d'inquiétude vint l'assombrir. Si l'adolescent se rappelait ce qui était arrivé ? Ce n'était qu'un bambin à l'époque et il ne semblait pas avoir le moindre souvenir. Tout de même, comment quelqu'un, même un enfant, pouvait-il oublier un tel accident ? Edward respira profondément. Inutile de s'inquiéter. Tout était arrangé. Il avait fait ce qu'il fallait pour ça. Sa réputation était sauve. Il se sentit apaisé.

Buddy Ferraro regarda le visage fatigué d'Anna. « C'est tout ce qu'il vous a dit ? Vraiment tout ? »

Ils étaient assis à la table de la cuisine. Thomas se tenait debout, le dos contre l'évier, les bras croisés. La nuit d'été était lentement tombée et l'on entendait le chant des criquets.

Anna inclina la tête. Elle s'aperçut que Buddy avait les tempes grisonnantes et se demanda depuis quand.

« Qu'en pensez-vous ? demanda-t-elle.

— Il n'avait plus aucune issue.

— Mais pourquoi s'est-il tué avant mon arrivée ? Je lui apportais l'argent. »

Buddy la regarda avec reproche. « Comment avez-vous pu agir ainsi, Anna ? Vous êtes pourtant intelligente. Combien de dingues sont venus vous proposer des renseignements pour de l'argent durant toutes ces années ?

— Mais il s'agissait de Rambo. Il savait vraiment quelque chose. Et il est mort.

— Bon, je vous accorde que j'aurais aimé poser à Rambo plusieurs questions.

— Buddy, pourquoi aurait-il fait ça ? Raconter ces histoires au sujet de Paul si elles n'étaient pas vraies ?

— Pour de l'argent. Anna, l'homme était le dos au mur.

— Je sais.

— Ecoutez. D'abord, il n'avait pas toute sa tête. Nous le savons. C'était un ravisseur en fuite. Il n'avait plus un sou. Et vous êtes arrivée avec un peu de retard. Il a sans doute cru que son plan n'allait pas marcher. Et il n'avait pas d'autre solution.

— Je comprends qu'il se soit suicidé, dit Anna. Mais je reste convaincue qu'il avait réellement quelque chose à me dire. Il ne mentait pas. J'en suis sûre. Je vais vous dire ce que je pense. Je crois que Paul est malade et que Rambo voulait m'en parler. »

Thomas s'écarta lentement de l'évier et sortit de la cuisine sans un mot. Buddy le regarda partir. Puis il se tourna vers Anna :

« Je vous conseille de l'emmener voir un docteur. Et par la même occasion, un peu de repos ne vous ferait pas de mal non plus.

— Je vais le conduire chez notre médecin. Dès demain, à la première heure. »

Buddy se leva. « Comment Paul prend-il tout ça ? »

Anna soupira. « C'est difficile à dire. J'ai entendu Tracy lui en parler. Il a répondu qu'il ne ressentait rien. Il n'est pas sorti de sa chambre depuis des heures.

— C'est un gosse qui en a vu de rudes. Bon. Je m'en vais. Nous avons une journée chargée demain, Sandy et moi. Nous accompagnons Mark au collège. Nous passerons quelques jours là-bas. »

Anna lui adressa un large sourire. « Tout ça me paraît épatant.

— Ça peut l'être, avec la fortune que ça va me coûter », rétorqua Buddy.

Anna voulut se lever, mais il la retint d'un geste. « Je connais le chemin.

— Je dois dire que je suis bien contente que ce soit

terminé. Je vais enfin cesser d'imaginer Rambo tapi à tous les coins de rue. »

Il la regarda pensivement. « Prenez soin de vous pendant mon absence.

— Promis. »

Buddy s'éloigna, l'air préoccupé. Il était sceptique au sujet de ce suicide, mais il avait préféré ne pas inquiéter Anna. Elle se tracassait suffisamment ainsi. Il lui fit un léger signe de la main en s'en allant.

« Merci », lui cria-t-elle.

Anna resta assise, les mains posées sur ses genoux. Elle craignait de fermer les yeux. Elle avait peur de le revoir en esprit. Rambo, pendu dans la salle de bains ; la teinte hideuse de la mort ; les yeux protubérants, la langue saillante.

Beurk... Elle eut un haut-le-cœur et s'obligea à se lever. Elle avait besoin de se confier à Thomas. Ils n'avaient pas encore eu le temps de parler. Il y avait eu la police, les journalistes, l'hôpital, Paul... Thomas s'était montré plus silencieux qu'à l'ordinaire ; il était difficile de savoir à quoi il pensait. En dépit de sa fatigue, Anna sentit qu'elle devait tout lui expliquer. Elle entra doucement dans leur chambre.

Thomas était debout près de la commode, les épaules courbées. Il caressait le dos de la brosse en argent d'Anna. Elle sentit sa gorge se serrer et s'avança vers lui, prête à glisser son bras autour de lui, à poser sa joue contre son large dos. Mais en traversant la pièce, elle vit la valise préparée au pied du lit. Elle s'arrêta net. « Tom », dit-elle.

Il se tourna vers elle, reposa la brosse sur la commode.

« Qu'est-ce que c'est ? » s'étonna-t-elle.

La mâchoire serrée, Thomas ne répondit pas.

« Chéri, que fais-tu ? »

Il s'avança vers la table de chevet, prit le livre qui y était posé, le glissa dans la poche extérieure de sa valise.

« Je fais ma valise », dit-il.

Anna se laissa tomber sur le lit, les jambes coupées.

Puis les mots se bousculèrent sur ses lèvres. « Tom, je ne t'en veux pas d'être fâché. Mais il faut que nous parlions. J'aurais sans doute dû te prévenir. Crois-moi, je voulais t'en parler ; mais il m'a menacée, il m'a dit que je ne saurais rien si je venais avec toi ou avec la police. Et je ne pouvais pas courir ce risque.

— J'ai déjà entendu cette histoire, dit Thomas d'une voix lasse. Durant toute la journée.

— Ce n'est pas une histoire, Tom. C'est la vérité.

— D'accord, c'est la vérité. »

Anna se pencha vers lui. « Chéri, je regrette néanmoins ce qui s'est passé. Peux-tu me pardonner ?

— Tu n'as pas besoin de te justifier. Je comprends pourquoi tu n'as rien dit.

— Alors, pourquoi cette valise ? Pourquoi pars-tu ? »

Thomas resta silencieux avant de se tourner vers elle : « Parce que ça n'en finira jamais, Anna. Je ne peux pas le supporter.

— Qu'est-ce qui n'en finira jamais ? Que veux-tu dire ?

— Toi et ta préoccupation constante au sujet de Paul. Pendant toutes ces années, les recherches, les appels téléphoniques, les articles dans la presse. Des jours entiers où tu n'étais qu'à moitié avec moi. Je ne me suis pas plaint. Mais lorsque j'ai appris que Paul allait revenir, j'ai cru que cela cesserait. J'ai cru que tu allais enfin te débarrasser de cette... obsession. Mais c'est pire que jamais. »

L'accusation provoqua l'indignation d'Anna. « Comment peux-tu dire ça ? Une obsession ! Je devais retrouver mon fils. T'attendais-tu à me voir dire : "Il est parti", et l'oublier ? »

Thomas ne répondit pas.

« Lorsque Rambo est venu me dire qu'il connaissait quelque chose d'une importance vitale pour Paul, oui, je n'ai eu de cesse de savoir de quoi il s'agissait.

— Pour protéger ton fils !

— Parfaitement, pour le protéger.

— Et moi ? Et Tracy ? As-tu pensé à nous s'il t'était arrivé un accident ?

— Je n'avais pas l'intention de commettre d'imprudence. Je ne courais pas grand risque.

— Un criminel en fuite... Un... un fou !

— Tom, j'étais désespérée. Je devais découvrir ce que cachait Rambo. Il avait dit que notre fils était en danger. Je devais savoir...

— Ecoute-toi parler, Anna ! s'écria Tom. Tu ne comprends donc pas ? Aucun sacrifice n'est jamais assez grand pour Paul. Au début, les recherches. Puis Rambo. Et maintenant, tu t'es mis dans la tête qu'il était malade et ce sera le défilé des médecins. Et après, que se passera-t-il après ? Quand vas-tu t'arrêter, Anna ? »

Anna fut sur le point de protester, puis secoua la tête. « Jamais répondit-elle calmement. Mon souci pour mon fils ne prendra jamais fin. Pas plus que mon souci pour toi et pour Tracy.

— Souci, ricana Thomas. Tu appelles ça du souci ? » Il ouvrit la porte de la penderie et passa rapidement en revue ses affaires.

Anna se leva. « Tom, dit-elle, tu ne t'es jamais demandé si ce n'était pas toi qui réagissais bizarrement ? Dès le moment où nous avons appris le retour de Paul, tu t'es replié sur toi-même. Tu as refusé d'en parler. Tu n'as jamais manifesté un seul signe de véritable bonheur. Ce moment aurait dû être l'un des plus heureux de notre existence. Notre enfant nous était rendu et tu semblais ne rien ressentir. »

Thomas la regarda d'un air triste et las. « C'est un étranger, Anna. Quelqu'un dont nous ne savons rien.

— Comment peux-tu dire une chose pareille ? murmura-t-elle stupéfaite. C'est notre fils. »

Thomas referma d'un coup sec la porte de la penderie. « Pour moi c'est un étranger. Je ne peux pas faire semblant de l'aimer. Je n'éprouve rien. »

Anna resta muette de saisissement. Elle mit un moment avant de retrouver sa voix. « Dans ce cas, en effet, il vaut mieux que tu partes.

— Je n'y peux rien, dit-il. C'est comme ça.

— Alors, va-t'en ! cria Anna. Va-t'en. » Elle ouvrit violemment la porte de leur chambre. « Tu n'as plus rien à faire ici. »

Thomas hésita, prit sa valise et sortit. Anna entendit ses pas dans l'escalier.

« Comment peux-tu ? » dit-elle à voix basse en fixant l'embrasure vide de la porte.

Des éclats de voix parvenaient à Paul à travers la porte de sa chambre, mais il ne distinguait pas les mots. Recroquevillé sur la chaise, il serrait entre ses bras ses genoux repliés sur sa maigre poitrine. Seul le clair de lune éclairait la chambre, projetant dans la pièce les ombres déformées des objets.

Lorsqu'il était plus jeune, Paul et un autre garçon avaient trébuché sur un cadavre, dans les bois. C'était le corps d'un clochard. Ils l'avaient découvert non loin d'un feu de camp éteint. On était en hiver et les haillons du vagabond n'avaient pas suffi à le protéger du froid des montagnes. Paul n'avait jamais pu oublier la vue de ce cadavre raidi, ramassé sur lui-même, les vêtements en loques qu'agitait légèrement la brise sur les membres bleuis de l'homme, les yeux et la bouche grands ouverts, figés en une expression d'épouvante résignée. Chaque fois qu'il s'efforçait d'imaginer son père pendu dans une chambre de motel, il revoyait l'image de cet homme mort dans les bois. Il se représentait son père la bouche ouverte, le torrent d'invectives et de radotages religieux à jamais tari. Ses yeux fiévreux au regard courroucé, immobiles pour l'éternité. Paul se demanda si en dépit de tous ses sermons, Albert Rambo finirait au paradis. En admettant qu'un tel lieu existât, il était probable que son père y entrerait uniquement grâce à l'intervention de sa mère.

Mais non. L'un comme l'autre étaient des ravisseurs, condamnés à être punis. Et ils étaient tous les deux morts. Etaient-ils morts par sa faute ? Paul se sentit pris de vertige à cette pensée. Ils avaient cessé d'exister. Les deux êtres qui avaient été ses parents avaient disparu. Et Sam aussi était parti. Toute trace de l'existence qu'il avait connue semblait avoir été engloutie.

Il n'éprouvait pourtant aucune tristesse de la mort de son père. Rien de comparable avec ce qu'il avait ressenti lorsque sa mère était morte. Mais il avait peur. Tant qu'Albert Rambo était en vie, quelqu'un savait qui était Paul. Son père disparu, il se retrouvait complètement seul. Seul avec ces gens. Les Lange. Il était Paul. Leur fils. Sa vie lui apparut comme un énorme mensonge, et il était forcé de vivre dans ce mensonge pour le restant de ses jours.

Un sanglot lui échappa devant cette terrible perspective, puis il se souvint soudain de la façon dont Anna, la mère, avait décidé d'aller trouver Rambo avec de l'argent, dans le seul but d'en apprendre davantage sur son fils. Son geste pouvait paraître stupide, à première vue. Pourtant Paul se sentit le cœur moins lourd à cette pensée. Pendant un instant, le gouffre de sa solitude lui sembla un peu moins profond.

12

Thomas tambourina des doigts sur la table basse. « Merci de m'avoir invité chez vous, dit-il. J'avais besoin de voir un visage amical. »

Gail Kelleher replia ses jambes sous elle et se renversa dans les coussins de son luxueux canapé. Elle avala une gorgée de vin. « Je suis heureuse que vous ayez téléphoné, dit-elle simplement.

— Je n'étais pas certain de vous trouver chez vous. J'imaginais qu'une femme comme vous serait... je ne sais pas... occupée. »

Gail eut un sourire sans joie. « A danser et à boire du champagne jusqu'à l'aube, n'est-ce pas ? »

Thomas haussa les épaules. « Quelque chose comme ça.

— Ecoutez, dit-elle en rejetant la tête en arrière. Le week-end dernier, je suis sortie prendre un verre avec un de mes camarades d'université. Après trois cocktails, il a essayé de me sauter dessus dans le taxi qui me reconduisait chez moi. J'ai terminé la soirée dans mon lit avec un bon roman policier. Un autre soir, j'ai fait ma lessive et je suis allée manger un hamburger avec ma meilleure amie au bistrot du coin. Hier, j'ai regardé un match de hockey à la télévision. Passionnant, non ?

— Je suis surpris, dit Thomas. Vous êtes si séduisante. Et célibataire.

— Oh, je rencontre beaucoup d'hommes. Peu qui me plaisent vraiment ; peu qui aient d'autres véritables préoccupations que leurs placements ou leur chaîne stéréo. Il est rare de rencontrer quelqu'un de vraiment chaleureux, à qui on peut parler... »

Thomas rencontra ses yeux et sentit des picotements le parcourir sous l'intensité de son regard. Il détourna promptement la tête et contempla l'appartement moderne, élégamment installé. « J'aime votre appartement », dit-il bien qu'il se sentît un peu désorienté dans ce décor raffiné. Il reporta furtivement les yeux sur la jeune femme. Elle était pieds nus et vêtue d'une robe d'été décolletée en V qui semblait retenue par un seul bouton à la taille.

« Vous avez mis du temps à vous décider, dit-elle d'un ton léger. Un verre de vin ?

— Oui, merci. » Il la regarda se diriger vers le seau à glace, prendre un verre et le remplir. « Vous ne m'avez toujours pas expliqué pourquoi vous étiez là », dit-elle.

Elle revint vers le canapé, tendit le verre à Thomas et s'installa près de lui.

Thomas contempla le liquide pâle. « Je... j'ai quitté la maison, avoua-t-il avec l'impression d'être un petit garçon qui s'est enfui de chez lui et s'efforce de se montrer brave.

— Que s'est-il passé ?

— Eh bien, vous savez sans doute qu'Anna a retrouvé le ravisseur de Paul et...

— On en a parlé aux informations. »

Thomas soupira. « J'en ai eu assez.

— Pourquoi a-t-elle agi ainsi ? C'était de la folie. »

Thomas se raidit. Il sentit un besoin instinctif de prendre la défense de sa femme. « Ces derniers jours ont été très éprouvants pour elle. Elle semble incapable de penser à autre chose qu'à son fils.

— Ça ressemble à de l'obsession, à mon avis. Comment avez-vous pu supporter cette situation aussi longtemps ? »

Thomas contempla ses mains jointes sur ses genoux. Il savait que Gail essayait de prendre son parti, mais il ne parvenait pas à exprimer ce qu'il ressentait vraiment. Il se sentait coupable de parler d'Anna de cette façon. Il n'éprouvait qu'un besoin primitif d'être réconforté, il avait envie de caresser les bras de Gail, sa peau douce et parfumée.

Comme si elle lisait dans ses pensées, Gail posa une main sur son bras. Thomas dut faire un effort pour parler. « Lorsque Paul est arrivé, vendredi... il ne ressemblait en rien au petit garçon qu'il était autrefois. J'ignore ce que j'attendais. Je me sens si loin de lui.

— Cela a dû être très dur, n'est-ce pas ?

— Je suis un lamentable compagnon, ce soir », dit-il. Il vida son verre de vin et le posa sur la table. « Je ferais mieux d'aller à l'hôtel. »

Gail posa son verre à côté du sien et se rapprocha de lui. Thomas entrevit ses seins nus dans le décolleté profond de sa robe.

« Vous n'avez pas besoin d'aller à l'hôtel, dit-elle. Je suis heureuse que vous soyez venu. »

Il ferma les yeux. Les doigts de Gail étaient brûlants sur son bras. Il l'attira à lui.

A plat ventre sur le lit dans ses vêtements froissés, Anna chercha à tâtons la forme familière de Thomas à côté d'elle et se réveilla, les doigts serrés sur le couvre-lit en patchwork. Sans lever la tête, elle contempla les draps tirés. Le soleil la fit grimacer. Elle avait les yeux douloureux à force d'avoir pleuré. Heureusement, cette horrible nuit était passée, se dit-elle.

Le souvenir des paroles de Thomas, de la véhémence avec laquelle il avait renié son fils, était toujours aussi vif. Mais ce matin, après quelques heures de sommeil, la colère avait fait place à la stupeur.

Elle savait depuis longtemps que Thomas n'espérait plus revoir Paul. Cesser d'espérer est une chose, mais il semblait dire qu'il avait même cessé de désirer son retour. Anna eut l'impression de découvrir un aspect inconnu de son mari. Elle s'efforça de revenir en arrière par la pensée, de retrouver le moment précis où elle n'avait plus su ce qu'il éprouvait.

Pendant un an après l'enlèvement de Paul et la perte de son bébé, elle s'était souvent réveillée au milieu de la nuit, tirée d'un sommeil agité par une sensation de terreur qui la laissait ruisselante de sueur. Inévitablement, Thomas se réveillait et la gardait entre ses bras, comme s'il avait perçu, en dormant, sa détresse. Mais bien qu'il l'étreignît pour la réconforter, elle le sentait effrayé par son désespoir sans larmes et supportait mal le poids de ses bras sur elle. Elle le lui avait dit, un matin. Il s'était alors contenté de lui prendre la main et peu à peu, il en était venu à ne plus la toucher. Il restait étendu près d'elle, le regard fixe, incapable de l'aider, incapable de dormir. Au bout de quelque temps, il avait pris des somnifères. A partir de ce moment-là, elle était restée éveillée, seule, face à ses pensées, à vrai dire soulagée de ne plus avoir à affronter l'inquiétude muette de Thomas à son sujet. Quand avait-il cessé d'attendre le retour de Paul ? Etait-ce à cette époque-là, dès qu'il avait recommencé à dormir ?

Pour sa part, Anna avait longtemps continué à veiller seule, sans réconfort. Lorsqu'elle avait enfin pu dormir à nouveau d'une seule traite, refaire l'amour, reprendre une vie normale avec Thomas, ils n'avaient plus jamais fait allusion à cette période.

Il y avait tant de sujets qu'ils n'avaient jamais abordés, des sujets trop douloureux. A présent, elle se demandait s'ils auraient dû le faire.

Chaque chose en son temps. En premier lieu, elle devait se préparer à conduire Paul chez le médecin. Elle était convaincue maintenant qu'il était malade et même si elle redoutait le diagnostic, elle ne pouvait plus attendre. D'une certaine façon, la nécessité d'agir vite tombait à pic. Cela l'obligeait à se lever.

Elle ôta ses vêtements froissés, prit sa robe de chambre et ouvrit le robinet de la douche. L'eau chaude lui fit du bien. Il suffisait parfois de si peu pour vous revigorer, s'étonna-t-elle. Elle se souvint des jours qui avaient suivi la disparition de Paul et la perte de son bébé. Elle se forçait à se concentrer sur des petites sensations agréables pour reprendre courage. La courbe d'un coquillage trouvé sur la plage ; la douceur des draps propres sur ses jambes ; le reflet du soleil dans une aiguille de glace pendue sous l'auvent du porche. Les larmes aux yeux, elle se rappelait alors qu'elle était en vie, que le chagrin l'avait engourdie sans l'anéantir. Tout en s'habillant, Anna se rendit compte qu'elle avait cru ses tourments révolus le jour où Paul était revenu. Elle avait été bien naïve !

Les portes des chambres de Paul et de Tracy étaient encore fermées lorsqu'elle sortit. Elle descendit l'escalier sur la pointe des pieds pour ne pas les réveiller. Elle avait l'impression que Paul appréhendait cette visite chez le docteur. Quant à Tracy, elle allait mal prendre le départ de son père. Thomas s'était toujours mieux entendu avec sa fille qu'Anna. Elle entra dans la cuisine, commença à dresser la table du petit déjeuner et s'immobilisa brusquement à la pensée que Thomas n'avait sans doute rien mangé avant de partir. Il n'avait jamais su prendre soin de lui. Il était probablement en train d'avaler un beignet et du café noir dans son bureau. Une chose était certaine, il n'avait jamais considéré comme dû le fait qu'elle s'occupât de lui, à l'inverse de beaucoup de maris.

« M'man ? »

Vêtue d'un short de jogging et d'un T-shirt, Tracy se tenait dans l'embrasure de la porte. Anna et elle ne s'étaient pratiquement pas adressé la parole depuis la scène de dimanche soir, mais le flot d'accusations que Tracy avait déversé sur sa mère semblait avoir calmé sa colère, comme si l'abcès en elle s'était vidé. Anna posa le pichet de lait sur la table.

« Bonjour chérie.

— Où est Papa ?

— Il n'est pas là. »

Tracy prit une orange dans le panier, et commença à l'éplucher. « Pourquoi est-il parti de si bonne heure ? » Elle mit un quartier dans sa bouche et le suça tout en épiant sa mère du coin de l'œil.

Anna se souvint que Tracy devinait toujours ce qui se passait. Comment cette enfant pouvait-elle faire preuve de tant d'intuition ? Le cœur lourd, elle se rappela que Tracy avait grandi dans le malheur et qu'elle devait le pressentir, par expérience. Inutile de tenter de lui dissimuler la vérité. Anna s'assit et posa ses mains sur la table. Elle ne savait par où commencer.

Tracy lui facilita la tâche. « Qu'est-il arrivé ? demanda-t-elle d'un air dégagé.

— Tracy, ton père et moi avons eu une dispute, hier soir. Il a décidé de quitter la maison pour quelque temps.

— Quoi ? Tu veux dire qu'il est parti ?

— Pour quelques jours seulement.

— Pour combien de temps ? cria Tracy. Quand va-t-il revenir ?

— Je ne sais pas.

— Tu veux dire jamais, hein ?

— Je veux dire que je ne sais pas.

— Il est juste parti, comme ça ? Sans me dire au revoir ?

— Tu dormais. Il n'a pas voulu te réveiller. Tu le

reverras, Tracy. Il t'aime. Ce n'est pas contre toi qu'il est fâché.

— Qu'est-ce que tu as fait ? l'accusa Tracy.

— Tracy, je suis désolée. Je sais combien tu es attachée à ton père. Mais j'ai agi comme je devais le faire. Et j'agirais de même si c'était à recommencer. Je vais m'efforcer de le faire comprendre à Thomas, mais si je n'y parviens pas...

— Mais qu'as-tu fait pour qu'il s'en aille ? »

Anna se sentait trop lasse pour affronter la réaction de Tracy en la sachant convaincue que sa mère était responsable de tous ses maux. Mais peut-être y avait-il déjà eu trop de choses tues entre elles.

« Ton père m'a reproché ce que j'avais fait hier.

— Il t'a reproché quoi ? D'avoir découvert ce type ?

— Non. D'être allée le voir. Je l'ai fait sans lui en parler. Tu sais déjà tout ça.

— Oui. Ce type devait te dire quelque chose à propos de Paul.

— C'est ça. Il réclamait de l'argent en échange de l'information et je lui ai apporté la somme qu'il demandait sans le dire à ton père.

— C'est à cause de l'argent que Papa est furieux ?

— Non, chérie. Il m'a reproché d'avoir agi imprudemment. Il trouve que je n'ai pas pensé à lui, à toi, que je me suis jetée dans cette histoire sans me soucier de vous deux.

— Il pense sans doute que nous aurions dû t'accompagner. C'était impossible !

— Non, il pense qu'il aurait pu m'arriver quelque chose ; si Rambo avait menti et s'était attaqué à moi, par exemple. Il estime que j'ai pris un gros risque... à cause de Paul.

— D'accord, dit Tracy, mais il fallait bien que tu essaies de découvrir ce que savait ce type au sujet de Paul. »

Cette approbation inattendue laissa Anna bouche bée. « C'est ce que j'ai pensé », dit-elle simplement.

Tracy se laissa tomber sur une chaise et se prit la

tête à deux mains. « Oh, c'est malin, marmonna-t-elle.

— Tout va s'arranger, affirma Anna. Il comprendra. Ne te tourmente pas. »

Le train de banlieue était une véritable fournaise. Edward crut suffoquer en franchissant la porte et il recula, provoquant derrière lui un début de bousculade accompagnée de murmures indignés des habitués de l'express du Connecticut. Un contrôleur en uniforme se fraya un chemin dans l'allée centrale en criant à tue-tête : « Ne restez pas à l'arrière, il y a des places à l'avant. Dégagez la fermeture des portes. »

Sans bouger d'un pouce, Edward foudroya l'employé du regard, tandis que les autres voyageurs le dépassaient en grommelant, obligés de s'aplatir contre les sièges. Ravalant son indignation, il s'avança dans l'allée et s'installa à un coin fenêtre. Il ôta sa veste, maudissant son chauffeur d'avoir pris son congé pendant cette vague de chaleur. Désormais, décida-t-il, aucun des domestiques ne partira en vacances durant l'été.

Il étouffa un grognement en reconnaissant Harold Stern, un membre de son club sportif de Stanwich. Harold avait fait fortune dans les grands magasins et Edward ne le jugeait pas digne d'appartenir à ce club. Il détourna rapidement les yeux, feignant de ne pas le voir.

« Bonjour, Edward, dit Harold sans se formaliser pour autant. On étouffe là-dedans, aujourd'hui. »

Edward acquiesça avec un sourire crispé.

« Dites donc, reprit Harold au moment où Edward ouvrait son exemplaire du *Wall Street Journal*. Vous ne trouvez pas incroyable l'histoire qui arrive à la famille de Tom Lange ? Il me semble que vous les connaissez, non ?

— Nous sommes voisins depuis quelque temps. Vous voulez parler du retour de leur fils ?

— Oui, et de sa mère qui a retrouvé le ravisseur, hier. On dit qu'il s'est suicidé. Seigneur !

« — Anna a retrouvé... cet homme ?

— Ma femme l'a entendu à la radio, hier soir. »

Edward sentit soudain la sueur perler à la naissance de ses cheveux et couvrir son visage. « Je ne comprends pas. Comment Anna... ?

— Il y a peut-être d'autres détails dans le journal du matin. Ils adorent le sensationnel, surtout en banlieue. » Harold sortit le *Daily News* de sa serviette.

Saisi de stupeur, Edward regarda son voisin parcourir les gros titres en première page.

« Voilà, s'écria Harold. Page trois.

— Faites-moi voir.

— Une seconde, dit l'autre en se plongeant dans sa lecture.

— Montrez-moi cet article », insista Edward d'une voix soudain perçante.

Surpris, Harold leva les yeux vers lui.

« Ce sont des amis. Nos voisins. Cette histoire m'a vraiment bouleversé », expliqua Edward en cherchant à lui prendre le journal des mains.

Harold le lui abandonna et Edward s'absorba dans le récit des faits, suffisamment détaillé pour mettre son propre destin en jeu. Son visage pâlit. Pendant un instant, il imagina qu'un bataillon de policiers l'attendait à l'arrivée du train, à Grand Central. L'angoisse lui nouait l'estomac.

« Seigneur, vous êtes blanc comme la mort, s'exclama son voisin. Vous vous sentez mal ? »

Les mains d'Edward se crispèrent sur le journal, l'encre noircit ses doigts moites de transpiration. « Ce n'est rien. Ces nouvelles m'ont donné un choc, dit-il entre ses dents.

— Bah, ça pourrait être pire. Au moins, tout le monde est sauf. A part ce pauvre timbré. »

Edward lui rendit le journal. « C'est la chaleur », fit-il en se tournant vers la fenêtre. Comment Anna avait-elle fait pour retrouver Rambo ? Elle avait dû lui parler à un moment donné. Et que lui avait raconté ce cinglé ? Il devait retourner dans le Connecticut pour le savoir. Il ne sortirait même pas de Grand

Central Station. Il allait descendre sur le quai et prendre le train suivant en sens inverse. Si la police ne l'attendait pas encore...

« Foutus chemins de fer, renchérit Harold avec irritation. On devrait nous payer pour prendre le train.

— On peut à peine respirer », dit Edward en s'efforçant de maîtriser le tremblement de ses mains.

13

Le téléphone sonna et Anna leva brusquement la tête tandis que l'infirmière répondait à voix basse. Dans un coin de la salle d'attente, deux petites filles blondes, habillées avec recherche, assemblaient les pièces d'un puzzle en se chamaillant. Dans un fauteuil, une femme de forte corpulence feuilletait le *Ladies' Home Journal*.

Anna regarda l'horloge. Presque quarante minutes depuis que Paul était entré dans la salle d'examen. Elle se demanda ce que le docteur Derwent pouvait faire avec lui pendant si longtemps.

« Madame Lange, appela l'infirmière en raccrochant le téléphone. Le docteur Derwent aimerait s'entretenir avec vous. » Anna lui adressa un sourire et se leva. Elle poussa la porte de la petite pièce que le docteur réservait à ses entretiens. Elle s'assit dans un fauteuil de cuir noir près du bureau, et attendit. Un moment après, la porte s'ouvrit et le médecin parut. « Paul va vous rejoindre dans quelques minutes, Anna. Il se rhabille.

— Comment va-t-il ? demanda-t-elle.

— Eh bien, j'ai fait faire un certain nombre d'analyses aujourd'hui, mais nous n'aurons tous les résultats que dans plusieurs jours. D'après les examens que j'ai moi-même pratiqués ce matin, je pense qu'il n'y a rien d'inquiétant.

— Il n'a rien ?

— Je ne suis pas spécialiste, vous le savez. Mais la présence d'une tumeur au cerveau est une chose que l'on peut parfois déceler par un examen approfondi de l'œil. J'ai fait faire une analyse de sang, je l'ai passé à la radio et j'ai testé ses réflexes. Je voudrais compléter cela par d'autres examens à l'hôpital. Bien qu'à première vue, tout me paraisse normal. Peut-être ne devrais-je pas vous dire cela avant d'avoir le résultat des analyses ; mais nous nous connaissons depuis longtemps et je voudrais que vous cessiez de vous tourmenter.

— Je ne comprends pas, dit Anna. Les maux de tête et les évanouissements. Les nausées...

— Les maux de tête n'ont pas toujours une origine organique, Anna. Cet enfant a été soumis à rude épreuve. Il est épuisé et a besoin de repos.

— Il fait des cauchemars.

— Je peux vous donner un calmant pour l'aider à dormir. Et je persiste à penser que vous devriez l'emmener à l'hôpital pour d'autres examens.

— Je ne sais que penser.

— Anna, vous êtes libre de le conduire chez un spécialiste, si ça doit vous rassurer. Mais ce sera éprouvant pour Paul, ça vous coûtera une fortune, et vous n'apprendrez rien de plus. »

Anna eut un pauvre sourire. « Je ne peux vous dire à quel point je vous suis reconnaissante, docteur. Ce sont de merveilleuses nouvelles. »

Le docteur Derwent lui tapota la main. « Ravi d'en être l'heureux messager, Anna.

— Je lui ferai faire ces examens demain, dit-elle.

— Vous pourriez aussi emmener votre fils chez un psychologue ou un conseiller. Ces troubles peuvent avoir des causes émotionnelles.

— Je l'ai suggéré à Tom avant le retour de Paul à la maison. Il s'est montré plutôt réticent.

— Insistez, conseilla le médecin. Dites-lui que c'est mon avis. »

Anna préféra ne pas avouer que Thomas avait

quitté la maison. Elle sortit du cabinet et regagna la salle d'attente dans une sorte de brouillard.

Tout va bien. Il n'a rien. Elle attendit que le diagnostic pénétrât en elle. Il va bien, se répéta-t-elle. Il n'a pas de tumeur au cerveau. Elle leva les yeux et vit les autres patients qui la dévisageaient.

Je *suis* heureuse. Il va bien. C'est fini. Il n'y a plus rien à craindre. Brusquement, elle se demanda si les accusations de Thomas étaient fondées. Avait-elle besoin de créer l'angoisse, simplement pour demeurer en vie ? L'inquiétude était-elle une fin en soi ; pour elle une façon d'exister dans laquelle elle se complaisait ?

A mon retour à la maison, je me sentirai pleinement heureuse. Nous irons au cinéma, nous ferons ce qu'il voudra.

Mais si Paul n'était pas malade, alors pourquoi Rambo avait-il dit que sa vie était en danger ?

« Hé ! » fit une voix calme.

Anna examina le visage tiré de son fils.

« Paul ! s'exclama-t-elle. Comment te sens-tu ?

— Bien. On peut partir ? »

Thomas étudia la rangée de cravates en soie alignées sur le comptoir. Il en prit une entre le pouce et l'index, la contempla d'un air décontenancé et la laissa retomber.

Il resta comme une souche dans l'allée entre les deux comptoirs en verre, au milieu d'un flot de femmes avec leurs sacs à provisions qui le frôlaient en passant. Il leva les yeux vers l'horloge et essaya de calculer combien de temps il lui restait avant de retourner au bureau. Mais les chiffres sur le cadran semblaient n'avoir aucune signification ; il se sentait dans un état de stupeur.

Une jeune femme à l'air résolu, vêtue d'un tailleur vert olive, le bouscula. « Excusez-moi », murmura-t-elle d'un ton irrité. Son parfum resta dans son sillage et Thomas le reconnut. C'était le parfum qu'il avait offert à Anna pour leur anniversaire de mariage, des années plus tôt.

« Je crois que celle-ci conviendra, dit Gail en s'approchant de lui avec une cravate en soie à rayures marron. Qu'y a-t-il ? Tu as l'air d'avoir reçu un coup sur la tête.

— Il y a tellement de monde.

— C'est toujours comme ça à l'heure du déjeuner.

— Partons.

— Et cette cravate ? Tu sais bien que tu as besoin de quelque chose qui aille avec ton costume gris. Tu l'as dit toi-même. Tu n'as rien pris en partant de chez toi. »

Thomas haussa les épaules. « Je suppose que j'avais l'esprit ailleurs en faisant ma valise. »

Gail sentit un froid la saisir devant l'expression perdue de Thomas. Elle posa les yeux sur la cravate et dit sèchement. « Bon, celle-ci devrait faire l'affaire.

— Prenons-la, fit Thomas sans enthousiasme, et filons. » Il chercha son portefeuille dans sa veste.

« Je la mets sur mon compte, dit Gail. C'est un cadeau. Attends-moi dehors.

— Merci. Retrouve-moi devant Saint-Patrick. »

Il se fraya un chemin à travers la foule et poussa la porte à tambour sur la 5e Avenue.

La cohue sur le trottoir était comparable à celle du magasin, mais Thomas poussa un soupir de soulagement en se retrouvant dehors. Il traversa la rue et alla s'asseoir sur les marches de la cathédrale Saint-Patrick, sans se soucier de froisser son costume. Un Noir organisait une partie de bonneteau devant un rassemblement de badauds. Derrière lui, une famille de Portoricains posait fièrement devant le portail de la cathédrale pour la photo traditionnelle. Thomas regarda le père avec sa chemisette jaune vif, sa petite moustache et ses lunettes cerclées de noir. La mère étendit ses mains d'un geste protecteur sur les épaules de ses petits garçons, tout en tenant son bébé dans le creux de son bras.

Thomas se tourna vers la cabine téléphonique

occupée, de l'autre côté de la rue. Ils sont sans doute revenus de chez le docteur, pensa-t-il. Pendant toute la matinée, il n'avait cessé de penser à Paul. L'idée qu'Anna se trouvait seule pour affronter de mauvaises nouvelles, si mauvaises nouvelles il y avait, lui était désagréable. Elle avait dû passer une nuit blanche à cause de lui. Elle devait être exténuée aujourd'hui. Il se représenta ses yeux remplis de lassitude. Tu voulais la punir, se souvint-il. Et c'est vrai qu'hier soir, il s'était dit qu'elle le méritait. Mais, ce matin, il avait ressenti le désir habituel de se trouver auprès d'elle.

Le garçon de courses, dans la cabine téléphonique, raccrocha et se dirigea vers l'arrêt de bus, ses enveloppes à la main. Thomas se redressa sans quitter le téléphone des yeux. Il fit tinter distraitement les pièces de monnaie dans sa poche. Puis il aperçut Gail qui venait à sa rencontre. Elle tenait une boîte plate, qu'elle lui tendit. Il la prit et la tapota contre sa cuisse. « Nous devrions rentrer », dit-il. Il ne voulait pas lui faire de peine, mais ne parvenait pas à dissiper l'humeur morose qui s'était emparée de lui. Je donne une piètre image d'un homme qui se promène en ville avec sa nouvelle maîtresse, songea-t-il.

« Je connais un petit restaurant mexicain près de chez moi, proposa gaiement Gail. Ce serait amusant d'y manger.

— Epatant ! » dit-il avec un enthousiasme qui sonnait faux.

« Boulou, boulou, bou », chantonna l'heureux grand-père. La vitre épaisse se couvrit de buée. Gus deBlakey agita la main et sourit au nouveau-né emmailloté que l'infirmière masquée levait en l'air à son intention. Le petit-fils de Gus cligna des yeux et bâilla lorsque l'infirmière le montra à son grand-père, mais il ne pleura pas.

« Brave petit bonhomme, exulta Gus, le visage plissé par un sourire idiot, les yeux à moitié fermés. Tu es un petit ange, tout simplement un véritable petit ange.

« — Excusez-moi, monsieur deBlakey ? »

Gus fit face à l'homme séduisant et vêtu avec élégance qui se tenait à côté de lui. « C'est moi, dit-il. Vous en avez un ici, vous aussi ? »

Buddy Ferraro secoua la tête. Gus jeta un dernier regard au bébé que l'infirmière recouchait dans son berceau.

« Prenez un bâton », dit-il en tirant un long cigare de la poche de sa chemisette.

Buddy glissa le cigare dans la poche de sa veste.

« Je suis désolé de vous importuner, monsieur deBlakey, mais il faut que je vous parle.

— Encore un flic, dit Gus avec résignation. C'est à propos de ce Rambo ! On peut dire qu'il en a foutu un bordel, celui-là.

— Je le crains, en effet.

— Bon. Sortons d'ici. C'est interdit de fumer. Je croyais avoir raconté à vos gars tout ce qu'il y avait à dire.

— Je ne suis pas de Kingsburgh, expliqua Buddy. Je suis de Stanwich, la ville où habitent les Lange.

— Oh, ça change tout. Que voulez-vous savoir ? »

L'idée que Rambo s'était suicidé ne satisfaisait pas pleinement Buddy. L'expertise du médecin légiste avait établi que Rambo s'était teint les cheveux le jour même de son suicide. Malgré tous les autres indices, Buddy était obsédé par ce fait. Pourquoi un homme, même aussi cinglé que Rambo, se serait-il teint les cheveux juste avant de se donner la mort ? Il tournait et retournait cette question dans sa tête jusqu'à en perdre le sommeil.

« J'essaie de savoir si, par hasard, Rambo avait reçu d'autres visites ; si vous avez remarqué quelque chose de louche pendant qu'il était chez vous.

— Non. Il n'y a eu que la visite de cette Mme Lange, que je sache.

— Avez-vous repéré des voitures que vous ne connaissiez pas dans les parages ?

— C'est un motel. Je peux pas repérer toutes les voitures.

— Vous n'avez rien remarqué de spécial dans sa chambre ?

— Rien. De toute façon, la police a fait la liste de tout ce qu'il avait laissé. Ils ont embarqué ses affaires. Ils vous permettront sûrement d'y jeter un coup d'œil.

— Je les ai déjà vues », dit Buddy avec un soupir.

Gus haussa les épaules. « J'aurais bien voulu vous aider.

— Je sais. Ecoutez, je dois m'absenter pendant quelques jours. Mais je vais vous laisser ma carte avec mon nom et mon numéro de téléphone au commissariat de police de Stanwich. Si vous pensez à quelque chose, même si cela vous paraît stupide et sans importance, passez-moi un coup de fil.

— Comptez sur moi, promit Gus. Mais je ne comprends pas très bien pourquoi vous vous intéressez à ce zigue après ce qu'il a fait à ce môme. Comme dirait l'autre, bon débarras !

— Je l'ai recherché pendant si longtemps que j'ai sans doute du mal à laisser tomber... Il faut que je parte. Ma femme et mon fils m'attendent.

— Je vous appellerai si j'ai une idée.

— Merci. »

14

Il restait un sandwich au thon à moitié entamé et deux chips dans l'assiette. Anna débarrassa la table et posa l'assiette sur l'évier. Paul avait déclaré qu'il n'avait pas faim lorsqu'ils étaient rentrés à la maison après la visite chez le médecin. Mais une fois le sandwich devant lui, il en avait mangé plus de la moitié. Puis il était monté se reposer dans sa chambre.

Je vais te remplumer, tu vas voir, se promit Anna. Je vais m'y employer dès aujourd'hui puisque je sais que tu vas bien. Un élan de bonheur la traversa. Paul se portait bien. Elle avait un fils robuste et en bonne santé. Et Rambo mort, il n'y avait plus rien à redouter. Anna s'appuya contre l'évier, savourant ces heureuses nouvelles. Elle pouvait cesser de s'inquiéter et reprendre une vie normale.

Un vague bruit devant la maison attira son attention. Elle traversa la salle à manger et le salon sur la pointe des pieds, s'arrêta au bas de l'escalier et tendit l'oreille. Rien ne bougeait là-haut. Il va bien, se répéta-t-elle. Pendant un instant, elle se demanda quelle serait la réaction de Thomas s'il savait. Une soudaine faiblesse s'empara d'elle ; l'envie de lui faire partager la nouvelle.

Elle s'approcha du téléphone, resta la main suspendue au-dessus du récepteur. Ce serait un moyen de renouer avec lui. Puis elle se souvint de ce qu'il avait dit à propos de Paul : un étranger.

Elle revint d'un pas décidé dans la cuisine et se dirigea vers l'évier. A l'aide d'une fourchette, elle fit glisser le sandwich et les chips dans le broyeur d'ordures. Elle n'aimait pas utiliser cet appareil. Imaginer ces dents capables de réduire une petite cuillère en bouillie lui faisait horreur. Mais Tom avait insisté pour le faire installer lorsqu'ils avaient refait la cuisine. Il voulait lui simplifier la vie. Elle introduisit les restes dans le conduit en caoutchouc ouvrit le robinet et mit le système en route.

Le bruit assourdissant du broyeur la fit frissonner. Il restait un morceau de pain dans l'évier. Anna le fit passer avec précaution dans l'ouverture du broyeur, prête à retirer immédiatement sa main. Soudain un poids s'abattit sur son épaule et la poussa en avant. Elle poussa un cri, tourna brusquement la tête en se retenant au bord de l'évier.

« Edward ! s'exclama-t-elle. Je ne vous ai pas entendu arriver.

— La porte était ouverte.

— Oh... J'étais dans la lune. Je vous en prie, asseyez-vous. »

Il était en costume de ville. Son teint semblait livide au-dessus du col blanc. Le voir assis dans sa cuisine mit Anna mal à l'aise. C'était la première fois qu'Edward venait chez eux spontanément.

« Vous n'êtes pas allé au bureau, aujourd'hui ?

— J'avais peu de chose à y faire. »

Anna dissimula sa surprise. Edward était un homme d'affaires acharné qui passait le plus clair de son temps à son bureau. Tom et elle se demandaient parfois quand les époux trouvaient l'occasion de se voir.

« Anna, dit-il. Je suis passé m'assurer que tout allait bien chez vous. J'ai lu dans le journal l'affreuse histoire qui vous est arrivée hier. »

L'impénétrable Edward a été bouleversé par le tour qu'ont pris les événements, se dit Anna. Peut-être est-il humain après tout ? « Ça a été très pénible, avoua-t-elle. C'est vraiment gentil à vous d'être passé.

— Je... j'ignorais que ce monstre vous avait contactée. Que vous a-t-il dit ?

— Oh... il m'a abordée dans le parking du centre commercial. Dimanche, je crois.

— Dimanche, murmura Edward. Le jour de notre réception.

— Il m'a dit qu'il avait quelque chose à me révéler, que Paul était peut-être en danger. Et il réclamait de l'argent.

— Seigneur !

— Je sais. Vous ne voulez vraiment rien ? Une bière, un soda ?

— Non, merci. C'est tout ce qu'il vous a dit ?

— Je l'ai supplié de m'en dire plus, mais il a refusé. »

Edward retint un rire. « Mais pourquoi y êtes-vous allée, Anna ? Pourquoi ne pas avoir prévenu la police ?

— Eh bien, pour être franche, j'avais le pressentiment de quelque chose de grave. »

Edward se pencha brusquement en avant. « Je ne comprends pas, dit-il.

— Au sujet de Paul. Il n'allait pas bien, comme vous le savez. Il souffrait de maux de tête et faisait des cauchemars depuis son retour à la maison. Je me suis mise à envisager... le pire. Vous pouvez imaginer...

— Pauvre Anna ! Mais l'homme était mort lorsque vous êtes arrivée. Il n'a pas pu vous en dire davantage.

— En effet. J'ai eu un choc. Heureusement, j'ai emmené Paul chez le docteur Derwent qui l'a examiné ce matin. Il n'a pas encore tous les résultats des analyses, mais il semble que Paul soit en bonne santé, qu'il n'y ait rien de sérieux à redouter.

— Vous devez être soulagée.

— Oui. C'est un grand poids en moins. »

Edward se leva. « Le mieux est sans doute d'oublier tout cela et de reprendre une vie normale, à présent. Voulez-vous dire à Paul que je suis passé prendre de ses nouvelles ?

— Bien sûr. » Le soudain intérêt d'Edward pour Paul dévoilait un côté de son caractère qu'Anna n'avait jamais soupçonné. Elle s'était toujours figuré que les Stewart n'avaient pas d'enfant par choix. Le choix d'Edward. A présent, elle n'en était plus aussi certaine. Elle l'accompagna jusqu'à la porte d'entrée.

« Et souvenez-vous, dit-il. Si vous avez besoin de quoi que ce soit, téléphonez-nous. Iris et moi sommes toujours...

Un cri déchirant l'interrompit. Anna se précipita vers l'escalier. « C'est Paul.

— Que se passe-t-il ? »

Elle montait déjà les marches quatre à quatre. Edward la suivit.

Anna courut comme une folle jusqu'à la chambre de son fils. Etendu tout habillé sur le couvre-lit, Paul geignait et poussait des plaintes inarticulées. Anna s'assit à côté de lui, prit une de ses mains dans la sienne. Les yeux du garçon étaient grands ouverts mais vitreux et fixes. Elle se mit à lui parler doucement.

Edward s'approcha sans faire de bruit. « Est-ce qu'il est réveillé ? » chuchota-t-il.

Paul tourna brusquement la tête dans la direction de la voix d'Edward, mais il sembla ne pas le voir.

« Tu as fait un cauchemar ? » demanda Anna.

Paul fixa le visage d'Edward et, tout à coup, il poussa un cri d'animal pris au piège et se débattit, cherchant à échapper à Anna. Il se réfugia à l'autre bout du lit. « Au secours, au secours ! hurla-t-il d'une voix rauque, méconnaissable.

— Calme-toi, l'apaisa Anna. Ce n'est rien. »

Paul recula encore, cramponné au montant du lit, les yeux hébétés, braqués sur Edward.

« Paul ! s'écria Anna en lui saisissant les poignets. Réveille-toi. Arrête. » Toute à son fils, elle ne remarqua pas qu'Edward s'était figé, le visage blême et couvert de sueur, les pupilles dilatées.

La tête de l'adolescent partit en arrière et Anna le sentit se détendre. Il parut se réveiller, cligna des yeux et se laissa aller contre la tête du lit. « Que s'est-il passé ? demanda-t-il.

— Tu as eu un cauchemar... Une fois de plus. De quoi peux-tu donc rêver pour avoir aussi peur ? »

Paul se dirigea vers la commode et se regarda dans la glace. Il aplatit ses cheveux embroussaillés, pressa ses paumes sur son front. « C'est toujours la même chose, dit-il.

— Peux-tu t'en souvenir ?

— En partie. Je sais que je suis étendu par terre. Et il y a cette énorme masse noire qui s'avance vers moi, et ce gros oiseau doré qui s'abat sur moi, les serres ouvertes. Il est terrifiant.

— C'est tout ?

— Non. Un homme s'approche de moi. Il se penche sur moi. Parfois j'ai l'impression que c'est vraiment arrivé ! s'exclama Paul.

— Que fait cet homme ?

— Je ne sais pas. Mais il va me faire mal, j'en suis sûr. Et je peux presque voir son visage.

— Tu nous as fait très peur.

— Nous ?

— M. Stewart et moi... » Anna se retourna et

s'interrompit en constatant qu'Edward n'était plus dans la pièce. « Il est parti. Il a dû voir que tu étais bouleversé et n'a pas voulu se montrer importun. Il se soucie beaucoup de toi, Paul.

— Humm. »

Dans le couloir, Edward entendait distinctement leurs voix, mais il était incapable de faire un mouvement. La sueur lui dégoulinait le long des bras, son cœur battait si fort qu'il avait du mal à respirer. Il sentit son estomac se tordre et crut qu'il allait s'évanouir.

Pourquoi ne s'en était-il pas douté plus tôt ? Préoccupé par Rambo, il n'avait pas prêté attention à Paul. Si l'enfant ne l'avait pas encore reconnu, il n'était pas prouvé qu'il ne le ferait pas un jour. Et si la mémoire lui revenait ? Anna était enragée quand il s'agissait de son fils. Elle l'avait prouvé. Si ce diable de gamin l'accusait, elle irait jusqu'au bout. Elle n'aurait de cesse de le poursuivre jusqu'à sa perte.

C'était le genre d'histoire dont les journaux raffolaient. Un homme de son importance, ruiné par l'accusation d'un enfant. Ce serait sans fin. C'était clair, à présent. S'être débarrassé de Rambo ne suffisait pas.

Il allait se trouver mal s'il ne sortait pas tout de suite d'ici. Il lui fallait prendre l'air, s'asseoir. On ne devait pas le voir dans cet état. Il descendit silencieusement l'escalier. Il avait eu de la chance de s'être trouvé là pour entendre les paroles de Paul.

Au plus profond de lui-même, il l'avait toujours su. Dès qu'il avait appris le retour du garçon, il avait su qu'il aurait à le réduire au silence. C'était évident maintenant. Il n'avait pas le choix.

Thomas était assis dans la cabine téléphonique, protégé du bruit par la porte fermée. Il devait se hâter de prendre une décision. Gail n'allait pas tarder à arriver et il n'oserait probablement pas téléphoner en sa présence. Une fois de retour dans son appartement, il serait trop tard.

Il regretta d'avoir accepté de s'installer chez elle. Ce matin à son réveil, il s'était rendu compte qu'en acceptant son invitation il avait laissé entendre quelque chose qu'il ne ressentait pas.

Gail ne donnait pas l'impression de chercher à le retenir de force, et c'était l'une de ses qualités les plus séduisantes à ses yeux. Pourtant, il savait qu'elle ne serait pas ravie de le voir téléphoner à Anna.

Il avait simplement envie de lui parler. Il voulait savoir comment s'était passé le rendez-vous chez le médecin. Et comment allait Tracy ? Il était parti sans même lui dire au revoir. Simplement ça et je raccroche, se promit il. Il souleva l'appareil, chercha sa carte de crédit dans sa serviette, puis composa le numéro de téléphone. Peut-être Anna refuserait-elle de lui parler. Il n'avait jamais pu supporter qu'elle fût en colère contre lui. Il était en partie tombé amoureux d'elle à cause de son caractère égal et joyeux, et les rares fois où elle s'était fâchée, il s'était senti malheureux et sans défense.

Thomas donna à la standardiste le numéro de sa carte de crédit et attendit la sonnerie. Tu as le droit d'avoir des nouvelles des enfants, se dit-il. Ce sont tes enfants.

Le téléphone sonna plusieurs fois. La tête lui tourna tout à coup. Il se sentit les jambes molles. Il espérait qu'Anna ne répondrait pas et en même temps, il était pris de panique à l'idée de ne pouvoir la joindre.

« Allô ? »

Il sursauta, faillit raccrocher puis s'éclaircit la voix.

« Anna ?

— Oh, fit-elle faiblement. Bonjour. »

Elle semblait sur ses gardes, mais ne paraissait pas fâchée. Thomas respira un bon coup. « Je te dérange ?

— Pas vraiment. Je nettoyais des légumes. Que veux-tu ?

— Eh bien... je me demandais... as-tu conduit Paul chez le docteur, ce matin ?

— Paul ? » Thomas perçut la note de méfiance dans sa voix. « Oui, nous y sommes allés.

— Je voulais juste savoir... Qu'a-t-il dit ?

— Il a l'air de penser que Paul va bien. Il aura les résultats des analyses demain, mais il n'a décelé aucune trace de tumeur, à première vue.

— C'est une bonne nouvelle. » Thomas s'étonna d'éprouver un soulagement sincère.

« Oui, c'est une bonne nouvelle. Pourtant, cet après-midi, Paul a encore eu un cauchemar. Il s'est réveillé en hurlant. Je suppose que ça t'importe peu, ajouta-t-elle sèchement.

— Comment va Tracy ?

— Bien. Je lui ai expliqué que nous nous étions disputés et elle a paru comprendre.

— Puis-je lui parler ?

— Elle est allée dîner chez Mary Ellen. Ensuite, la SPA.

— Oh, c'est vrai, murmura Thomas. C'est le soir où elle travaille.

— Comment vas-tu ?

— Ça va.

— Bon. » Cela ressemblait si peu à Anna de ne pas le questionner un peu plus. Pris de panique, il sentit que la conversation allait prendre fin.

« Anna, je crois que nous devrions parler.

— Je le crois aussi.

— Quand ? dit-il. Je n'ai pas envie de discuter de ce genre de chose au téléphone.

— Non, pas au téléphone.

— Nous pourrions nous donner rendez-vous quelque part.

— D'accord.

— Si nous nous retrouvions ce soir ? Peux-tu prendre un train ? Je réserverai une table dans ce restaurant italien que nous aimons bien tous les deux, sur le côté ouest du Park.

— Ce soir ?

— Oui. Nous pourrons y dîner et parler tranquillement.

— Je ne suis pas sûre pour ce soir.

— Pourquoi ? » Il se rembrunit, blessé par son peu d'empressement.

De son côté, Anna songeait à Paul. Entre les tests, les analyses et les cauchemars, cette journée l'avait sonné. Elle n'avait pas envie de le laisser seul à la maison. Mais elle ne pouvait pas se servir de Paul comme prétexte pour refuser de rencontrer Thomas. Cela les éloignerait un peu plus l'un de l'autre. Elle devait faire un effort.

« Très bien, dit-elle. Je te retrouverai là-bas. 74ᵉ Rue, n'est-ce pas ? Je peux y être à sept heures et demie.

— Bon.

— Au revoir, dit-elle.

— Au revoir. » Il raccrocha et se laissa aller contre la paroi de la cabine. Il avait les aisselles moites de transpiration et se sentait vidé, mais l'impression de malaise avait fait place à une agitation fébrile. Il aperçut Gail à travers la vitre. Appuyée contre le mur, elle lisait le *Wall Street Journal*. Leurs yeux se rencontrèrent lorsqu'elle leva la tête et il s'efforça de lui sourire. Elle le dévisagea gravement. Sa bouche avait un pli amer et une rougeur inhabituelle colorait ses joues. Puis elle baissa à nouveau les yeux sur son journal.

Thomas la vit redresser les épaules, comme si elle se préparait à entendre ce qu'il avait à lui annoncer. Partagé entre la satisfaction d'avoir parlé à Anna et un sentiment de malaise, il ouvrit la porte de la cabine. Il n'allait pas être aisé d'expliquer à Gail qu'il avait rendez-vous avec sa femme pour dîner, le soir qui suivait leur première nuit d'amour.

15

« S'il vous plaît, vous serez gentille de mettre tout cela dans la valise, dit Iris à sa femme de chambre en lui tendant une liste. Ensuite, vous pourrez partir. Nous n'avons pas besoin de vous jusqu'à mon retour. M. Stewart ne prendra pas ses repas à la maison et passera plusieurs nuits en ville. »

Iris enfonça son bonnet de bain sur ses cheveux, ajusta le haut de son maillot et plongea. Assis dans un fauteuil au bord de la piscine, encore vêtu de son costume de ville, Edward la regarda nager.

Pour une fois, songea-t-il, elle avait su choisir le bon moment. Il pourrait s'occuper à loisir de ce garçon sans l'avoir dans ses jambes, toujours prête à proposer son aide à Anna. Lorsqu'elle reviendrait de sa cure, tout serait terminé. Cette perspective le détendit. Il regarda Iris traverser la piscine à longues brasses régulières. A la voir se déplacer aussi lourdement dans l'eau, elle faisait penser à un canot à rames.

Au moins ne l'interrogerait-elle pas sur ce qu'il avait fait pendant son absence. Il était convenu entre eux qu'il ne lui disait pratiquement rien de ses activités et elle avait toujours respecté cet arrangement. C'était la seule chose qui lui rendait la vie commune avec elle à peu près supportable. Il l'observa comme on regarde un animal déplaisant. Iris sortit de l'eau et retira son bonnet.

« Si tu gardais tes jambes droites pendant tes battements, tu n'aurais pas de mal à nager sur une distance aussi courte », fit-il remarquer.

Iris soupira et laissa son regard errer sur la surface de l'eau. Lorraine revint. « Mme Lange est ici », dit-elle.

Edward sursauta en voyant paraître Anna sur la terrasse.

« Bonjour, vous deux », dit-elle en s'approchant du fauteuil d'Edward.

Il se leva brusquement. « Je vous en prie, asseyez-vous.

— Bonjour, Anna, s'écria Iris, avec un sourire.

— Je suis venue vous demander un service. Tom vient de me téléphoner. Il aimerait que nous nous retrouvions en ville pour dîner, ce soir.

— C'est tout à fait romantique ! dit Iris.

— Pas vraiment, répliqua Anna avec un sourire triste. Nous nous sommes disputés la nuit dernière.

— Vous êtes-vous réconciliés ? »

Anna avait l'habitude de se confier à Iris mais trouvait désagréable de raconter ses problèmes personnels devant Edward. « A vrai dire, avoua-t-elle, il est resté à New York cette nuit.

— Anna ! Non ! s'exclama Iris.

— Il faut que je le voie. Nous avons plusieurs choses à mettre au point ensemble.

— Bien sûr. En quoi puis-je vous être utile ?

— C'est Paul. Je l'ai conduit chez le docteur aujourd'hui.

— Oh, est-ce qu'il va bien ?

— A priori, oui. Edward ne vous l'a donc pas dit ? »

Iris parut étonnée. « Je n'en ai pas eu l'occasion, se hâta de répondre Edward.

— En tout cas, continua Anna, ces analyses l'ont fatigué et ça m'ennuie de le laisser seul.

— J'avais l'intention de partir ce soir, dit Iris, mais je pourrais remettre mon départ à demain.

— Non, surtout pas, protesta Anna. Je me demandais seulement si Lorraine ou quelqu'un d'autre restait ici. Paul pourrait téléphoner en cas de besoin.

— Eh bien, je suppose qu'Edward sera à la maison », avança Iris en lançant un regard hésitant vers son mari.

Edward se redressa dans son fauteuil. « Votre fille n'est pas là ?

— Elle quitte rarement la SPA avant dix heures du soir, expliqua Anna.

— Je resterai sûrement à la maison, dit Edward.

Dites à Paul de me téléphoner s'il a besoin de quelque chose.

— Merci beaucoup. »

Le regard d'Iris était triste et préoccupé. « Anna, j'ignorais que vous aviez des problèmes, Tom et vous. C'est navrant. »

Anna écarta délibérément le sujet. « Quand comptez-vous revenir de votre cure ? demanda-t-elle à son amie.

— Dimanche.

— Yaourts et massages, hein ? »

Iris parut légèrement peinée. « Il n'y a pas que ça.

— Je vous taquinais. Je sais qu'on exige beaucoup de vous dans ces établissements. J'espère que vous en profiterez malgré tout. Vous allez beaucoup nous manquer, n'est-ce pas, Edward ? »

Edward lui adressa un sourire contraint.

« Bon, conclut Anna. Je me sens rassurée, à présent. Je vais me préparer. » Elle se pencha, donna une petite tape sur l'épaule d'Iris. « Téléphonez-moi dès votre retour. » Puis elle sourit à Edward. « Merci pour tout. Je suis désolée pour cet après-midi. Paul est tellement nerveux. Je ne voulais pas vous quitter comme ça. »

Edward la rassura d'un geste. « Ne vous en faites pas pour ça.

— Je vous raccompagne, dit Iris. Je vais prendre une douche dans le solarium. »

Edward cilla en regardant les deux femmes contourner la maison côte à côte. Le garçon serait seul ce soir. C'était plus qu'il n'avait espéré ; du tout cuit. Il devait agir rapidement, sans hésitation.

Des points lumineux jouèrent sur les facettes des topazes lorsque Anna tourna la tête de droite à gauche, examinant son reflet dans la glace. C'étaient ses boucles d'oreilles préférées, un cadeau de Thomas pour leur troisième anniversaire de mariage. Il avait éclaté de rire devant ses protestations en lui recommandant de ne pas trop s'y attacher au cas où ils auraient un jour à les mettre au clou.

Elle avait longuement hésité à les porter ce soir. Mais, une fois à ses oreilles, elles lui parurent parfaites. Sois optimiste, se dit-elle. Il y aura peut-être d'autres jours heureux. Elle allait se détourner du miroir quand elle s'aperçut qu'elle avait oublié de se parfumer. C'est Tom qui avait choisi son parfum. Avec un soin extrême elle l'appliqua aux endroits où battait son pouls. Puis elle ajusta sa robe et se dirigea vers l'escalier.

Le téléviseur marchait dans le petit bureau à côté de l'entrée. Anna pénétra dans la pièce. En boule sur le canapé, Paul regardait une émission, le menton calé dans sa main.

« Je m'en vais, Paul, dit-elle. Tu es sûr que tu vas bien ? »

Le garçon hocha la tête sans détourner ses yeux de l'écran.

« Tracy sera de retour vers dix heures. Si tu as besoin de quelque chose, tu n'auras qu'à appeler M. Stewart chez lui. Son numéro est près du téléphone.

— D'accord, fit-il d'un air distrait. » Puis il se tourna vers elle. « Tu es jolie. »

Le visage d'Anna s'éclaira d'un sourire radieux devant ce compliment inattendu. « Merci, dit-elle. J'ai fait de mon mieux.

— C'est à cause de moi, n'est-ce pas ?

— Quoi ?

— Qu'il est parti ?

— Non, répondit promptement Anna. C'est une dispute entre nous. »

Paul reporta son regard sur l'écran. « Il me déteste », dit-il simplement.

Anna resta interloquée pendant quelques secondes. Puis elle se dirigea vers le téléviseur et l'éteignit. Le silence envahit la pièce. Anna se plaça devant l'écran et fit face à son fils.

« Ce n'est pas vrai. Il ne te déteste pas.

— Il aurait préféré que je ne revienne jamais. C'est pourquoi il est parti. » Il leva le menton vers elle, la mettant au défi de dire le contraire.

Anna le regarda, interdite. Elle se rappela les paroles de colère prononcées par Thomas contre Paul et ne voulut pas que son fils pût lire ses pensées sur son visage.

Paul semblait satisfait de lui.

« Une minute, Paul. Ton père... Tu ignores ce que ta disparition a représenté pour lui... pour nous tous. Toutes ces années d'angoisse, d'interrogation. »

L'adolescent resta de marbre.

« C'était terrible. Un vrai calvaire. On ne savait Jamais ce qui allait arriver.

— Peut-être a-t-il commencé à se dire qu'il était débarrassé de moi.

— Débarrassé de toi ! s'écria-t-elle. Comment oses-tu penser une chose pareille de ton père ? »

Paul garda les yeux baissés.

« Pardonne-moi. Tu ne le connais pas vraiment. Il ne dit pas toujours ce qu'il ressent. Mais tu... tu comptes énormément pour lui. Tiens, le jour de ta naissance... » Anna s'accrocha désespérément à un souvenir dont elle était certaine. « Il était au septième ciel. On n'a jamais vu quelqu'un d'aussi heureux.

— Il n'est pas heureux aujourd'hui. Je crois qu'il n'avait pas envie que je revienne.

— Tu te trompes, protesta Anna. Je suis sûre... » Elle fixa sans les voir les étagères au-dessus du canapé, cherchant comment décrire le plus exactement possible les sentiments de son mari. Paul était silencieux, mais elle le sentait tendu, guettant ce qu'elle allait dire.

« Tu sais, j'ai toujours cru que tu nous serais rendu. Et lui... » Elle aurait aimé trouver le mot juste. « Il ne pouvait pas. »

Paul lui lança un regard interrogateur.

« Je me souviens, dit-elle. J'ai oublié l'époque exacte. Il a commencé à penser... Il me disait que je devais essayer de me préparer au pire. Mais j'étais sûre que tu reviendrais. Il ne comprenait pas que je puisse en être aussi certaine. Un jour, nous nous sommes disputés au sujet de ta chambre. Il voulait que je la débarrasse et j'ai refusé. Il trouvait anormal de la laisser dans l'état où elle était, de ne pas l'utiliser. J'étais furieuse contre lui. Nous n'avions pas parlé de toi depuis longtemps. Et ce jour-là, il s'est mis à m'expliquer comment il fallait arranger ta chambre. Je n'ai pas voulu en entendre parler. Je m'en souviens comme si c'était hier. Il est monté au premier étage et je l'ai entendu fouiller partout, jeter des affaires dans des boîtes ; je restais assise sans bouger dans le salon, comme pétrifiée. Il a commencé à descendre des cartons au sous-sol, à jeter des emballages dans les poubelles du garage. Et je restais immobile, pensant que je ne lui pardonnerais jamais. Il accomplissait sa tâche sans rien dire ; et à un moment je l'ai vu descendre l'escalier avec un carton sous un bras, et sous l'autre, un petit éléphant. C'était un éléphant en peluche qu'il avait acheté pour ta naissance. Il te l'avait apporté à la clinique. Il n'avait même pas attendu que tu sois à la maison. Et il descendait l'escalier avec ce jouet. Et il pleurait. Des larmes lui coulaient sur les joues. Il ne m'a rien dit et j'étais trop en colère pour m'en soucier. Je me souviens avoir pensé : "C'est bien fait pour toi, tu ne mérites pas que ton fils revienne." »

Paul examina le visage d'Anna pendant qu'elle revivait ces moments. Elle avait l'expression de quelqu'un qui cherche à déchiffrer un signe dans le lointain.

« Et c'est la raison pour laquelle il est parti aujourd'hui ? demanda-t-il à voix basse.

— Je ne sais pas. Elle hésita. Je crois qu'il a peur.

— Peur de quoi ?

— Je crois qu'il n'a jamais eu l'espoir que les choses tournent bien. »

La mère et le fils se regardèrent gravement.

« Il faut que je parte maintenant », dit Anna. Elle s'avança vers la porte, puis revint sur ses pas et ralluma le téléviseur.

« Bonne chance », lui dit Paul.

Anna aurait aimé le serrer dans ses bras, mais le coup d'œil méfiant qu'il lui jeta la retint. Elle se contenta de l'embrasser doucement sur les cheveux. Avec un signe de la main et un petit sourire, elle se dirigea à nouveau vers la porte.

« Il fait nuit de plus en plus tôt, dit Iris pensivement. Je n'aime pas voir finir l'été. »

Edward jeta un coup d'œil à sa montre. « N'est-il pas l'heure que tu partes ? Il prit un coupe-papier et tapota impatiemment sur son bureau.

— Dès que Lorraine aura mis ma valise dans la voiture. » Iris observa attentivement son mari.

Edward se sentit mal à l'aise. « Quelque chose te tracasse ? demanda-t-il sèchement.

— Je... » Elle hésita puis poursuivit très vite : « J'espère que tout se passera bien ici pour toi pendant mon absence. »

Il faillit lui éclater de rire au nez. « Tout ira très bien. Ne te préoccupe que d'une chose, te débarrasser de ça. » Il pointa le coupe-papier sur son estomac.

Iris soupira. « Que comptes-tu faire ce soir ?

— Je vais sans doute travailler à mes bateaux.

— Tout est prêt, Madame, annonça la femme de chambre.

— Merci, Lorraine. » Iris se tourna vers son mari. « Je m'en vais. A dimanche. »

Edward hocha la tête et lui sourit.

« N'oublie pas pour Paul, dit Iris.

— N'oublie pas quoi ?

— J'ai promis à Anna qu'il pourrait te téléphoner s'il avait besoin de quelque chose.

— Oui. Je n'ai pas oublié. Ne sois pas si inquiète. »

Iris s'immobilisa, comme si elle s'apprêtait à dire autre chose. Mais elle fit demi-tour et sortit de la bibliothèque. Edward attendit jusqu'à ce qu'il ait entendu le claquement de la portière et le bruit de la voiture dans l'allée. Puis il regarda par la fenêtre dans la direction du moulin. Il passa tous ses outils en revue, cherchant lequel serait le mieux adapté à son plan. Il s'agissait d'utiliser un instrument susceptible d'appartenir à un cambrioleur. Il entrerait par effraction dans la maison, s'occuperait en premier du gosse. Ensuite, il mettrait toutes les pièces à sac, en prenant quelques objets de valeur pour faire croire que Paul avait été assassiné au cours d'un vol. C'était simple et plausible. Ces maisons étaient isolées et d'apparence cossue, exposées au risque d'un cambriolage. Un pied-de-biche ferait une très bonne arme, se dit-il, malheureusement trop encombrante. Il ne possédait pas de revolver. Le mieux était encore un couteau. Il avait un éventail de grands couteaux de chasse dans son moulin, dont il se servait occasionnellement. L'un d'eux ferait l'affaire. Il le dissimulerait dans un étui sous sa veste. Il allait attendre un peu et ensuite...

Perdu dans ses pensées, il n'entendit pas Lorraine entrer dans la pièce et sursauta lorsqu'elle prononça son nom.

« Que voulez-vous ?

— Mon frère est là. Il vient me chercher, s'excusa la femme de chambre.

— Très bien. A la semaine prochaine. »

Il l'accompagna jusqu'à la porte d'entrée et attendit de voir les feux arrière de la voiture disparaître. Le sang bourdonnait à ses oreilles dans le silence funèbre de la maison. Sans se soucier d'allumer la lumière, il fit demi-tour, traversa le rez-de-chaussée et sortit dans la nuit.

16

Paul se leva, resta un instant debout devant le téléviseur, le regard fixé sur les images qui se déroulaient sur l'écran. Puis il éteignit. Il n'y avait rien d'intéressant.

Anna l'avait fait dîner avant de partir, mais il avait encore faim. Il entra dans la cuisine, ouvrit la porte du réfrigérateur. « Prends ce que tu veux », lui disait-elle toujours. Il y avait certainement des provisions. Le réfrigérateur de sa mère n'avait jamais ressemblé à celui-ci, à l'exception du congélateur dans lequel elle stockait des piles de plateaux-repas surgelés. Dorothy travaillait à l'hôpital dans l'équipe de quinze à vingt-trois heures ; Paul faisait réchauffer un plat et le mangeait en vitesse avant que son père n'arrive. Il aperçut un morceau de gâteau à la crème sur une clayette. Il l'aurait bien mangé en entier, mais il n'osa pas. Il prit un couteau et une assiette, découpa un tiers de la part et l'avala en trois bouchées.

Il lava, essuya et remit l'assiette et les couverts à leur place, parcourut la cuisine du regard et raccrocha le torchon. La maison lui parut très silencieuse et inquiétante. Il aurait aimé avoir quelqu'un à qui parler. Il pensa à Sam et s'efforça de chasser le souvenir de son petit compagnon perdu.

Désœuvré, il alla de pièce en pièce, examinant les meubles, les plantes, les tableaux. C'était une maison comme celles que l'on voyait dans les magazines ou à la télévision. Paul s'approcha distraitement de la fenêtre du salon et écarta les rideaux. Il plongea son regard dans l'obscurité. Tous les jours, il songeait à s'enfuir. Tous les jours. Il n'avait qu'à fourrer ses quelques affaires dans son sac et partir. Loin d'ici, ses maux de tête cesseraient peut-être. Et personne ne le regretterait. A part Anna.

Il soupira. Où s'enfuir ? Et sans un sou, il n'irait pas loin. Il y avait probablement de l'argent dans cette maison, mais il ne voulait pas le voler. Et en plus, il était obligé d'admettre qu'il avait peur de s'enfuir. Pourtant, l'idée de rester ici le consternait. Je ne suis pas chez moi, pensa-t-il.

Avec un mouvement d'impatience, il laissa retomber le rideau et retourna dans la pièce.

Pressé contre la vitre, le visage pâle du garçon avait l'air de s'inscrire dans le carreau. Edward se tenait accroupi en bas du porche, ses yeux froids rivés sur la figure mélancolique de l'adolescent. Il était en train de faire le tour de la maison afin de repérer le meilleur endroit pour pénétrer à l'intérieur, lorsqu'il avait aperçu le visage de Paul à la fenêtre. Il crut un instant que le gosse l'avait entendu marcher dans le jardin, mais en regardant plus attentivement, il constata que Paul ne cherchait pas à voir quelque chose de particulier, qu'il fixait le vide, perdu dans ses pensées. Edward avait mal aux genoux. Cette position humiliante l'horripilait. Quand cet enfant de malheur allait-il se décider à s'éloigner de la fenêtre ? Il voulait en finir avec cette histoire, se retrouver tranquille dans son atelier.

Le rideau retomba. Edward savait comment pénétrer dans la maison. A hauteur du genou, plusieurs petites fenêtres donnaient dans le sous-sol. Il les avait vues de l'intérieur et savait qu'elles étaient fermées par une simple targette. Il serait relativement aisé d'en ouvrir une et de s'introduire dans la cave. A l'aide de sa lampe de poche, il avait remarqué une chaise robuste sous l'une des fenêtres. Il choisirait cette dernière. Tout en contournant furtivement la maison, il récapitula son plan. La salle de jeux était contiguë à la cave. Il passerait par là pour monter au rez-de-chaussée. Edward atteignit la fenêtre qu'il avait choisie, se pencha, glissa la lame de son couteau dans la fente de l'encadrement et la fit glisser jusqu'à ce qu'il trouve la targette. Il repoussa délicatement la tige avec la pointe du couteau.

Paul passa près de la porte de l'escalier qui descendait à la salle de jeux et s'arrêta. Il se souvint qu'il y avait une chaîne stéréo en bas. Le silence de la maison l'oppressait et il se dit qu'un peu de musique arrangerait les choses. Il ouvrit la porte, commença à descendre ; un bruit l'arrêta. Il tendit l'oreille. Tout était silencieux. Tu entends des voix, se moqua-t-il.

Il était curieux de savoir comment se déroulerait la fameuse entrevue. Cette histoire de Thomas avec l'éléphant lui avait donné des picotements dans la nuque. Il avait l'impression que ce jouet lui était familier. Peut-être son père n'était-il pas si mauvais après tout. Anna était plutôt gentille, et elle aimait son mari.

Paul n'avait jamais pu imaginer que ses parents... les Rambo. Son père tellement bizarre, détraqué ; et pourtant Dorothy n'avait jamais dit un mot contre lui. Mais Paul s'était senti humilié à l'école, partout. En réalité, il était soulagé qu'Albert ne soit pas son véritable père. Il ressentit un élan de pitié pour lui, vite remplacé par un profond dégoût à la pensée qu'il s'était pendu tout seul dans cette chambre d'hôtel. Quelle façon lamentable d'en finir.

Il pencha la tête sur le côté et lut les titres des disques sur la tranche. Les meilleurs enregistrements appartenaient à Tracy et elle les gardait dans sa chambre. Mais il y avait quelques trucs convenables dans la pile de microsillons de la salle de jeux. Paul souleva un vieux disque des Beatles, le plaça sur la platine et brancha une paire d'écouteurs. Il s'apprêtait à s'allonger sur la moquette quand il remarqua, sur l'étagère au-dessus du casier à disques, deux gros albums avec des photos qui dépassaient de la couverture. Poussé par la curiosité, il prit celui du dessus. Une enveloppe pleine d'instantanés s'en échappa. L'album était rempli de photos soigneusement plastifiées et collées. Assis en tailleur, Paul l'ouvrit sur ses genoux et plaça les écouteurs contre ses oreilles. Il ne vit pas la porte de la salle de jeux s'ouvrir dans son dos, centimètre par centimètre.

Des visages souriaient sur les photos ; ils avaient pâli avec le temps. On aurait dit des gens en train de saluer du pont d'un bateau, s'enfonçant sans bruit vers le large. Paul tourna soigneusement les pages, marquant la mesure du pied. Il y avait des photos de Thomas et d'Anna portant un toast le jour de leur mariage ; d'autres, souriantes et modestes, prises au cours de leur lune de miel en Floride. Elle souriait toujours en regardant l'objectif alors que Thomas gardait les yeux fixés sur elle.

A la page suivante apparut un bébé, et Paul s'aperçut avec un choc que c'était lui. Il suivit du doigt l'étrange tête du nourrisson qui cherchait à se soulever hors d'une couverture. Il y avait des photos de lui dans toutes les attitudes imaginables, dans les bras de l'un ou de l'autre de ses parents, dans une maison qui n'était pas celle-ci. Il éclata de rire à la vue d'une photo intitulée, « Paul à deux ans » ; sur laquelle il était perché derrière un gâteau orné de bougies, arborant un petit chapeau pointu en papier brillant. Un garçon plus âgé aux cheveux bruns lui soufflait dans la figure avec un mirliton. La musique résonna plus fort dans ses oreilles. Dans leur chanson, les Beatles parlaient d'un visage inoubliable.

Une ombre s'abattit sur la page, masquant brutalement les sourires joyeux. Paul ôta ses écouteurs et pivota sur lui-même pour regarder la silhouette qui se dressait au-dessus de lui. Déconcerté, il mit une minute avant de pouvoir parler.

« Qu'est-ce que tu fiches ici ? »

Tracy inclina la tête et regarda l'album. « Je t'ai apporté quelque chose », dit-elle.

Troublé, Paul la regarda détacher son sac à dos de ses épaules et l'ouvrir avec précaution. Elle plongea la main à l'intérieur et en sortit un chat rayé gris et noir qui miaulait en se débattant.

« Sam ! s'exclama Paul. Où l'as-tu trouvé ? »

Il lui prit l'animal des mains et le serra contre lui. Le chat protesta avec énergie et lui échappa.

« Il est venu rôder à la SPA ce soir, dit Tracy avec un sourire satisfait. Le vétérinaire m'a permis de rentrer plus tôt pour le ramener à la maison.

— Merci », dit Paul doucement.

Tracy s'affala sur la banquette. « Tu regardais ces vieilles photos ? »

Paul hocha la tête.

Derrière eux, imperceptiblement, la porte de la salle de jeux se referma sans bruit.

« Veux-tu que nous marchions un peu ? demanda Thomas en sortant du restaurant.

— Pourquoi pas ?

— J'ai trop mangé. C'est toujours aussi bon ici. »

Anna approuva d'un murmure, bien qu'elle eût remarqué son manque d'appétit pendant le dîner.

Ils allèrent se promener sur Columbus Avenue, se joignant au flot des piétons qui prenaient l'air sur l'avenue la plus à la mode du West Side. Il ne faisait pas humide malgré la chaleur, et quelques étoiles scintillaient dans le ciel new-yorkais.

La conversation pendant le dîner avait été décousue. Assise en face de Thomas, Anna s'était dit qu'elle comprenait maintenant le sens du mot « brouillés ». Mais elle se sentait mieux à présent, tandis qu'ils marchaient d'un même pas le long de l'avenue, tournant aux mêmes coins de rue, s'arrêtant d'un même accord aux feux rouges.

Elle contempla le profil de son mari pendant qu'ils attendaient à un coin de rue. Il avait des traits plutôt aigus, et un regard clair, expressif. Ce soir, elle y lisait une expression d'anxiété teintée de tristesse. Elle retint l'envie soudaine de glisser son bras sous le sien.

« Si nous poussions jusqu'au Lincoln Center ? proposa-t-il.

— Tu as une nouvelle cravate ? fit-elle remarquer en s'arrêtant à un feu.

— Oui. » Il la prit par le coude pour l'aider à traverser. Il avait un air coupable qui n'échappa pas à Anna.

« Je n'avais pas très bien fait ma valise, dit-il. Je dois me rendre à Boston demain par la navette de dix heures et je n'avais pas de vêtements convenables pour le voyage.

— Tu pars pour longtemps ?

— Juste une nuit. »

Elle faillit lui dire qu'il aurait pu lui demander de

lui apporter ce dont il avait besoin. Il t'a quittée, se rappela-t-elle alors. Il est parti. Souviens-toi. Mais elle ne parvenait pas à lui en vouloir. Il semblait vulnérable. Sa main était très chaude sur son bras.

« Où loges-tu ? A Boston ?

— Non, ici, à New York. »

Thomas se détourna, gêné. « Sur l'East Side. Non loin du bureau. »

Anna ne fit pas de commentaire. Ils gravirent les marches devant le Lincoln Center. Comme à chaque fois, Anna eut le souffle coupé à la vue du spectacle qui se présentait devant elle, l'explosion de couleurs des fresques dc l'Opéra, les reflets étincelants des lustres à travers les hautes vitres. Au centre de la place, la fontaine jaillissait en gerbes d'eau et de lumière. Thomas et Anna s'avancèrent lentement jusqu'à elle.

Avec un sourire contraint, il aida sa femme à s'asseoir sur la margelle. Le silence retomba entre eux ; elle cherchait désespérément à le briser lorsqu'il dit : « J'ai été heureux d'avoir des nouvelles de Paul aujourd'hui. »

Anna lui jeta un regard surpris. C'était la première fois, ce soir, que le nom de Paul était prononcé. Elle sauta sur l'occasion.

« Nous avons parlé de toi avant mon départ, dit-elle.

— Toi et Paul ?

— Oui. Il est persuadé que tu le détestes. Je lui ai dit qu'il se trompait.

— Tu lui as dit ça ?

— J'ai essayé de lui expliquer, de lui parler de toi, de sa naissance, de ton adoration pour lui. Toutes ces choses. »

Thomas contempla la place déserte, le regard perdu. « Je ne le déteste pas, dit-il. Pauvre enfant. » Il resta un moment silencieux. Impuissante, Anna attendit qu'il tournât la tête vers elle. « Je crois que c'est moi que je déteste, dit-il enfin.

— Tom ! Ne dis pas ça.

187

— Tu ne peux pas comprendre ce que je ressens. C'est différent pour toi.

— Qu'est-ce qui est différent ?

— C'est toi qui es différente. Tu étais toujours si sûre qu'il reviendrait. Tu étais persuadée qu'il était en vie. Toujours pleine d'espoir. La plus petite chose te faisait espérer. » Il se tourna vers elle et la regarda en face pour la première fois. « Je n'ai jamais gardé d'espoir, Anna. Je n'ai jamais cru revoir notre fils.

— Mais nous ne pouvions pas savoir. Personne ne le pouvait.

— J'avais fait une croix dessus. Sur mon propre fils. Quand je le vois, ça me rend malade. Je me sens tellement coupable...

— Coupable ! Tom ! Tu n'as aucune raison de te sentir coupable !

— Je l'aimais, dit-il. Ce n'est pas comme si je ne l'aimais pas.

— Je le sais. Il le sait aussi. J'en suis certaine. Sinon il le saura. Il faut simplement lui laisser un peu de temps.

— Je n'ai jamais pu supporter ta façon de guetter le moindre signe favorable, de trouver des raisons de continuer à chercher.

— Je sais. Mais je devais le faire.

— C'était toi qui étais grande et généreuse, toi qui refusais de laisser tomber.

— Tu ne me l'as jamais dit. Tu ne m'en as jamais parlé. »

Elle chercha les mots justes pour tenter de s'expliquer. « Je n'agissais pas ainsi par générosité. Je n'aurais pas pu survivre sans espoir. »

Il posa une main sur la sienne et ils restèrent sans parler. Au contact apaisant de la main de Thomas sur la sienne, Anna sentit soudain monter en elle un désir violent pour lui — son mari, son homme. Elle ferma les yeux, prise de l'envie de se tourner vers lui, de cacher son visage dans le creux de son cou, de sentir à nouveau ses mains sur elle. Les seuls mots qui lui venaient aux lèvres étaient « reviens à la maison. »

Elle n'osa les prononcer à voix haute et s'apprêta à les lui murmurer tout bas.

Thomas lâcha sa main. « J'ai autre chose à me reprocher. »

La note solennelle dans sa voix fit à Anna l'effet d'une douche froide. « Que veux-tu dire ?

— Je ne sais comment te l'avouer. Mais je dois le faire. Je ne veux pas de secret entre nous. J'aurais trop peur que tu le découvres par hasard. J'ai... Il y a une autre femme. »

Anna se jeta en arrière comme s'il l'avait giflée. Dans toutes ses préoccupations pour lui et pour les enfants, l'éventualité qu'il eût quelqu'un d'autre dans sa vie ne l'avait jamais effleurée.

« J'ignore pourquoi j'en suis arrivé là, poursuivait-il. Je me sentais seul et en colère contre toi. Je ne pouvais pas te parler. Je sais, j'ai l'air de chercher des excuses...

— Qui est-ce ?

— Qu'importe. Tu ne la connais pas.

— Voilà donc pourquoi tu nous as quittés ! » Anna se laissa glisser au pied de la fontaine.

Thomas lui jeta un regard surpris. « Non, dit-il.

— Je ne t'aurais jamais cru capable de ça. Tom. Mais ce n'est pas moi qui vais t'en empêcher. Tu peux partir avec ta maîtresse.

— Attends. Que fais-tu ?

— Je rentre à la maison. Retrouver les enfants. »

Il lui barra le chemin. « Anna, tu ne comprends pas. C'est arrivé, d'accord. Mais je n'ai pas l'intention de continuer. J'ai voulu me montrer honnête avec toi. Mais cette histoire est terminée maintenant. Je veux rentrer à la maison, revenir auprès de toi, des enfants. »

Anna l'écarta avec colère. « Je ne veux plus en parler », murmura-t-elle. Elle évita les bras ouverts de Thomas, traversa rapidement la place et leva la main pour appeler un taxi. A travers un brouillard de larmes, elle vit le signal lumineux d'une voiture libre qui s'approchait d'elle.

Thomas arriva à sa hauteur. « N'ai-je aucune chance ? demanda-t-il doucement. Après toutes ces années ? Je te demande de me pardonner. Ah ! Je n'aurais jamais dû t'en parler ! »

Anna lui lança un regard furieux, mais il s'obstina. « J'ai voulu être franc. Je te croyais capable d'indulgence.

— Je ne peux pas en supporter plus pour l'instant.

— Anna, il faut que nous parlions. Je dois me rendre à Boston demain. Je serai trop angoissé pour avoir les idées claires.

— Ce n'est pas mon problème. Moi aussi, je dois retrouver mes esprits. » Elle monta dans le taxi et claqua la portière derrière elle. Il leva le bras pitoyablement comme s'il voulait retenir la voiture et disparut peu à peu dans la foule.

17

Comme un voleur, Edward referma la fenêtre de la cave et traversa la pelouse à pas de loup, maudissant la lumière des étoiles. Le vacarme de la stéréo le fit sursauter. Il s'arrêta et attendit, sur ses gardes. Puis il continua son chemin, les doigts serrés sur le manche du couteau.

Caché derrière la porte, prêt à frapper, il avait songé un instant à les tuer tous les deux. Mais c'était trop incertain, trop risqué. Pourtant, la rage qui s'était emparée de lui en voyant Tracy entrer dans la pièce l'avait un instant poussé à se jeter comme un forcené sur les deux adolescents. Tout avait été parfaitement calculé et cette idiote était venue gâcher son plan.

Edward sentait encore la colère bouillonner en lui. Il avait été à deux doigts du but. Il fit un large détour et se dirigea vers le moulin. Les ailes se dressaient, noires dans le ciel étoilé, comme si elles lui adressaient un signe. Il était encore temps. Il trouverait le moyen d'y parvenir demain.

Fort de cette résolution, il atteignit la porte et l'ouvrit. Tout au long de la journée, il s'était imaginé revenant ici pour y cacher le couteau et changer de vêtements une fois sa tâche exécutée. Si seulement il avait pu en finir avec cette histoire !

Edward prit le couteau et le lança sur l'établi où il atterrit bruyamment. Puis il se tourna pour refermer la porte.

« Edward. »

Il pivota sur lui-même en claquant la porte, le visage livide. Les mains jointes et un sourire craintif sur les lèvres, Iris se tenait dans l'ombre, sous le grenier.

« Iris ! Que fais-tu là ? » Les yeux agrandis d'effroi, il se mit à trembler de la tête aux pieds.

« Je... je suis désolée, balbutia-t-elle avec un mouvement de recul devant la violence de sa réaction. Je ne voulais pas te faire peur. »

Edward la dévisagea. Son imagination se mit à galoper. La pensée qu'elle aurait pu le surprendre en train de rentrer couvert de sang le remplit d'une telle terreur qu'il resta sans voix.

« Où étais-tu ? demanda-t-elle. Pourquoi as-tu pris ce couteau ? »

Il retint l'envie instinctive de la mettre brutalement dehors en l'injuriant. Cela ne servirait qu'à éveiller ses soupçons. Il devait se montrer calme, inventer une excuse.

« Que faisais-tu dehors avec ce couteau ? insista Iris. As-tu entendu quelqu'un ? »

— Oui, dit-il. C'est ça. J'ai cru entendre un rôdeur et j'ai pris ce couteau. C'est... c'est pourquoi j'ai eu tellement peur en te trouvant ici. Pendant une seconde, j'ai cru qu'un type s'était introduit dans le moulin. » Elle le regardait d'un air préoccupé et compatissant.

« As-tu vu quelqu'un ?

— Non, non. » Vidé, Edward s'appuya lourdement

contre l'établi. « Ce n'était rien. Sans doute le bruit du vent, ou mon imagination.

— Je me demande, Edward... peut-être devrions-nous prévenir la police.

— Ce n'est pas la peine. Je suis certain qu'il n'y avait personne. »

Une pensée traversa l'esprit d'Iris. « Paul ! s'exclama-t-elle. Il est tout seul chez lui.

— Je viens de te dire qu'il n'y avait personne.

— Nous devrions lui téléphoner pour plus de sûreté.

— Je croyais que tu étais partie pour ta cure ?

— Eh bien, j'ai fait demi-tour en route. J'ai eu envie de te parler et j'ai pensé que je devais revenir.

— Pourquoi ne m'as-tu pas tout simplement téléphoné ? demanda-t-il comme si c'était la solution évidente pour tout être sensé.

— Il m'a semblé préférable de parler en tête à tête, Edward. J'ai beaucoup pensé à nous ces temps derniers... à notre mariage. »

Il s'efforça de maîtriser le dégoût qui montait en lui. Il savait parfaitement ce qui avait provoqué cette crise. Anna avait des problèmes de couple et Iris se croyait obligée de suivre le mouvement. Un vrai mouton de Panurge. Parfois, cette femme était véritablement idiote. « Que racontes-tu, Iris ?

— C'est difficile à dire, poursuivit-elle avec un air douloureux et craintif. Je crois que je ne te rends plus heureux. Si je l'ai jamais fait. J'ai ressenti cette impression très profondément depuis quelque temps. Tu as besoin d'une femme qui te donne ce que tu attends d'elle. »

Edward n'en crut pas ses oreilles. L'incongruité et la franchise de l'aveu faillirent le faire rire. Il ne désirait qu'une chose : se débarrasser d'elle, l'expédier à sa cure et s'asseoir pour élaborer un nouveau plan.

« Iris, dit-il calmement. Est-ce vraiment le moment et l'endroit pour ce genre de discussion ? Cela ne peut-il attendre ton retour ?

— Si, mais...

— Je suis fatigué. Je me préparais à passer une soirée tranquille, à travailler dans mon atelier.

— Mais je pense parfois que tu serais bien plus heureux sans moi. »

Il la regarda, stupéfait, comme si elle faisait preuve du plus grand manque de savoir-vivre. « Je ne me suis jamais plaint, dit-il sèchement. Pourquoi soulever cette question aujourd'hui ? Tu fais preuve d'un regrettable manque de confiance, Iris. Notre mariage me satisfait pleinement. Je ne vois aucune raison pour que tu en doutes.

— Tu as sans doute raison, dit-elle.

— A présent, tu devrais reprendre la route afin de ne pas arriver trop tard. J'aime mieux ne pas te savoir sur les routes la nuit. Pars et ne te fais pas de soucis. Pour moi, les choses entre nous sont telles qu'elles l'ont toujours été. »

Résignée, Iris se dirigea vers la porte.

« Veux-tu que je t'accompagne à ta voiture ?

— Ce n'est pas nécessaire.

— Je préférerais, insista-t-il d'un ton doucereux. Je ne suis pas tout à fait rassuré, même si ces bruits ne signifiaient rien.

— Si tu veux. »

Edward jeta un regard derrière lui avant de refermer la porte. Le couteau de chasse était sur l'établi à l'endroit où il l'avait lancé. Il fallait agir tout de suite, avant qu'Iris ne se mît dans la tête de revenir à la maison pour une seconde lune de miel. Il haussa les épaules au souvenir de la tiédeur de leur nuit de noces. La décourager ne serait pas difficile.

« Fais attention de ne pas trébucher », lui cria-t-il en refermant la porte du moulin.

Les accords plaintifs des Bee Gees accueillirent Anna lorsqu'elle entra dans la maison. La veste de Tracy était étalée sur l'une des chaises de la salle à manger. Elle est rentrée plus tôt que prévu, se dit

Anna. Elle n'avait vu aucune lumière dans l'escalier en arrivant. Elle se dirigea vers la porte de la cave.

« Je suis rentrée, cria-t-elle.

— Hello... » La voix des deux enfants s'éleva du sous-sol. Anna haussa les sourcils et sourit. Elle ouvrit le réfrigérateur. Il y avait une bouteille de soda ouverte dans un compartiment. Elle se versa un verre.

Tout en buvant lentement, elle repensa à sa conversation avec Thomas. Il avait couché avec une autre femme. Aurait-elle pu le déceler à certains signes, si elle n'avait été tellement préoccupée par Paul ? Si elle avait fait attention à Thomas ?

Le pire était de l'imaginer au lit, dans les bras d'une autre. Probablement une femme sans rides autour des yeux ni cheveux gris. Une femme au corps svelte, ferme et consentant. Le dégoût l'envahit à cette pensée, mêlé d'un vague sentiment de honte.

Un frôlement soyeux comme la caresse d'un plumeau la fit sursauter. Elle baissa la tête et vit le chat de Paul qui se frottait contre ses jambes.

« Sam ! s'exclama-t-elle en soulevant l'animal. D'où sors-tu ? »

Elle voulut appeler les enfants mais le volume de la musique la découragea et elle se mit à descendre, serrant prudemment le chat au creux de ses bras.

En bas des marches, elle s'arrêta, surprise par la scène qui s'offrait à ses yeux. Allongés sur la natte ronde en coton tressé, Paul et Tracy jouaient aux cartes.

« Dix, annonça Paul en abattant un valet.

— Vingt, dit Tracy en abattant un autre valet.

— Hé, dit Anna. Regardez qui j'ai trouvé. » Elle leur montra le chat.

Paul leva la tête et lui adressa un sourire d'une douceur tellement inattendue qu'elle en eut le souffle coupé. Pendant un instant, elle crut avoir retrouvé son petit garçon perdu.

« C'est Tracy qui l'a ramené », expliqua-t-il.

Le visage enfoui dans la fourrure de l'animal, Anna sourit. « Bienvenue à la maison, Sam.

— Qu'a dit papa ? demanda Tracy.

— Eh bien... Il vous embrasse... tous les deux. »

Paul tendit les bras vers son chat et se mit à le caresser.

« Joue », dit Tracy.

Sans lâcher Sam, Paul posa une carte. « Vingt-six. »

Anna les regarda jouer. Elle aurait aimé que Thomas pût les voir en ce moment. Elle se laissa tomber sur la banquette. « Tout s'est bien passé, ici ?

— Oui, fit Paul.

— Papa n'a rien dit d'autre ? demanda Tracy. Est-ce qu'il va rentrer à la maison ?

— Je ne sais pas. J'espère. »

Anna s'aperçut soudain que la porte qui donnait sur la cave était entrebâillée. Avec un soupir, elle se leva pour aller la fermer.

« Qui a laissé la porte ouverte ?

— J'en sais rien, répondit Tracy.

— C'est toi, Paul ?

— Non. »

Anna hésita avant d'ouvrir la porte en grand et de pénétrer dans l'obscurité de la cave. Elle se dirigea vers le centre de la pièce et tira sur la chaîne du globe lumineux. Les coins restèrent dans l'ombre malgré l'éclairage, et le reste apparut dans tout son désordre. Peut-être n'avais-je pas refermé complètement la porte, se dit Anna. Elle jeta un coup d'œil sur l'amoncellement des objets laissés à l'abandon. Il faudrait que je mette de l'ordre dans tout ça. Elle s'apprêtait à éteindre lorsque ses yeux s'arrêtèrent sur la fenêtre.

L'un des brise-bise qu'elle avait confectionnés était à moitié pris entre le châssis et le battant en bois, et le tissu godaillait. Anna alla vers la fenêtre et effleura le rideau de la main. Ses doigts rencontrèrent la targette, qui n'était pas fermée. Son cœur se mit à battre plus vite. « Qui a ouvert la fenêtre de la cave ? cria-t-elle d'une voix aiguë.

— Qu'est-ce que tu dis ? hurla Tracy. On n'entend rien avec la musique. »

Anna recula lentement jusqu'au milieu de la pièce

sans quitter des yeux le rideau coincé dans la fenêtre. Puis elle tourna les talons et courut vers la lumière de la salle de jeux.

Paul leva la tête et resta la main en l'air, tenant la carte qu'il s'apprêtait à jouer. « Que se passe-t-il ? » demanda-t-il. Tracy se tourna vers sa mère.

Figée sur le seuil, Anna les dévisagea. « Avez-vous ouvert la fenêtre de la cave ? »

Ils firent le même signe de dénégation. « Pourquoi ? demanda Tracy.

— Quelqu'un l'a ouverte », répondit Anna d'un air sombre.

Paul et Tracy se regardèrent, étonnés.

« Avez-vous entendu du bruit, dehors ?

— Non, dit impatiemment Tracy.

— Et toi, Paul ? demanda Anna.

— Non. »

Anna chercha à se rappeler quand elle avait vérifié la fermeture de cette fenêtre. Elle était sûre de l'avoir fermée le jour du retour de Paul et de ne pas l'avoir rouverte depuis.

« C'est peut-être Papa », suggéra Tracy.

Anna réfléchit. « Peut-être. »

Elle désirait les rassurer, les persuader qu'ils n'avaient rien à craindre. Mais en les voyant reprendre tranquillement leur partie de cartes, elle se rendit compte qu'ils n'avaient pas peur. L'idée que quelque chose pût arriver ne leur venait pas à esprit.

C'était probablement Tom. Mais elle n'était pas rassurée pour autant. On n'est jamais trop prudent, pensa-t-elle. Surtout lorsqu'il s'agit de vos enfants. C'est une chose dont je ne démordrai jamais.

Iris frappa un coup léger sur le carreau derrière lequel était accrochée la pancarte « Fermé ». Au bout de quelques minutes, elle entendit quelqu'un se déplacer et la porte s'ouvrit sur une femme aux courts cheveux bruns, vêtue d'un blue-jean et d'un sweat-shirt. Des pendants d'oreilles en argent, ornés de turquoises, se balançaient sous le casque des cheveux bouclés. La femme sourit, dévoilant un espace entre ses dents de devant.

« Tu étais en train de travailler ? demanda Iris.

— Je faisais cuire quelques poteries. Entre. »

Iris pénétra dans l'atelier. Il y avait des rangées de rouleaux de glaise et de récipients divers en argile sur les tables. Au centre de la pièce trônait un tour de potier et deux fours noirs occupaient presque tout le mur du fond. Les murs semblaient avoir été recouverts d'une fine couche de poudre grise.

« Où sont tes bagages ?

— Jo les ai laissés dans la chambre. Je suis navrée d'être en retard, Angelica.

— Je ne m'inquiétais pas. Pas encore. » Les deux femmes s'embrassèrent tendrement sur la bouche. Iris s'écarta avec un soupir.

Angelica se dirigea vers un fourneau, versa de l'eau bouillante dans un gobelet en céramique, qu'elle tendit à son amie.

« De la tisane, dit-elle. Tu as l'air d'en avoir besoin. »

Iris soupira à nouveau et Angelica inclina la tête en souriant. « Qu'y a t-il ? Tu ne lui as pas parlé, n'est-ce pas ?

— J'ai essayé. Toute la journée, j'ai cherché à lui parler. Mais l'occasion ne s'est pas présentée. Et ce soir, après avoir quitté la maison pour venir ici, j'ai fait demi-tour. Je me suis dit que c'était maintenant ou jamais ; que j'avais droit au bonheur ; qu'il était temps de lui parler franchement. J'ai commencé à... et je n'ai pas pu. »

Angelica alluma une cigarette et la tint entre ses dents pendant qu'elle agitait l'allumette pour l'éteindre. Elle tira une bouffée, avala une gorgée de tisane. « Peut-être ne veux-tu pas vraiment le lui avouer, insinua-t-elle. Peut-être n'as-tu pas réellement envie de rompre ton mariage ? »

Iris leva vers elle un regard malheureux et secoua lentement la tête. « Oh si. J'ai l'intention de rompre. Je te le promets.

— Ne me promets rien, dit Angelica. Il ne faut pas le faire à cause de moi. Si tu te sens incapable de faire face à un scandale, je le comprendrai. Je resterai ton amie dans l'ombre.

— Non, protesta Iris. Il n'en est pas question. C'est la première fois que je suis vraiment heureuse. Avant toi, j'étais plongée dans une sorte de léthargie. Maintenant, je sais ce qui me manquait dans ma vie, et je veux vivre avec toi. Je me moque du qu'en-dira-t-on. »

Son amie lui jeta un coup d'œil en biais « Il va te mener la vie dure.

— Il sera hors de lui lorsqu'il l'apprendra. Il m'a dit ce soir qu'il était parfaitement satisfait de notre mariage.

— Satisfait ! ricana Angelica. Franchement, Iris, je ne comprends pas comment tu as pu supporter cet homme aussi longtemps. C'est un snob de la pire espèce et la façon dont il te traite est inexcusable. Je ne vois pas pourquoi tu devrais te soucier de lui.

— Je n'y peux rien. Je me sens coupable. Je crois ne jamais l'avoir aimé. Je n'ai jamais été véritablement sa femme, tu sais. Je reconnais qu'il a mauvais caractère, mais il exige autant de lui que des autres. Et le scandale sera une épreuve terrible pour lui.

— Tu n'es pas obligée de faire une déclaration publique ni d'en faire une montagne, tu sais. Le divorce est une chose courante de nos jours. Le monde entier n'a pas besoin de connaître tes raisons. »

Iris leva vers Angelica un regard rayonnant. « Au contraire, je veux que tout le monde soit au courant, dit-elle. Je suis amoureuse pour la première fois de ma vie, et j'ai envie de le crier sur les toits.

— Tu es adorable, sourit Angelica. Un peu naïve, mais c'est ce que j'aime chez toi. »

Iris rougit et ses yeux s'emplirent de larmes. « Je vais le lui annoncer, promit-elle. Dans deux jours. A moins que je ne lui téléphone simplement dimanche prochain que je n'ai pas l'intention de rentrer à la maison.

— Très bien. Fais ce qui te semblera le plus facile. Il faut que je surveille le four. Reste ici. »

Iris la suivit des yeux d'un air extasié.

Gus terminait sa barquette de porc à la sauce aigre-douce lorsque le téléphone sonna.

Il fut content d'entendre sa femme à l'autre bout du fil et s'enquit immédiatement du bébé. Le nouveau-né et sa mère se portaient bien. Sa femme lui téléphonait uniquement pour savoir quand il rentrait à la maison. Elle craignait qu'il ne fût éreinté avec toutes ces émotions, la naissance du bébé et le suicide de son client. Elle lui rappela qu'il n'était plus aussi jeune qu'autrefois.

Gus regarda du coin de l'œil la modeste enseigne du motel. Le parking était calme, mais il attendait un peu d'affluence dans la soirée : il y avait, en ville, un congrès de méthodistes.

« Hé, Millie ! Tu sais pas la nouvelle ? Tu sais pas qui passe samedi soir au Havana ? La Champagne Lady, de Lawrence Welk. On devrait y aller. Tu l'adores. »

Millie déclara qu'elle allait réfléchir et raccrocha après lui avoir recommandé de conduire avec prudence.

Gus se leva et regarda à nouveau vers le parking. Même s'il refusait de l'admettre, il était crevé. Avec un soupir à la fois satisfait et las, il commença à baisser les stores du bureau. Il pourrait peut-être demander à la Champagne Lady de chanter *Danny Boy*. Il adorait cet air.

Il déroulait le premier store lorsqu'il fit une grimace. Un couple de méthodistes se dirigeait à grands pas vers la réception avec cette expression qui signifiait : « Les toilettes sont bouchées et nous payons pourtant assez cher pour cette chambre. » Gus les reconnut tout de suite. Ils occupaient la chambre 17. Rien à craindre, c'était sûrement la plus propre de tout le motel. On l'avait nettoyée de fond en comble après y avoir trouvé ce taré au bout d'une corde.

La porte de la réception s'ouvrit avec un grincement et un couple d'un certain âge entra.

« Bonsoir, mes amis, dit Gus en affichant un sourire de circonstance. Que puis-je pour vous ? »

Le mari avait des lunettes à monture d'acier et des cheveux de la même teinte. La femme semblait hors d'elle.

« Monsieur, dit l'homme, ma femme et moi logeons dans votre motel. Nous appartenons à l'Eglise méthodiste. Nous sommes ici pour un congrès.

— C'est un plaisir de vous avoir ici, mes amis, dit Gus. La chambre vous convient-elle ?

— La chambre est parfaite, répondit l'homme, mais je n'en dirais pas autant de ceci. » Il agitait une Bible dans sa main.

Gus regarda le livre avec un froncement de sourcils, se demandant si les méthodistes utilisaient une autre version du Livre saint. Il ne savait pas grand-chose sur leurs activités si ce n'est que la Champagne Lady venait chanter pour eux.

« C'est une honte, déclara la femme avec une moue de dégoût. Cette Bible dans notre chambre a été profanée.

— Profanée ?

— Ma femme a voulu lire quelques versets tout à l'heure, et voilà sur quoi elle est tombée. » L'homme ouvrit le livre. Les marges étaient couvertes de gribouillages qui chevauchaient le texte. Il suffit à Gus d'un coup d'œil pour voir qu'il s'agissait d'obscénités. Il s'empara de la Bible et la posa derrière son bureau.

« Je suis vraiment désolé, monsieur », dit-il en prenant un autre exemplaire dans un tiroir, qu'il tendit au congressiste offusqué.

La femme feuilleta rapidement la nouvelle Bible. « C'est mieux ainsi, dit-elle.

— Il n'y a rien d'autre ? demanda Gus.

— Non, le reste est parfait, répondit l'homme en prenant son épouse par le bras. Si j'étais vous, je ne garderais pas ce tissu d'insanités ici. Cela pourrait tomber entre les mains d'un enfant.

— Ne vous en faites pas. »

Après leur départ, Gus prit la Bible et l'examina avec curiosité. Il retrouva sans difficulté les pages griffonnées qui avaient provoqué l'indignation de ses clients et tourna le livre dans tous les sens pour lire les inscriptions.

Tout ça ne voulait rien dire et il renonça à en saisir le sens. Une seule chose attira son attention : dans le coin d'une page, un nom était lisiblement noté, Edward Stewart, et en dessous un numéro de téléphone. Gus resta songeur. Ce nom, toute cette histoire à dormir debout, pourraient-ils être d'une utilité quelconque à cet aimable inspecteur qui était venu le trouver à l'hôpital ? Son instinct poussait Gus à ne pas se mêler de cette affaire, mais il ne voulait pas non plus ressembler à ces gens qui ne préviennent jamais la police, même lorsqu'ils entendent crier à l'assassin. Il chercha dans la poche de sa chemise la carte de l'inspecteur, avec son numéro de téléphone. Il ne risquait rien à passer un coup de fil.

Il composa le numéro du commissariat de police de Stanwich et demanda l'inspecteur Mario Ferraro.

« Il s'est absenté pour deux jours. C'est de la part de qui, je vous prie ?

— A quelle date sera-t-il de retour ?

— Vendredi, en principe. Voulez-vous parler à quelqu'un d'autre ?

— Non, je vous remercie. Je rappellerai à son retour.

— Désirez-vous laisser un message ?

— Non. Ça peut attendre. Je rappellerai. » Il raccrocha et fourra la Bible dans le tiroir. Puis il ramassa toutes les clefs, éteignit la lumière et laissa le numéro d'urgence accroché à la porte du bureau.

18

Anna sentit la douceur du soleil matinal sur ses épaules tandis qu'elle sortait le linge encore chaud du séchoir électrique et le pliait hâtivement dans une corbeille. Elle reconnut le pas de Tracy et l'appela. Tracy parut dans l'embrasure de la porte. Elle effleura d'un baiser la joue de sa mère.

Surprise, Anna frémit de plaisir devant cette manifestation de tendresse, la première depuis des semaines.

« Tu es bien matinale.

— Mary Ellen m'a invitée à faire du bateau avec son frère aîné et sa petite amie.

— Tu vas bien t'amuser.

— Tu t'es parfumée ? demanda Tracy. Du rouge à lèvres et tout le tralala. Où vas-tu ?

— A l'aéroport. Ton père prend l'avion pour Boston ce matin. Je vais le voir partir.

— Oh...

— Nous devons discuter. Peux-tu monter ces affaires dans ta chambre, chérie ? »

Tracy prit la pile de linge.

« Je pensais demander à Paul de venir faire du bateau avec nous, dit-elle négligemment.

— C'est gentil, mais je dois le conduire à l'hôpital cet après-midi. Pour des analyses. Nous serons de retour de l'aéroport avant midi.

— Il va voir Papa partir, lui aussi ? demanda la jeune fille avec une note d'irritation dans la voix.

— Je ne veux pas le laisser seul à la maison. Je n'ai pas d'autre solution. » Mère et fille restèrent silencieuses.

« Je vais monter me préparer, dit Tracy. Peux-tu me déposer chez Mary Ellen ?

— Bien sûr. Réveille ton frère, s'il te plaît. Il est bientôt l'heure de partir. »

Tracy jeta un coup d'œil sur la petite pile de chaussettes et de shorts posée sur la machine à laver. « C'est à lui ? Je vais les monter en même temps. »

Anna entra dans la cuisine et s'assit à la table. Elle avait à peine dormi et pourtant elle ne se sentait pas fatiguée. Au contraire, elle avait l'impression que tout son organisme était en ébullition et il lui tardait de partir.

Après avoir découvert la fenêtre ouverte, elle avait passé la maison en revue et téléphoné à la police. Le flic de service avait à peine dissimulé son impatience, expliquant qu'ils n'avaient pas l'habitude de se déranger pour des fenêtres ouvertes. Il lui avait conseillé de ne pas s'inquiéter et proposé de lui envoyer quelqu'un si elle insistait vraiment. Anna avait insisté. Un inspecteur était venu faire un tour rapide de la maison et lui affirmer qu'elle n'avait rien à craindre.

Tout au long de la nuit, seule dans son lit, elle avait ressassé ce que lui avait dit Thomas. Il avait couché avec une autre femme et à présent il voulait être pardonné et revenir auprès d'elle. Toute la nuit, elle avait lutté contre ses propres sentiments, incapable de faire un choix. Elle s'était endormie vers quatre heures du matin et lorsqu'elle s'était réveillée, sa décision était prise.

A présent, elle ne pouvait plus attendre. Elle ferma les yeux, imaginant le visage de Thomas lorsqu'il l'apercevrait à la porte d'embarquement. Une bouffée d'émotion l'envahit. C'était la bonne décision. On ne brise pas sa vie pour une faute. Elle avait sa part de culpabilité elle aussi. Elle pensa avec remords à Tracy qui avait souffert pendant toutes ces années d'entendre sa mère répéter la même histoire. Tracy semblait lui avoir pardonné. A son tour d'en faire autant.

Elle ouvrit les yeux et regarda l'horloge. Il y avait peu de chance qu'Edward fût déjà parti travailler. Anna composa le numéro des Stewart et laissa sonner plusieurs fois.

Un homme chauve et malingre en livrée bleue ouvrit la porte vitrée de l'entrée. « Bonjour, monsieur, dit-il poliment. Beau temps, n'est-ce pas ?

— Oui, murmura Thomas en s'efforçant de ne pas coincer sa valise et sa serviette dans la porte de l'élégant vestibule somptueusement éclairé.

— Qui désirez-vous voir monsieur ? » demanda le portier. C'était le gardien qui était de service lorsque Thomas avait quitté l'immeuble avec Gail hier matin. « Mlle Kelleher, je vous prie. »

Le portier se dirigea vers le téléphone intérieur. Thomas s'assit et posa ses bagages par terre. Il devait être à l'aéroport dans une heure et demie, mais il ne pouvait pas s'en aller sans parler à Gail, même s'il redoutait cette entrevue. Après avoir quitté Anna la veille au soir, il était allé à l'hôtel où il avait passé une nuit blanche entre ses pensées et une bouteille de bourbon. Il était lessivé ce matin et souffrait d'un mal de tête épouvantable, mais au moins se sentait-il moins coupable que la veille.

« Vous pouvez monter, monsieur, dit le portier.

— Merci. »

Il parcourut à pas lents le couloir jusqu'à la porte de Gail et sonna. Elle ouvrit elle-même, vêtue d'un tailleur, maquillée, prête à partir.

Elle le dévisagea et laissa échapper un petit rire. « Tu reviens t'installer ?

— Je pars pour Boston tout à l'heure.

— Je sais, dit-elle en s'écartant pour le laisser entrer.

— Je suis désolé pour hier soir, dit-il. J'aurais dû te téléphoner en rentrant à l'hôtel, mais je n'avais pas les idées bien claires.

— Je n'attendais pas ton coup de fil. Comment s'est passée ta rencontre avec Anna ?

— J'ai fait un joli gâchis, Gail. Je n'ai pas réfléchi. A présent, je crains d'avoir à te faire de la peine, et je n'ai pas voulu ça.

— Non, dit-elle, je ne pense pas que tu l'aies voulu. »

Edward raccrocha et regagna sa place à la table de la salle à manger. C'était un coup de veine. Un incroyable coup de veine !

Anna venait de lui téléphoner pour lui demander s'il avait vu ou entendu un rôdeur hier soir. D'abord pris de panique en l'entendant décrire la fenêtre ouverte, il lui avait assuré qu'elle n'avait absolument rien à craindre, que la soirée avait été parfaitement calme.

C'est alors qu'elle lui avait dit qu'elle partait pour l'aéroport. Elle emmenait Paul. Existe-t-il meilleur endroit pour enlever un enfant qu'un vaste aéroport anonyme ? Il n'aurait aucun mal à inventer une histoire pour attirer le garçon à l'insu de ses parents. C'était très simple. Il regretta seulement de ne pas l'avoir su la veille. Son sommeil eût été meilleur.

Il consulta sa montre. Il était temps de partir. Ce soir, il en aurait enfin terminé. Il irait tranquillement dîner au club, sachant que son accusateur en puissance serait bien mort et enterré, quelque part loin d'ici, et toutes ses inquiétudes avec lui.

19

Anna s'arrêta dans la file de voitures stationnées à l'extérieur de l'aérogare Est. Elle jeta un coup d'œil à Paul qui semblait fasciné par l'agitation régnant dans l'aéroport.

« Je suis contente de t'avoir avec moi, dit-elle. J'ignore comment une personne peut à la fois conduire et lire tous ces signaux. Avec un peu de chance, je risquais de me retrouver sur la piste d'envol. »

Paul haussa les épaules. Il était resté maussade pendant le trajet, furieux d'être obligé d'accompagner

Anna. « Tu aurais très bien trouvé ton chemin sans moi, dit-il.

— Peut-être, mais c'est agréable d'avoir un copilote. » Elle ne voulait pas lui donner l'impression d'être couvé ou trop protégé. Mais le souvenir de cette fenêtre ouverte au sous-sol la tracassait. Elle ne pouvait s'empêcher de penser aux menaces de Rambo. Allons, il est en sécurité, se dit-elle. Il ne risque rien.

Anna savait que Thomas n'approuverait pas cette précaution. Mais aujourd'hui, elle avait besoin de la présence de son fils auprès d'elle. Une fois Thomas de retour...

Elle prit son tube de rouge à lèvres, se farda avec application en se regardant dans le rétroviseur, referma le tube et se tourna vers Paul : « Veux-tu venir avec moi ? »

Il secoua la tête.

Anna jeta un regard sur l'entrée de l'aérogare grouillante de monde. Des policiers réglaient la circulation, des employés en uniforme entraient et sortaient par les portes automatiques. « Tu peux attendre ici, si tu veux. Mais ferme les portières à clef.

— Pourquoi ?

— Nous sommes à New York, chéri. Il faut être prudent. Tu ne veux vraiment pas jeter un coup d'œil à l'aérogare ?

— Non, répondit Paul d'un air abattu.

— Tu ne te sens pas bien ?

— Mais si. » Elle perçut une note d'exaspération dans sa voix.

« Très bien. » Elle se glissa hors de la voiture, verrouilla la portière derrière elle, et après lui avoir fait un signe de la main, elle traversa rapidement la chaussée et se dirigea vers les portes d'accès.

Paul tourna le bouton de la radio. Le speaker annonçait des offres spéciales pour la rentrée scolaire. Paul se sentit consterné en l'écoutant. Il n'avait pas envie d'aller à l'école. Tout le monde allait le dévisager. Il n'avait aucun ami ici ; et s'il n'appréhendait pas trop les cours, il avait la chair de poule à la perspective des repas, des récréations et de tout le reste. L'espoir secret et récent que Tracy l'aiderait un peu à s'y retrouver le réconforta légèrement. Après tout, elle lui avait proposé de l'emmener faire du bateau. Ce n'était pas le rêve d'être le protégé de sa sœur, mais c'était mieux que rien.

Un coup frappé à la vitre le fit sursauter, et il leva les yeux, s'attendant à voir Anna ou quelque sinistre individu braquant un revolver sur lui. « New York, Ville du Crime. » Il tourna brusquement la tête et vit le visage d'Edward Stewart.

Ce dernier lui faisait signe de baisser la vitre. Il éteignit la radio et lui obéit.

« Paul, où est ta mère ?

— Elle est allée voir mon père qui prend l'avion.

— Oh ! non ! gémit Edward.

— Que se passe-t-il ?

— Paul, ton père n'est pas là. Il y a eu... eh bien, il a eu un accident ce matin à New York. Il a été poignardé par un voleur. Il est à l'hôpital. Comme ils n'arrivaient à joindre personne chez toi, ils ont téléphoné à la maison. Oh ! elle va être folle d'inquiétude en ne le voyant pas venir.

— Je peux aller la chercher », proposa Paul.

Edward sembla réfléchir un instant à sa suggestion avant de l'écarter. « Je vais y aller moi-même. Je dois vous conduire tous les deux à l'hôpital. Voir ton père. Ma voiture est dans le garage du parking, un peu plus loin. » Il indiqua un bâtiment sur la route qui menait à l'aérogare centrale. « A la place H-13. Pourras-tu la trouver ?

— Bien sûr.

— Attends-moi là-bas. Je reviens avec ta mère.

— Et notre voiture ? demanda Paul en sortant de la Volvo.

— Elle restera là. Je vais l'expliquer au policier.

— Bon.

— Va dans la voiture et attends. La portière est ouverte. »

Paul s'élança à travers la chaussée et longea la route

jusqu'au garage. Un couple sortait au moment où il entra, mais l'endroit était en partie désert et lui parut semblable à un cimetière de voitures.

Il remarqua que les emplacements du rez-de-chaussée étaient désignés par les premières lettres de l'alphabet. Ce qui signifiait qu'il devait monter plus haut. Il suivit la rampe jusqu'au premier étage. Les lettres allaient jusqu'à F. Il grimpa à l'étage suivant, songeant à Thomas perdant son sang au coin d'une rue tandis qu'un type s'enfuyait avec son portefeuille. L'obscurité du garage lui parut soudain hostile. Il pressa le pas, impatient de trouver la voiture et de s'y réfugier. Il s'enfermerait à clef et attendrait M. Stewart.

Il compta les emplacements et s'arrêta à la hauteur d'une voiture noire. C'était une Cadillac, longue et rutilante. Il s'avança, posa la main sur la poignée de la portière et se figea. Le long capot de la voiture s'inclinait comme un miroir noir jusqu'à la calandre à l'avant. Au sommet de la grille, il y avait un bouchon de radiateur comme Paul n'en avait jamais vu. Doré, avec la forme d'un aigle déployant ses ailes, les serres écartées, le bec ouvert, les yeux réduits à deux fentes menaçantes.

Paul sentit une douleur fulgurante lui traverser le crâne. Son visage se contracta. Il resta la main posée sur la portière, bras et jambes en coton, submergé par la nausée. Les yeux rivés sur l'aigle, il recula d'un pas.

Soudain, il entendit un bruit sourd dans son dos ; un bras l'entoura et la portière s'ouvrit brusquement. Projeté violemment sur le siège avant, Paul sentit son menton heurter le volant. Un moment étourdi par le choc, il chercha à se dégager et se retourna pour faire face à son assaillant.

Les yeux d'Edward Stewart brillaient, menaçants. Paul leva son poing, mais Edward lui rabattit le bras, le clouant de tout son poids sous son genou plié. Au moment où il s'apprêtait à crier, un chiffon humide s'abattit sur sa figure, emplissant ses narines d'une odeur fétide.

Juste avant de s'évanouir, il se retrouva enfant,

étendu au bord de la chaussée, incapable de bouger, avec ces mêmes yeux froids au-dessus de lui. Il appelait au secours. Lorsque ces énormes mains se tendirent vers lui, il sut sur-le-champ, comme il l'avait su ce jour passé, qu'elles représentaient un danger encore plus grand.

Anna passa en revue la file des voyageurs qui attendaient avant d'embarquer devant le portique de contrôle des bagages. Son regard s'arrêta sur la courbe lasse des épaules de Tom. C'était la même posture qui l'avait frappée ce matin chez Paul, alors qu'il se tenait debout dans l'embrasure de la porte de la cuisine, et elle eut l'impression qu'un trait supplémentaire liait le fils au père. Thomas s'avança lentement dans la file, sans remarquer qu'Anna l'observait.

Elle se demanda brusquement si elle aurait le courage de poursuivre son plan jusqu'au bout. La détermination qui l'avait poussée jusqu'à l'aéroport faiblissait à présent, tandis qu'elle le voyait se diriger vers le tapis roulant. Et si elle s'était trompée sur ses intentions ? S'il avait le projet de rester avec cette autre femme, après tout ? Il s'approchait de l'endroit où il devait déposer sa valise. La voix d'Anna resta coincée dans sa gorge. Elle cria tout de même son nom. Surpris, il se retourna, l'aperçut, et un sourire transforma son visage. « Anna ! » s'exclama-t-il.

Il sortit de la file et s'élança vers elle. Tout va s'arranger, se dit-elle.

« Que fais-tu ici ? »

Brusquement intimidée, Anna bredouilla : « Je... je voulais te voir partir. » Il posa sa valise et sa serviette par terre et frotta ses mains sur son pantalon.

« Je n'ai pratiquement pas fermé l'œil de la nuit, dit-elle. Je n'ai cessé de penser à ce que tu m'avais dit. Ça m'a fait très mal sur le coup.

— Je sais.

— Mais je ne voulais pas que tu partes aujourd'hui avec ce malentendu entre nous. Nous ne pouvons pas discuter maintenant. Mais plus j'y réfléchis, plus je me rends compte que tu n'es pas le seul à blâmer. Paul occupait tellement mes pensées que je t'ai négligé. Bref, tu m'as demandé de te pardonner, et je veux que tu saches que je le fais de tout mon cœur. »

Ils restèrent debout face à face, intimidés. Thomas prit la main d'Anna entre les siennes, la caressa et, les yeux soudain embués, la serra très fort.

Elle avait eu raison de venir. Les explications viendraient plus tard. Ils s'étaient retrouvés.

Une voix s'éleva dans le haut-parleur. « Tous les passagers du vol de 10 heures à destination de Boston, embarquement immédiat. »

Thomas soupira. « C'est pour moi.

— Va vite.

— Je te téléphonerai ce soir, dit-il.

— A quel hôtel descends-tu ?

— Au Copley Plaza.

— Téléphone-moi. Je veux te parler. »

Il prit sa valise et sa serviette. « Comment ça va à la maison ?

— Bien. » Elle lui sourit. « Très bien.

— Où sont les enfants ?

— Tracy est allée faire du bateau avec Mary Ellen. Paul m'attend dehors dans la voiture. »

Une ombre passa sur le visage de Thomas, trahissant sa déception que Paul ne soit pas venu le voir. « Il voulait venir, mentit-elle, mais je lui ai demandé de garder la voiture. Je suis garée devant l'aérogare.

— Embrasse-le pour moi, veux-tu ? »

Anna sourit.

Thomas se pencha vers elle et l'étreignit, le visage enfoui dans ses cheveux. Elle le sentit trembler contre elle.

« Tu sens si bon », murmura-t-il.

Elle sourit et lui donna une tape dans le dos. « Tu ferais mieux de te dépêcher. »

Il l'embrassa violemment sur la bouche, et piqua un sprint vers le tapis roulant où il déposa ses bagages. Il se retourna pour lui faire un signe de la main en franchissant le portique de contrôle.

Anna agita le bras vers lui. Elle se sentait à la fois triste et heureuse.

Mêlée au flot des employés en uniforme et des passagers, elle franchit les portes automatiques et quitta le bourdonnement de l'air conditionné pour la chaleur et le vacarme de la circulation à l'extérieur. Sa voiture était toujours près du terre-plein, et Anna constata avec soulagement qu'on ne lui avait pas mis de contravention.

Se frayant un chemin entre les porteurs et les taxis, elle traversa la rue rapidement, cherchant à apercevoir la tête de Paul à travers les vitres de la voiture.

Il a dû s'endormir, pensa-t-elle. Elle s'avança vers la Volvo, prête à le taquiner sur ses talents de sentinelle, et constata alors que son fils n'était plus là.

Debout sur le trottoir, incapable de détacher son regard de l'intérieur de la voiture, Anna finit par ouvrir la portière, et s'assit derrière le volant.

Il n'y avait aucune trace de Paul. Il a dû partir à ma rencontre. Ou aller acheter des bonbons. Sans oublier de verrouiller sa voiture, Anna repartit en courant vers l'aérogare, cherchant désespérément à repérer dans la foule une veste de coutil bleue et des baskets noirs. Elle se rua vers le kiosque où un vendeur s'affairait à encaisser la monnaie des journaux et des livres de poche.

« Excusez-moi. Avez-vous vu un garçon qui aurait acheté des bonbons ou autre chose ? Un adolescent vêtu d'une veste en toile bleue.

— Non, répondit l'homme, et il s'occupa d'un autre client.

— Il est plutôt maigre, de taille moyenne.

— Non, madame », répéta l'homme en lui tournant le dos.

Anna examina la grande salle de l'aérogare. Peut-être était-il allé voir l'avion de son père décoller, après tout ?

La salle était déserte, à l'exception de quelques employés qui profitaient gaiement du répit entre deux avions. Anna posa à l'hôtesse les mêmes questions qu'au vendeur de journaux, mais ni la jeune femme ni ses collègues ne se souvenaient d'avoir vu Paul.

Anna traversa l'aérogare. Elle tremblait de tout son corps, mais cherchait à se rassurer. Il doit être de retour à la voiture. Elle se faufila dans les embouteillages, sans regarder dans la direction de sa Volvo. Mais lorsqu'elle atteignit la portière, elle savait ce qui l'attendait : Paul n'était pas là. Elle contempla fixement le siège vide, ouvrit la porte du côté du conducteur et s'assit.

Anna resta sans bouger pendant plusieurs minutes, le regard fixé sur le rétroviseur, l'esprit vide, engourdi, comme enfoui sous une couche de neige. Un coup frappé à la vitre la fit sursauter. Elle leva les yeux et aperçut une femme agent de la sécurité.

« Vous n'avez pas le droit de stationner plus d'un quart d'heure à cet endroit. Circulez. »

Anna leva vers elle un visage d'une pâleur mortelle.

La physionomie de la femme s'adoucit. « Que vous arrive-t-il ? Vous ne vous sentez pas bien ?

— Aidez-moi, murmura Anna. Mon fils. Il est parti. Comme l'autre fois. Il a disparu. »

20

A quatre pattes sur le plancher, Edward déplaçait les piles de journaux et les cartons à moitié vides. Le grenier était petit mais solidement construit. A l'origine, Edward avait eu l'intention d'y entreposer une partie de ses maquettes, mais en fin de compte n'y avaient atterri que des morceaux de bateaux cassés et un fouillis sans nom. Il examina le pilier d'angle qui soutenait l'un des murs. L'endroit conviendrait. Il s'assit sur ses talons et croisa les bras, la tête baissée pour éviter une poutre basse. Il n'y avait pas de plafond ; les parois du moulin s'élevaient d'un seul tenant jusqu'au faîte en se rétrécissant. Il n'y avait aucun moyen de grimper. Satisfait, il rampa avec difficulté pour atteindre l'échelle, heurta l'un des cartons qui passa par-dessus bord et tomba avec un bruit mat sur le sol.

Penché au bord du plancher, il regarda le carton renversé d'où s'étaient répandus des tubes de couleurs vides, des pinceaux et un bidon de térébenthine. L'essence se mit à couler sur les dalles et fit une auréole sur la vieille veste en toile de l'adolescent étendu sur le sol.

Paul ne réagit pas. Edward soupira. Porter le corps du garçon jusqu'au grenier n'allait pas être facile. Mais il serait plus en sûreté là-haut, au cas où quelqu'un entrerait par hasard dans le moulin avant la tombée de la nuit. Il continua à ranger les cartons pour faire de la place dans tout ce bric-à-brac. A la nuit tombée, il transporterait le corps dans une décharge publique, ou peut-être dans ce terrain qui était en train d'être comblé à Kingsburgh. Il se passerait des mois avant qu'on ne le découvre.

Un gémissement sourd s'éleva de la forme étendue sur le sol. Edward se pencha et vit le garçon battre des paupières et son bras remuer légèrement. Saisissant deux ou trois chiffons et un bout de corde, il descendit rapidement l'échelle et s'approcha du corps.

« Aidez-moi », dit Paul.

Edward se pencha et lui enfonça un morceau de chiffon dans la bouche. Les yeux de Paul s'ouvrirent plus grands, avec une expression de terreur. Edward lui lia les poings et les pieds et le roula sur le dos. L'adolescent tourna la tête de droite à gauche, les yeux emplis d'une angoisse sans nom.

Edward s'avança avec précaution vers l'une des lucarnes ouvertes dans chacune des six parois du moulin. Le temps était maussade et brumeux ; rien ne bougeait dans la propriété. Rassuré, il revint vers le corps étendu sur le sol, leva à nouveau les yeux vers le grenier. Il n'y avait pas d'autre solution.

Il s'accroupit, passa ses mains sous les omoplates

saillantes et les genoux entravés de Paul, et se mit debout avec difficulté. Puis il se dirigea vers l'échelle. Il hissa le corps, barreau après barreau. Paul était raide et ne se débattait pas. Sa tête roulait en arrière, la bouche bâillonnée. Edward poursuivit son ascension.

Anna ferma les paupières et appuya sa nuque contre le dossier de la chaise. Elle avait les arcades sourcilières douloureuses ; elle y porta ses deux paumes, comme pour effacer la douleur, mais la sensation lancinante subsista. Elle contempla la salle du poste de police de Stanwich où elle se trouvait. Il y avait peu d'activité.

Elle se tourna vers la femme en chemise bleue et cravate noire assise derrière le bureau. Son badge portait le nom de « M. Hammerfelt. »

« Puis-je utiliser votre téléphone ? » demanda Anna.

La jeune femme lui adressa un sourire aimable. « Bien sûr.

— C'est une communication interurbaine, ajouta Anna. Je vais la demander en PCV.

— Faites d'abord le 9. »

Anna demanda Boston. En attendant la communication, elle chercha du regard le jeune policier qui était censé s'occuper d'elle. Après l'avoir gardée une heure dans leurs bureaux, les services de sécurité de la Guardia l'avaient aimablement reconduite dans sa voiture jusqu'à Stanwich en lui conseillant de dormir un peu et de ne pas s'inquiéter. Comme elle insistait, ils l'avaient emmenée au commissariat de police où elle se trouvait maintenant depuis près d'une demi-heure.

« Le Copley Plaza à l'appareil. »

Anna demanda à parler à Thomas ; mais personne ne répondait dans sa chambre.

« Voulez-vous laisser un message ?

— Oui. Prévenez-le que sa femme l'a appelé. Pour lui dire. "Reviens d'urgence à la maison. Paul a disparu." »

214

La standardiste relut le message et promit de le faire parvenir à son destinataire. Anna raccrocha.

Elle avait hésité à appeler Thomas. Leur réconciliation était si fragile, si récente. Elle aurait voulu ne pas y ajouter la tension d'une nouvelle crise au sujet de Paul. Mais elle avait besoin de lui. Elle ne pouvait pas supporter ça toute seule. Quelque chose de terrible était arrivé à Paul. Anna le savait de toutes les fibres de son être. Quoi que pût en penser la police.

« Madame Lange ? »

Anna se leva en voyant le jeune policier qui s'adressait à elle. « Oui, dit-elle anxieusement.

— Je crois que nous avons toutes les informations nécessaires à présent.

— Que comptez-vous faire ? »

Le jeune homme arbora un sourire patient et remit son carnet dans sa poche revolver. « Eh bien, nous ne pouvons pas faire grand-chose pour l'instant. Il faut attendre quelques jours et espérer que votre fils reviendra. »

Anna le regarda avec stupéfaction. « Que voulez-vous dire ? Vous n'avez pas l'intention de vous mettre à sa recherche ? »

Le policier haussa les épaules d'un air de regret. « Nous ne savons même pas s'il s'est sauvé ou pas. Il n'a laissé aucune lettre. Mais ça ne prouve rien. Il s'agit peut-être d'une simple escapade. »

Anna essaya de contrôler sa voix. « Il ne s'agit pas d'une fugue, monsieur Parker. Je vous dis que quelque chose lui est arrivé. On ne peut pas rester à attendre sans rien faire. »

L'agent Parker croisa les bras et se balança sur ses deux pieds. « Madame Lange, en temps normal je n'aurais même pas dû faire un rapport. Votre fils n'est pas officiellement porté disparu. Il n'existe aucune preuve qu'il lui soit arrivé quelque chose.

— Mais il était dans la voiture, et lorsque je suis revenue... » Anna sentit sa voix monter et fit un effort pour baisser le ton.

« Je sais, l'interrompit l'agent avec plus de douceur. Mais nous ne pouvons rien faire pour le moment.

— J'imagine que vous êtes au courant des tourments que j'ai déjà endurés au sujet de mon fils.

— Oui, madame, je suis au courant.

— J'ai l'intime conviction que sa vie est en danger. Il est très possible qu'on l'ait à nouveau kidnappé. »

Le jeune policier prit un air compatissant. « Il est bien normal que vous imaginiez ce genre de chose, madame. Mais je vous conseille de rentrer chez vous. Je suis sûr que votre fils va revenir. Il est probablement déjà là à l'heure qu'il est.

— Très bien, dit-elle. Je vais engager quelqu'un pour le retrouver puisque vous refusez de m'aider.

— S'il n'est pas revenu dans quarante-huit heures, nous nous mettrons à sa recherche. Je vous le promets. »

Anna prit son sac à main et se dirigea vers la porte. Son visage était hagard, ses yeux absents.

Parker la regarda s'éloigner avec un sentiment d'appréhension. Pendant des années, elle avait fait figure de légende dans le commissariat. Il n'était pas un agent qui n'eût entendu parler d'elle et de son obstination à rechercher son fils kidnappé. Il fallait admettre qu'elle avait eu raison. Mais aujourd'hui, elle semblait dépassée par les événements.

« Je la plains sincèrement, dit Marian Hammerfelt.

— Moi aussi. Bon, au boulot maintenant. »

Marian s'appuya au dossier de sa chaise tout en réfléchissant.

Pour le jeune policier, il semblait pratiquement certain que Mme Lange avait l'esprit dérangé. Mais Marian n'en était pas aussi sûre. Elle avait souvent parlé avec Buddy Ferraro de l'affaire Lange. Il lui avait confié qu'il admirait Anna, et Marian partageait cette admiration.

Elle ouvrit un tiroir et en sortit une chemise qui contenait toutes les informations relatives aux agents en service à l'extérieur ou en congé. L'hôtel où résidait Buddy, près du campus de son fils, y était noté, ainsi que le numéro où on pouvait le joindre en cas de besoin. Elle pesa le pour et le contre et décrocha le téléphone. C'était l'affaire de Buddy, depuis le début. Il serait furieux de ne pas être tenu au courant.

Ça recommence comme avant, songea Anna en se laissant tomber dans le fauteuil à oreillettes du salon. Chaque endroit où se portait son regard lui rappelait les tâches qui l'attendaient. Il fallait arroser les plantes, épousseter les meubles, il ne restait rien dans le réfrigérateur. Mais elle ne pouvait pas bouger de ce fauteuil.

Il en avait été ainsi pendant des mois après l'enlèvement de Paul et la perte de son bébé. La maison s'était transformée en prison pour elle ; les tâches domestiques les plus simples étaient devenues insurmontables. Elle avait consacré la moindre parcelle de son énergie à attendre. Attendre la sonnerie du téléphone et, s'il ne sonnait pas, attendre la fin de la journée. Attendre dans cet état semi-léthargique de crainte perpétuelle qui faisait de l'inertie une manière d'exister. Aujourd'hui, tout recommençait exactement comme avant. Mais cette fois-ci, Anna se demandait si elle aurait la force de l'endurer.

Elle tourna la tête vers la photo de Paul, sur la cheminée. Elle ne se sentait pas le cœur de téléphoner à ses parents, dans le Michigan, pour leur raconter ce qui arrivait. Pas encore. Ils se faisaient une fête de venir rendre visite à leur petit-fils retrouvé. Ils étaient âgés maintenant. Cette nouvelle pourrait déclencher une crise cardiaque chez son père. Au moment où elle allait plonger dans l'abattement, un sursaut de volonté la poussa à se secouer, à faire quelque chose, n'importe quoi, pour essayer de retrouver Paul. S'il s'était réellement enfui, il allait probablement se rendre dans un endroit qu'il connaissait déjà. Mais au plus profond d'elle-même, elle savait que l'enfant n'était pas parti de sa propre volonté.

Il y avait aussi cette femme médium qui vivait dans le New Jersey. Elle lui avait annoncé jadis que Paul était vivant et habitait dans une région au climat chaud. Elle ne s'était pas trompée. Peut-être saurait-elle quelque chose.

A cette pensée, Anna trouva l'énergie nécessaire pour se lever. Elle avait gardé le numéro de téléphone de cette femme dans les épais dossiers constitués pendant la disparition de Paul. Elle le retrouverait facilement.

La sonnerie du téléphone la fit sursauter. Elle se précipita vers l'appareil et souleva le récepteur. « Oui. Allô », cria-t-elle.

Il y eut une seconde de silence avant que la voix anxieuse d'Iris ne parvînt à son oreille. « Anna, c'est moi, Iris. »

Anna ferma les yeux et s'appuya sans force contre le mur. « Oh ! Iris ! Bonjour.

— Est-ce que je vous dérange ? Puis-je vous parler ? »

Anna sentit les larmes qu'elle avait retenues toute la journée lui monter aux yeux. « Iris, je suis désolée. Je ne me sens pas très bien.

— Que se passe-t-il ? Est-ce à cause de Tom ?

— Non, c'est Paul. Il a disparu.

— Disparu ? Que voulez-vous dire ?

— Oh, mon Dieu ! C'est un vrai cauchemar. Je l'avais emmené avec moi à l'aéroport pour aller voir Tom qui partait pour Boston, et quand je suis revenue à la voiture, il n'était plus là. Il avait disparu. Simplement.

— Avez-vous prévenu la police ?

— Oui, je suis allée au commissariat. Mais ils ne m'ont été d'aucun secours. J'espérais que c'étaient eux qui me téléphonaient pour me donner des nouvelles.

— Je suis navrée, dit Iris. Je ne vais pas vous retenir. Je comprends votre angoisse.

— Ne vous inquiétez pas, la rassura Anna d'une voix lasse. De toute façon, ils ne me téléphoneront pas. Ils pensent que je suis trop alarmiste. Je les ai fait venir hier soir, croyant que quelqu'un était entré dans la maison. Et voilà ce qui arrive aujourd'hui. Je ne crois pas que ce soit une coïncidence.

— Quelqu'un est entré ? s'écria Iris.

— Je n'en suis pas certaine.

— C'est incroyable, murmura Iris. Edward avait donc raison.

— Raison à quel sujet ?

— Il a cru entendre un rôdeur la nuit dernière, mais il n'y avait personne lorsqu'il est sorti jeter un coup d'œil dehors.

— Que dites-vous ? fit Anna, les doigts crispés sur le récepteur.

— Il m'a dit avoir entendu quelqu'un dehors, puis il s'est rendu compte qu'il n'y avait personne.

— Mais je lui ai téléphoné ce matin et il m'a répondu qu'il n'avait rien remarqué.

— Il n'a pas dû vous comprendre, Anna.

— Je lui ai posé la question très précisément. Il ne peut pas avoir mal compris.

— Je regrette, Anna, dit Iris. Je ne vois pas d'autre explication.

— Non, vous avez raison. Vous n'y pouvez rien. Je... je n'aurai qu'à le rappeler, c'est tout.

— Voulez-vous que je vienne passer un moment auprès de vous ? demanda Iris.

— Non. Ça va. Je tiendrai le coup. » Les questions se pressaient dans son cerveau. Pourquoi avait-il nié ? Car il *avait* nié.

« Peut-être a-t-il simplement voulu éviter de vous inquiéter », suggéra Iris.

Anna se raccrocha à cette explication. Bien sûr. C'était probablement la raison. Mais la certitude qui l'envahissait lui donna la chair de poule : quelqu'un était entré. Et Edward pouvait confirmer l'histoire qu'elle avait racontée à la police.

« Vous ne voulez vraiment pas que je vienne ? insista Iris.

— D'où me téléphonez-vous, Iris ? Je croyais que vous étiez dans votre établissement thermal. »

Le courage manqua à Iris. Ce n'était pas le moment

de raconter à Anna ses propres ennuis. « Je suis bien là-bas, répondit-elle. J'avais simplement envie de vous parler. Je ne veux pas occuper votre téléphone plus longtemps. J'appellerai demain pour avoir des nouvelles.

— Merci d'avoir téléphoné, Iris.

— Ne vous inquiétez pas, Anna. Tout va s'arranger. »

Avant même d'avoir reposé le récepteur, Anna avait pris sa décision. Elle allait se rendre chez les Stewart. Si Edward était chez lui, elle lui rapporterait sa conversation avec Iris. En acceptant de raconter cette histoire de rôdeur à la police, il les déciderait peut-être à commencer immédiatement l'enquête. Elle pouvait essayer de le persuader. C'était mieux que de rester assise à ne rien faire et à se demander si elle reverrait jamais son fils.

Iris raccrocha et ouvrit la porte de l'atelier. Assise à côté du tour de potier, une cigarette à la bouche, Angelica aidait patiemment un de ses étudiants à façonner son pot. Iris soupira et jeta un regard en arrière vers le téléphone.

Elle avait espéré pouvoir parler librement à Anna, lui expliquer ce qui se passait, et peut-être même lui demander conseil pour annoncer sa décision à Edward. Mais il était hors de question d'ennuyer Anna avec cette histoire, en ce moment. En décrochant le téléphone, elle s'était cru capable de lui faire comprendre ce qui se passait entre elle et Angelica, sans la choquer ni risquer de passer pour une malade ou une anormale. Mais, une fois au pied du mur, elle avait été incapable d'aborder le sujet.

Angelica leva les yeux. Son sourire redonna du courage à Iris. Angelica avait raison. Elle allait en voir de toutes les couleurs. Mais cela en vaudrait la peine. C'était déjà vrai.

21

Au bout de l'allée interminable, la demeure des Stewart dressait sa sombre silhouette dans le ciel brumeux de l'après-midi. Anna marchait d'un pas tranquille. Il lui avait toujours semblé qu'elle ne pourrait pas se sentir chez elle dans une bâtisse comme celle-ci, aussi magnifique soit-elle. Avec ses habitudes simples et casanières, Iris lui paraissait souvent déplacée dans ce cadre. Anna restait persuadée que cette propriété reflétait avant tout le choix d'Edward.

Penser à Edward raviva sa colère. Elle s'immobilisa. Les rideaux étaient tirés, tout semblait silencieux. Anna se demanda si elle allait le trouver chez lui. Elle savait qu'il passait la totalité de ses journées en ville, mais il était rentré plus tôt la veille. Peut-être en serait-il de même aujourd'hui. Anna ne se sentait jamais à son aise en face d'Edward. Bien qu'il fût à peine plus âgé qu'elle, elle avait l'impression d'être une gamine devant lui.

Elle décida d'aller voir si sa voiture était là et se dirigea vers les portes massives du garage, un bâtiment construit au bout d'un chemin de gravier, dans le même style que la maison. Le front pressé contre la fenêtre, elle regarda à l'intérieur. Elle savait que la voiture d'Edward était noire et il lui fallut quelques secondes pour distinguer les lignes allongées de la Cadillac. Il restait fidèle au même type de voiture depuis des années, bien qu'il en changeât souvent pour un modèle plus récent.

L'œil d'Anna fut attiré par l'aigle doré qui ornait le capot et qu'Edward faisait monter sur chacun de ses nouveaux modèles. Elle en riait souvent avec Thomas. Mais aujourd'hui, l'oiseau la mettait mal à l'aise. Elle l'examina attentivement, incapable d'analyser ce qu'elle ressentait, puis se détourna. Elle y réfléchirait plus tard. Edward était rentré. C'était la seule chose qui importait pour l'instant.

Anna s'avança vers la porte d'entrée et sonna.

L'écho du carillon se répercuta à travers les couloirs de la maison, mais personne ne vint lui ouvrir. Elle se dit qu'Edward devait faire la sieste et redescendit les marches du perron. Elle s'apprêtait à rebrousser chemin quand une idée lui traversa l'esprit. Il était peut-être dans le moulin. Il y passait une grande partie de ses moments de loisir.

Les portes vitrées à glissières coulissèrent avec un déclic. Anna sursauta et se cogna la cheville contre le pied d'une table.

Edward Stewart venait vers elle, la fixant de son regard froid. « Où allez-vous ?

— Edward ! s'exclama-t-elle. Je pensais que vous n'étiez pas là. J'ai sonné plusieurs fois.

— Les domestiques sont absents, dit-il en guise d'explication.

— J'espère que je ne vous réveille pas, ou que je ne vous interromps pas dans une de vos occupations.

— Pas du tout. Entrez donc », dit-il en lui faisant signe de le rejoindre. Anna franchit les portes vitrées et attendit qu'il les eût soigneusement refermées sur son passage pour le suivre dans la bibliothèque. « Je m'apprêtais à aller vous trouver dans le moulin. »

Edward lui indiqua un fauteuil de cuir. Anna s'assit sur le bord du siège et il prit place en face d'elle.

« Je n'ai pas l'intention de rester. Je suis simplement venue vous demander un renseignement.

— De quoi s'agit-il ?

— Iris m'a téléphoné tout à l'heure. »

Edward se redressa. « Iris ? Et pour quelle raison ? J'aurais juré qu'ils n'avaient pas le téléphone dans son établissement. »

Anna se rendit compte qu'elle n'avait pas la moindre idée de la raison pour laquelle Iris l'avait appelée. Elle était elle-même tellement préoccupée qu'elle n'avait pas pris la peine de le lui demander. Mais ce n'était pas le moment d'y penser.

« Que voulait Iris ? interrogea-t-il en plissant les paupières.

— Je crains bien de ne pas le lui avoir demandé. »

Edward avait sa petite idée sur la question. Iris remettait ça. Elle s'était mis dans la tête qu'elle ne le rendait pas heureux et, cette fois-ci, elle avait voulu ouvrir son cœur à Anna. Les deux femmes pourraient ainsi établir des comparaisons concernant leurs problèmes conjugaux. Il en aurait ri si la présence d'Anna ne l'avait mis terriblement mal à l'aise.

« Je l'ai mise au courant au sujet de Paul. Mais, j'y pense, vous ignorez ce qui est arrivé. Je l'ai emmené à l'aéroport ce matin. Je suis allée voir Tom avant son départ, et lorsque je suis revenue à la voiture Paul n'était plus là. Je n'ai plus de nouvelles depuis.

— Envolé ? C'est invraisemblable !

— Il ne s'est pas envolé, rétorqua sèchement Anna. Il lui est arrivé quelque chose. »

Edward resta un moment silencieux. « Eh bien, dit-il enfin, en quoi puis-je vous être utile ?

— Rappelez-vous, ce matin je vous ai dit qu'on avait tenté de pénétrer dans la maison pendant la nuit. »

Edward la dévisagea sans paraître comprendre.

« Ah oui, fit-il. La fenêtre. Dans la cave, n'est-ce pas ? » Il sut immédiatement ce qu'Iris avait pu dire à Anna pour la faire accourir chez lui et garda un air étonné, le temps de trouver une réponse.

« Oui. Edward, pourquoi ne m'avez-vous pas dit que vous aviez entendu un rôdeur, hier soir ? Ce matin, lorsque je vous ai expliqué que j'avais appelé la police pour cette histoire de fenêtre ouverte, vous n'avez pas réagi. Mais Iris m'a raconté que vous aviez entendu un rôdeur la nuit dernière.

— Je n'y ai pas attaché d'importance sur le moment, se défendit-il. Je n'ai pas voulu vous alarmer sans raison. Après tout, je n'ai vu personne. »

Anna laissa exploser sa colère. « Au nom du ciel, Edward, je ne suis pas une enfant qui a besoin d'être protégée. Pourquoi ne pas m'avoir dit la vérité ? Cela m'aurait donné un argument dans mes discussions avec la police.

— Inutile de crier si fort, dit Edward d'un ton

cinglant qui eut pour effet de calmer Anna. J'ai cru agir pour le mieux.

— Bien sûr. Excusez-moi. C'est d'ailleurs ce que m'a dit Iris.

— Quoi donc ?

— Que vous ne m'aviez rien dit pour ne pas m'inquiéter. »

Edward réprima un sourire. Iris. Quoi d'étonnant à ce que la vie avec elle fût aussi simple ? Elle ne s'était jamais mise en travers de son chemin. Il avait toujours fait exactement ce qu'il voulait.

« J'ai besoin de savoir, reprit Anna. Qu'avez-vous vu ou entendu la nuit dernière ?

— Je me trouvais dans mon atelier et j'ai cru entendre un bruit au-dehors. Je suis sorti, mais il n'y avait personne. Tout était parfaitement calme.

— Pourriez-vous raconter à la police ce qui est arrivé ? demanda Anna.

— Ça ne servirait pas à grand-chose.

— Au contraire. Pour le moment, les flics refusent de me prendre au sérieux. Ils me croient à demi folle avec toutes mes histoires. S'ils apprenaient cette information de votre bouche, ils se décideraient peut-être à agir. »

Edward passa en revue les possibilités qui s'offraient à lui. S'il ne répondait pas à la demande d'Anna, elle risquait de le soupçonner. Il lui répugnait d'entrer en contact avec la police, mais s'il ne fournissait pas cette information, Anna s'en chargerait elle-même et il serait de toute façon obligé de répondre à leurs questions.

« Je leur téléphonerai volontiers, si vous pensez que cela peut être utile.

— Oh ! Edward ! merci beaucoup, s'écria Anna en se renversant dans son fauteuil.

— Je vais les appeler tout de suite », dit-il en se levant.

Les yeux fermés, Anna écouta d'une oreille Edward appeler le commissariat. Son ton indifférent ne reflétait en rien l'angoisse qu'elle-même ressentait. Mais c'était son caractère. On ne pouvait pas lui en vouloir. L'essentiel était qu'il eût accepté de téléphoner.

Elle promena son regard autour de la bibliothèque. La pièce était superbe malgré son aspect sévère. Les sièges en cuir paraissaient neufs, comme si personne ne s'y était jamais assis. Les meubles anciens luisaient sous l'encaustique. Plusieurs maquettes construites par Edward ornaient les tables et les rayonnages. Il fallait reconnaître qu'il avait du talent, se dit Anna en contemplant les voiliers élégants. En face d'elle, sur le mur lambrissé de bois était accrochée une série de gravures qui représentaient des oiseaux de proie : des hiboux, des aigles, des faucons, des éperviers, d'autres oiseaux qu'elle ne put identifier. Un choix étrange en matière de décoration.

Comme elle reportait ses yeux sur la gravure du centre, une étrange sensation la secoua. L'aigle doré était en tout point semblable à celui qui décorait la voiture d'Edward, et Anna se rappela tout à coup où elle avait entendu parler de cet oiseau.

« Voilà qui est fait, dit Edward en revenant. La police est prévenue.

— Merci, murmura-t-elle.

— Vous devriez rentrer chez vous à présent, Anna, et cesser de vous tourmenter. Paul va sans doute revenir avant peu. Ce n'est probablement qu'une farce de gamin. »

Anna se leva lentement, évitant de regarder Edward. « J'espère que vous avez raison. Je sais que c'est l'avis de la police.

— Il faut faire confiance à nos spécialistes.

— Bien sûr, dit-elle avec un petit rire qui sonna faux. Mais je ne peux m'empêcher de m'inquiéter.

— Tout le monde en ferait autant à votre place », la rassura-t-il.

Anna se dirigea vers la porte, puis se tourna vers Edward avec un sourire chaleureux. « C'était vraiment gentil de votre part de leur téléphoner. Je regrette de vous avoir causé tout ce dérangement.

— Pas du tout, rétorqua-t-il aimablement, trop

heureux de la voir quitter la maison. Je suis ravi d'avoir pu vous aider. Je souhaite que vous retrouviez bientôt votre fils. »

Il la reconduisit jusqu'à la porte d'entrée et la regarda s'éloigner sur le chemin qui rejoignait l'allée d'accès à la propriété. Avant de disparaître, elle lui fit un signe de la main. Il sourit, lui rendit son salut, et referma la porte.

En chemin, Anna pensa à l'aigle de la bibliothèque. C'était l'image qui revenait sans cesse dans le rêve de Paul. Le rapprochement l'avait frappée. Bien sûr, il existait d'autres aigles dans le monde. Et il n'y avait pas nécessairement un rapport avec celui qui se trouvait sur la voiture d'Edward.

En débouchant dans l'allée, Anna s'arrêta net. Elle savait qu'elle devait rentrer chez elle, et pourtant elle restait clouée sur place, les yeux rivés sur le garage au point qu'il lui semblait voir la voiture à travers les portes. Elle avait l'impression absurde qu'en posant sa main sur cet aigle, elle allait retrouver la trace de Paul, se souvenir d'un élément vital dans sa recherche. Il lui fallait s'approcher de cet oiseau, l'examiner de plus près, réfléchir. Comme hypnotisée, elle se dirigea vers le garage, ouvrit la porte et se glissa à l'intérieur.

Elle aurait dû demander à Edward l'autorisation de jeter un coup d'œil à sa voiture et lui raconter le rêve de Paul. Mais un instinct presque animal l'avait poussée à se taire. Et même si elle s'en voulait un peu de son indiscrétion, elle se rappela les occasions où elle avait vu juste. Elle était la mère de Paul et il y avait des choses dont elle était sûre. Si c'était de la folie, tant pis.

Le garage était sombre et vide, hormis la Cadillac. Anna posa une main sur le flanc froid et brillant de la voiture et en fit le tour vers l'avant. En plein vol, les ailes déployées, l'aigle fixait sur le sol deux yeux féroces, exactement comme Paul l'avait toujours décrit dans son rêve.

Peut-être avait-il vu la voiture ? Peut-être avait-il

été impressionné par le bouchon du radiateur ? Mais cela n'expliquait pas une telle frayeur, ni pourquoi le cauchemar se reproduisait constamment. Anna sentit sa respiration s'accélérer à mesure qu'elle regardait l'oiseau. Il ne fallait pas qu'Edward s'aperçût de sa présence ici. L'idée d'avoir affaire à lui une seconde fois la faisait frémir. Elle devait rentrer chez elle, mettre de l'ordre dans les idées confuses qui se bousculaient dans sa tête.

Anna refit le tour de la voiture. Comme elle passait devant le pare-brise, elle remarqua un morceau de papier glissé sous l'un des essuie-glaces. Les lettres *LaG* attirèrent son regard. Avec précaution, elle se pencha sur le capot et retira le billet.

C'était un ticket de parking, avec un numéro d'emplacement dans un garage de l'aéroport de La Guardia. Il était daté de ce matin.

Anna froissa le ticket dans sa main, s'efforçant désespérément de surmonter le malaise qui s'emparait d'elle, de lutter contre l'évanouissement.

Au bout de quelques minutes, elle se sentit capable de marcher, fourra le ticket dans sa poche, et se hâta d'un pas mal assuré vers la porte. Un peu de lumière filtrait à travers l'imposte. Elle tourna la poignée, poussa légèrement. Une force, de l'autre côté, tira brutalement sur la porte. Anna trébucha en avant. Elle leva les yeux et rencontra le regard immobile d'Edward Stewart.

Un instant, elle contempla le visage blanc aux traits fins déformés par la rage. Elle bégaya : « Je cherchais quelque chose... »

Elle le vit tendre la main en avant, sentit qu'il la saisissait par la mâchoire. Ses dents craquèrent ; il y eut un bruit sec, comme si l'os éclatait. Projetée à travers le garage, elle atterrit à quatre pattes sur le sol, glissa sur le ciment et vint heurter le côté de la Cadillac. Elle avait la peau des genoux et des mains à vif.

Un pied la frappa dans le dos. Elle leva la tête et hurla.

Elle entendit Edward gronder comme un fauve au-dessus d'elle. Quelque chose d'aigu et de dur l'atteignit à la tempe et elle s'évanouit.

22

Buddy Ferraro but une gorgée de punch et donna un petit coup de coude à sa femme. « Regarde donc M. Popularité, dit-il en désignant son fils entouré d'un groupe de garçons.

— Il a l'air de se plaire, ici.

— Il a intérêt, bougonna Buddy. Avec ce que ça me coûte ! »

Sandy glissa son bras sous celui de son mari. « Ne plus l'avoir à la maison va me manquer.

— A moi aussi. Je vais regretter de ne plus retrouver mon rasoir dans sa chambre et ses chaussettes au milieu de la salle de bains, et de ne plus être réveillé à minuit par ses petites amies au téléphone.

— Le temps va nous sembler long jusqu'à Thanksgiving.

— Viens, dit-il. Rentrons à l'hôtel. Il n'a pas besoin de nous. »

Ils s'avancèrent vers le passage couvert qui conduisait à l'entrée de l'hôtel. « Monsieur Ferraro, appela le concierge, il y a un message pour vous. »

Buddy se dirigea vers le bureau de la réception.

Sandy leva les yeux vers son mari et fut frappée par la crispation de son visage. « Que se passe-t-il ?

— C'est un message de Marian. Paul Lange a disparu. Elle a pensé que je voudrais être prévenu.

— Oh ! non !

— Chérie, nous devons rentrer immédiatement. Je suis désolé.

— Mais qu'est-il arrivé ?

— Je l'ignore. Mais je savais qu'il y avait quelque

chose de bizarre dans cette histoire. J'ai peur pour ce garçon, Sandy. Allons-y. Vite. »

Anna revint à elle dans l'obscurité. Elle avait la tête lourde, les membres raides et douloureux. Elle voulut se frotter les yeux et se rendit compte qu'elle avait les mains liées derrière le dos et les chevilles entravées. Sa tête reposait sur le sol dallé et froid. Sa langue lui parut de plomb lorsqu'elle voulut s'humecter les lèvres.

Elle jeta un regard sur sa prison. La vue de bouts de bois entassés et de fragments de bateaux la laissèrent désorientée dans un premier temps. Elle dut faire un effort de concentration pour comprendre enfin qu'elle était dans le moulin.

Reconnaître l'atelier d'Edward lui remit brutalement en mémoire l'affrontement dans le garage. Une panique sans nom la saisit. Elle serra les dents, attendit que la peur se dissipât. Edward l'avait agressée. Tout un univers familier venait de basculer. Elle se demanda un instant s'il ne s'agissait pas d'une plaisanterie qui aurait mal tourné. Puis elle se souvint du ticket de parking sur le pare-brise. Non, ce n'était pas une plaisanterie.

Un gémissement sourd, au-dessus d'elle, réveilla ses sens engourdis. Elle se rappela pourquoi elle se trouvait là.

« Paul. Paul, c'est toi ?

— Je suis en haut, au grenier », dit-il faiblement. Elle l'entendit remuer quelque chose, et un carton suivi de deux morceaux de contre-plaqué passèrent par-dessus bord et atterrirent sur le sol.

« Non, non, cria-t-elle. Reste tranquille. Ne t'approche pas du bord. C'est dangereux. »

Il y eut encore un bruit d'objets que l'on déplace, puis un gémissement qui serra le cœur d'Anna. « Tu n'as rien ? Il ne t'a pas fait mal ? »

Paul gémit à nouveau, mais sa voix était assurée lorsqu'il répondit : « Je crois que je n'ai rien.

— Dieu soit loué.

— Il m'avait mis un bâillon dans la bouche, mais j'ai pu m'en débarrasser en le frottant contre mon épaule.

— Très bien. Très bien.

— Il m'a attaché. Je ne peux presque pas bouger.

— Je sais.

— On pourrait crier. Quelqu'un viendrait peut-être.

— J'ai bien peur que lui seul puisse venir... Il n'y a personne d'autre dans les environs. Paul, comment t'a-t-il conduit ici ?

— Il nous a suivis à l'aéroport. Il m'a attiré dans sa voiture. Il m'a dit... il a dit que mon... père était à l'hôpital et il m'a amené ici. »

Une pensée horrible fit frissonner Anna. « Il ne t'a rien fait... je veux dire... il ne t'a rien fait de mal ? murmura-t-elle.

— Non, pas ça !

— Il est devenu fou, dit-elle.

— Non. Il a toujours eu peur que je le reconnaisse. Et c'est ce qui a fni par arriver. Je m'en suis souvenu aujourd'hui, en voyant sa voiture, juste avant qu'il ne m'assomme. Cela revenait toujours dans mes rêves depuis mon retour ici. Mais ce matin, j'ai tout reconstitué.

— Qu'est-ce que tu as reconstitué ?

— J'ai été renversé par une voiture. Je devais jouer sur la chaussée, et une voiture m'a heurté, une voiture noire avec un aigle. »

L'aigle. L'intuition d'Anna ne l'avait donc pas trompée.

« Et c'était lui qui se penchait sur moi. J'étais tout petit. Je crois que j'avais mal. J'étais dans l'herbe sur le bord de la route, et je ne pouvais pas bouger. Et il était là. J'avais peur. Et je levais les bras vers lui. Je le reconnaissais, lui, je croyais qu'il était venu m'aider. Je levais les bras, en pleurant sans doute. Et puis il m'a pris dans ses bras et il m'a porté.

— Paul ! Es-tu certain que tout cela soit véritablement arrivé ? Jamais tu n'as été renversé par une voiture. Jamais. Je l'aurais su. T'a-t-il ramené à la maison ? Tu ne veux tout de même pas dire qu'Edward t'aurait renversé avec sa propre voiture ? C'est impossible !

— Si. Il m'a renversé et ensuite il est descendu de voiture pour me ramasser.

— Mais je l'aurais su. Si tu avais été blessé, je l'aurais su. Et tu ne jouais jamais près de la route. Tu étais un tout petit enfant.

— Il m'a ramassé, et il m'a porté un peu plus loin. Ensuite il m'a posé par terre. Sur l'autoroute. Et il m'a laissé là. Tout m'est revenu aujourd'hui. »

Anna se représenta la scène et resta un moment sans pouvoir ouvrir la bouche. Puis elle finit par murmurer : « Il t'a laissé... sur l'autoroute ?

— Quelqu'un est arrivé et m'a ramassé. Quelqu'un que je ne connaissais pas. Je pense que c'était mon... tu sais... lui... Rambo. Mon père. C'était un inconnu alors. Il m'a ramassé et m'a emmené loin de l'autoroute. »

Anna mit quelques minutes à assimiler ce qu'elle venait d'entendre. Tout à coup, elle fut prise d'un tremblement si violent qu'il lui sembla que le sol se mettait à vibrer sous elle.

« Il t'a fait ça ! » Tout s'expliquait maintenant. Cet homme, son voisin, avait renversé accidentellement son fils et l'avait abandonné mourant sur la route. Il avait même déplacé l'enfant pour qu'il n'ait aucune chance d'en réchapper. Anna connut brusquement le désir de tuer. Avec une clarté fulgurante, elle réalisa qu'elle serait capable de plonger un couteau dans le cœur d'Edward, sans remords. Elle ferma les yeux, tout son corps envahi par une rage meurtrière, puis sa respiration redevint peu à peu normale. Comme l'ange de la mort, sa fureur passa, et il ne resta en elle qu'une infinie pitié. Les yeux noyés de larmes, elle imagina son pauvre enfant, exposé sans défense sur cette route, et elle bénit Albert Rambo d'avoir sauvé son fils d'une mort certaine.

Anna respira profondément, se forçant à retrouver

son calme. Elle devait trouver le moyen de s'échapper d'ici. Il fallait survivre à ce cauchemar et sauver son fils. Cela seul importait à présent. Ne pas gaspiller son énergie, mettre toute son intelligence en œuvre pour sortir d'ici avec Paul. Ensuite, elle ferait en sorte qu'Edward Stewart soit arrêté par les flics.

Elle entendit Paul gémir dans le grenier. Il devait être épouvanté. « Ne t'inquiète pas, mon chéri, dit-elle. Nous allons nous en sortir.

— Qu'allons-nous faire ? »

Il y avait dans sa voix la foi innocente d'un enfant qui attend tout de sa mère. Et, bien qu'elle n'eût pas de solution, la confiance de son fils donna à Anna la certitude qu'elle aurait la force de la trouver. « Nous allons nous en tirer, tu verras. »

Au moment même où elle lançait ce défi, la porte du moulin s'ouvrit et Edward Stewart apparut dans l'embrasure. Il portait une grande valise. Anna leva les yeux vers lui, sentant son dégoût pour lui sourdre par tous les pores de sa peau. Edward ne dit pas un mot. Il alluma une petite lampe accrochée au mur, posa sa valise et se mit à fouiller dans le meuble de rangement, le long du mur. Il en sortit un réchaud électrique à une plaque, referma la porte et plaça le réchaud sur l'établi.

« Edward, détachez ces liens et laissez-nous sortir.

— Je vous prie de ne pas m'adresser la parole, Anna.

— Soyez raisonnable, répliqua-t-elle froidement. Reprenez-vous avant d'aller plus loin. D'ici peu, les gens vont se mettre à notre recherche. Votre maison est le premier endroit par où ils commenceront. »

Sans lui répondre, Edward se mit à répandre le contenu des tiroirs, dispersant papiers, fragments de bateaux et débris de bois sur le sol. Puis il ramassa un plein sac de chiffons qui se trouvaient sur l'établi. Ils étaient raides, tachés de vernis et de térébenthine. Il les disposa en tas. « Lorsqu'ils vous retrouveront, dit-il, ça n'aura plus d'importance.

— Dès leur retour à la maison, Thomas ou Tracy

viendront directement ici. Qu'avez-vous l'intention de faire ? De nous emmener autre part ?

— Non, vous n'irez nulle part. » Il ouvrit la valise, choisit les modèles réduits les plus achevés et les rangea soigneusement dans le fond. Il n'en rentra que trois. Avec un soupir, il referma le couvercle à clef.

Anna le regarda soupeser la valise. Un instant soulagée, elle crut comprendre. Il voulait simplement s'enfuir et prendre une certaine avance. Elle ne put résister à l'envie de le tourmenter. « Quel intérêt de fuir ? dit-elle. On finira par vous arrêter. »

Pour la première fois, Edward se tourna vers elle. Il éclata de rire, un rire sourd qui cessa aussitôt. « Oh, bonté divine ! Je n'ai nullement l'intention de partir. Je vais seulement dîner à mon club. Je voulais juste sauver du feu quelques-uns de mes bateaux. »

Sur l'instant, Anna ne comprit pas ce qu'il disait. « Le feu », répéta-t-elle.

Edward fit un signe d'assentiment tout en froissant quelques journaux. « J'avais prévu de me débarrasser de Paul d'une autre façon. Mais vous êtes venue tout compliquer. J'ai alors pensé que la meilleure solution était de simuler un accident tragique qui surviendrait ici. Pendant mon absence, naturellement.

— Vous ne pouvez pas faire ça !

— Il n'y a personne aux alentours pour alerter les pompiers, du moins avant qu'il ne soit trop tard. Vous avez raison, votre mari ou votre fille finiront par se mettre à votre recherche et ils trouveront... ce qui restera de vous. Excusez-moi de me montrer aussi brutal. Vous n'auriez pas dû compromettre mes plans, Anna. » Il plaça le réchaud sur un banc et le brancha dans une prise murale. Il ramassa ensuite les chiffons, les arrangea soigneusement ainsi que les journaux autour du réchaud, plaçant un morceau d'étoffe sur la résistance. « Là, fit-il. Ça devrait bientôt prendre. »

Le cœur battant à tout rompre, Anna sentit une colère surgir du fond d'elle-même, plus forte que sa peur. « Espèce d'ordure, ignoble individu, siffla-t-elle entre ses dents. Vous n'êtes qu'une brute immonde...

— Ne me parlez pas ainsi, Anna, la prévint-il sans perdre son calme.

— Ça ne vous suffisait donc pas d'abandonner mon fils sur la route pour qu'il y trouve la mort ? cria-t-elle. Lâche, salaud !

Edward pivota sur lui-même, les yeux étincelants. Il fit un pas vers elle et lui donna un coup de pied dans les côtes. Anna poussa un hurlement de douleur.

« Hurlez autant que vous le voulez, dit-il. Personne ne peut vous entendre. »

Il fit demi-tour, saisit sa valise et jeta un regard vers le grenier. « Adieu », dit-il à l'adresse du garçon. Paul cracha dans sa direction. Le jet de salive atterrit sur la manche d'Edward qui l'essuya promptement avec un Kleenex et jeta ensuite la boîte près du réchaud. Sans ajouter un mot, il sortit du moulin en refermant la porte derrière lui.

Etendue sur le côté, Anna examina le réchaud à l'autre bout de la pièce. La résistance commençait à rougir, une marque brune apparaissait sur le tissu sale.

La petite voix de Paul lui parvint d'en haut. « Est-ce qu'il t'a fait mal ? »

Malgré la douleur qui lui transperçait la poitrine, elle parvint à reprendre son souffle. « Je vais bien. Ne t'inquiète pas », dit-elle d'un ton paisible.

Lentement, péniblement, elle se traîna centimètre par centimètre sur le sol vers le réchaud menaçant. Le morceau de chiffon était noir à présent et une petite flamme courait sur le bord.

« N'aie pas peur, cria-t-elle à Paul. N'aie pas peur. »

23

Thomas prit sa valise et sa serviette sur le siège du taxi et se pencha pour régler le prix de la course.

« Merci, mon vieux, lui dit le chauffeur. Bonne soirée. »

Thomas regarda la voiture faire lentement marche arrière dans l'allée. Il se tourna vers la maison, s'attendant à voir Anna se précipiter sur le porche pour l'accueillir. Mais toutes les lumières étaient éteintes et il n'y avait aucune trace de sa présence, à l'exception de la Volvo garée dans l'allée. Il alla regarder par les fenêtres du garage et constata que sa propre voiture était à l'intérieur. Il s'avança alors d'un pas lent vers la porte et entra.

Il s'immobilisa un instant dans l'entrée. Ce n'était pas l'accueil qu'il avait imaginé, mais c'était peut-être celui qu'il méritait. « Anna », appela-t-il. Aucune réponse ne lui parvint.

Dans le salon, il alluma la lumière. Le crépuscule tombait. Il posa sa valise sur une chaise et parcourut la maison.

Une chance qu'il eût décidé de retourner à son hôtel après déjeuner pour y prendre des papiers. C'était à ce moment-là qu'on lui avait remis le message d'Anna concernant Paul. Saisi d'effroi en le lisant, il s'était sur le moment senti sans courage pour faire face à la réalité. Mais Anna avait besoin de lui, elle lui demandait de rentrer. Il n'avait pas mis longtemps à se décider. Quelques coups de téléphone avaient suffi à annuler les rendez-vous et à organiser son retour.

Il pénétra dans la cuisine, se dirigea directement vers le comptoir où Anna avait l'habitude de lui laisser un mot lorsqu'elle sortait. Rien. Aucune indication de l'endroit où elle avait pu se rendre.

Pendant un instant il eut l'impression de vivre un de ses cauchemars d'enfant ; toute la famille a disparu au retour de l'école. Il chassa l'image de son esprit, se souvint que Tracy était allée faire du bateau avec son amie, et décida de téléphoner chez la jeune fille. La mère de Mary Ellen lui répondit que le bateau n'était pas encore rentré et lui promit de dire à Tracy d'appeler son père dès son retour afin qu'il vienne la chercher.

Il dénoua sa cravate et prit une bière dans le réfrigérateur. Anna devait être avec les flics. Si Paul avait disparu, elle était partie sur-le-champ demander l'aide de Buddy. Ils avaient dû tous les deux se mettre à la recherche du garçon. Thomas avala une gorgée de bière. Durant tout le trajet dans l'avion qui le ramenait à New York, il n'avait cessé de se poser cette question : Paul avait-il décidé de s'enfuir ? Et derrière l'interrogation pointait le remords d'avoir peut-être provoqué cette décision par son attitude égoïste. Il pria en silence pour que sa femme et son fils franchissent la porte avant qu'il n'ait terminé sa bière, et composa le numéro du commissariat de police de Stanwich.

Le téléphone sonna cinq fois avant que la téléphoniste ne répondît. Exaspéré, Thomas demanda d'un ton cassant à parler à Buddy Ferraro.

L'inspecteur Buddy Ferraro était absent.

« Je suis M. Lange, expliqua Thomas. Je viens d'arriver de Boston. Pourriez-vous me dire ce qui s'est passé ?

— Marian Hammerfelt à l'appareil. J'étais présente lorsque votre femme est venue au commissariat. Votre fils a disparu à l'aéroport, ce matin.

— A-t-on pris des dispositions ? Buddy Ferraro est-il au courant ?

— L'inspecteur Ferraro était absent de Stanwich lorsque c'est arrivé. Il est revenu immédiatement après avoir été prévenu. Il m'a téléphoné de chez lui il y a quelques minutes. Je pense qu'il est en route pour le commissariat. Mais votre femme ne se trouve pas avec lui. Nous ne l'avons pas revue depuis ce matin. L'inspecteur Ferraro devrait être ici dans une vingtaine de minutes. Voulez-vous qu'il vous rappelle ? Ou dois-je lui dire de se rendre chez vous ? »

236

Thomas hésita. « Non, dit-il au bout d'un instant. Il faudra sans doute que j'aille chercher ma fille. C'est assez loin d'ici. Il est inutile qu'il se dérange. Demandez-lui de m'appeler, ça suffira. »

Thomas se sentait mal à l'aise dans son costume froissé et monta se changer. Leur chambre était toujours aussi agréable et ordonnée, un bouquet de fleurs sur la table de chevet. Thomas souleva la brosse en argent sur la coiffeuse, caressa lentement la surface polie du métal. C'était inhabituel de la part d'Anna de ne pas lui avoir laissé de message. Peut-être pensait-elle qu'il ne rentrerait pas, qu'il ne répondrait pas à son appel. Il se sentit une fois de plus bourrelé de remords pour le gâchis qu'il avait causé, et pris d'un furieux désir de se racheter.

Il laçait ses chaussures de tennis lorsqu'il comprit soudain où elle devait être. Elle ne prenait généralement pas la peine de lui laisser un mot lorsqu'elle se rendait chez Iris. Ça signifiait qu'elle serait de retour d'un instant à l'autre. C'était sûrement ça. Un immense soulagement l'envahit. Elle avait dû se rendre à pied chez les Stewart. Il se pencha en travers du lit et prit le téléphone sur la table de chevet. Le numéro des Stewart était inscrit sur le cadran, avec celui de la police et des pompiers. Il le composa, impatient d'entendre la voix d'Iris et de lui demander d'annoncer son retour à Anna. Il laissa sonner plusieurs fois avant de se résigner. Il n'y avait personne.

Peut-être était-elle avec Iris à la recherche de Paul ? C'était une possibilité. A moins qu'elles ne soient toutes les deux dehors ? Au bord de la piscine, par exemple. Mais le jour tombait à présent, et il faisait plus frais. Cela sentait déjà l'automne. Il se dirigea vers la fenêtre entrouverte et la referma. Voyons. Anna n'était certainement pas en train de se prélasser près de la piscine alors que Paul avait disparu. Il envisagea de se rendre lui-même jusqu'à la maison des Stewart. Si Iris était chez elle, elle saurait peut-être quelque chose. Puis il songea à Edward. L'idée de se trouver nez à nez avec lui le séduisait autant que d'attraper la jaunisse.

Thomas retourna s'étendre sur le lit. Tracy pouvait téléphoner d'une minute à l'autre et il avait promis d'aller la chercher. Buddy aussi devait appeler. Essaie de te reposer, se dit-il. Tu n'as rien d'autre à faire. Si tu dors un peu, Anna sera peut-être de retour à ton réveil. Il ferma les yeux. Une veine se mit à battre sur son front. Calme-toi, se répéta-t-il, le téléphone va sonner d'un instant à l'autre.

Progressant par mouvements de reptation, Anna se traîna sur les dalles pour atteindre le réchaud. Le sol était jonché des débris inflammables rassemblés par Edward, qu'elle dut écraser sur son passage, se piquant aux éclats d'une coque de bateau, s'emmêlant dans les chiffons. Elle se fraya un chemin au milieu des papiers, se meurtrit le côté droit sur la masse froide d'un marteau. Ses pieds se prirent dans une chaise qui se renversa, entraînant dans sa chute un carton rempli de petites voiles. Les minuscules triangles de soie vinrent se poser sur la résistance rougeoyante du réchaud où elles brûlèrent, petites lueurs fantastiques, avant de se transformer en cendres.

Des langues de flammes couraient le long de la lisière du tissu noirci qu'Edward avait posé sur le réchaud, menaçant d'atteindre le centre du chiffon. Anna hésita, tentée d'aller éteindre le chiffon, mais elle se trouvait plus près du cordon électrique. Elle regarda la prise. En levant la tête suffisamment haut pour saisir le cordon entre ses dents, elle parviendrait à la décrocher. La perspective de prendre le fil électrique dans sa bouche la glaçait d'effroi, mais le feu gagnait tout le chiffon à présent. Il fallait débrancher le réchaud.

« Que fais-tu ? demanda Paul.

— Courage, chéri. Je vais débrancher le réchaud.

— Fais attention ! » cria-t-il.

Anna regarda le cordon avec détermination. Puis, dressée sur un coude, elle le prit entre ses dents et le coinça entre son menton et son épaule. Allons-y. Attention de ne pas mordre le fil.

Elle ferma les yeux et s'écarta du mur. La prise résista un moment avant de céder. La violence du mouvement fit basculer le réchaud. Il tomba du banc et se retourna contre la pédale de la machine à coudre.

Anna rejeta vivement le cordon. « J'y suis arrivée ! cria-t-elle. J'ai enlevé la prise.

— Bravo, Maman ! »

Anna éprouva un moment de bonheur intense en l'entendant l'appeler Maman. « Maintenant, il faut brûler mes liens contre la résistance, avant qu'elle ne refroidisse.

— Sois prudente.

— Il faut d'abord que j'éloigne ce damné chiffon. »

Les bords du chiffon étaient en flammes. Elle n'avait pas le choix. Se libérer de ses liens risquait de prendre un certain temps et tant qu'elle n'aurait pas éteint ce chiffon, Paul et elle seraient en danger. Elle s'occuperait ensuite des cordes qui lui sciaient les poignets. Il lui fallait étouffer les flammes sans attendre, et il n'existait qu'un seul moyen de le faire. Elle se rapprocha du tissu enflammé, déterminée à l'écraser sous son corps.

Les muscles bandés, elle se prépara à rouler sur elle-même. Elle espérait pouvoir réussir en une seule fois. Elle murmura une prière et recula pour prendre de l'élan.

Les flammes se rapprochèrent soudain de la tache brune, au centre du chiffon qui s'enflamma d'un coup, projetant au travers de la pièce des parcelles embrasées.

Le visage brûlant sous la chaleur soudaine, Anna s'écarta avec un cri.

« Que s'est-il passé ? s'exclama Paul.

— Le chiffon, haleta-t-elle. Il a pris feu. »

Les flammèches, s'envolèrent un peu partout dans la pièce. Les unes s'éteignirent d'elles-mêmes sur le sol avec un sifflement. D'autres atteignirent des boîtes, des bouts de tissu, des piles de papier. L'une d'elles se posa sur un balai dressé contre le mur, mettant le feu aux soies, sous les yeux d'Anna impuissante. Le feu se propageait autour d'elle. La fumée commençait à se répandre à l'intérieur du moulin.

Les doigts d'Edward tremblaient en nouant sa cravate, pourtant il se sentait relativement calme. La sonnerie du téléphone, un moment auparavant, l'avait troublé, mais il n'avait pas répondu. C'était plus prudent. La personne qui appelait pourrait témoigner qu'il n'était pas chez lui lorsqu'elle avait tenté de le joindre. Il enfila sa veste, vérifia sa tenue dans la glace. Il aimait dîner au club sans Iris. Elle avait un air négligé qui lui faisait honte lorsqu'ils traversaient la salle à manger. Ce soir, tout serait parfait. Il allait dîner, boire, rencontrer des gens, et lorsqu'il rentrerait chez lui, tous ses problèmes seraient réduits en cendres ; le moulin transformé en brasier. A l'intérieur, les enquêteurs trouveraient les restes de la mère et du fils, victimes d'un terrible accident. Il n'y aurait aucune trace de leurs liens calcinés par l'incendie.

Provoquer l'accident sur sa propre propriété était un pari osé, mais il avait finalement décidé que c'était le bon choix. L'intrusion d'Anna au beau milieu de son plan initial l'avait mis hors de lui, et il avait d'abord pensé à se débarrasser de deux cadavres au lieu d'un seul. Mais plus il y pensait, plus il lui semblait préférable qu'on les trouvât morts sur place. En dehors du fait qu'il n'avait aucun motif aux yeux de quiconque pour avoir agi ainsi, il était sûr que personne ne l'imaginerait capable de mettre le feu à sa propre maison. Tous ceux qui le connaissaient savaient à quel point il était attaché à ce moulin. A dire vrai, son seul regret était d'être obligé de le sacrifier pour faire disparaître ce garçon et sa mère.

Les Lange étaient exactement le genre de gens à venir rôder sur la propriété, à entrer dans le moulin. Leur manque d'éducation les portait à débarquer chez vous à l'improviste. Iris pourrait facilement en témoigner. Et Edward dirait qu'il avait autorisé l'enfant à utiliser son atelier lorsqu'il en avait envie. Il serait à l'abri de tout soupçon. Une victime, en fait, de leur négligence.

Il jugea qu'il était temps de quitter la maison. Il prit les clefs de la Cadillac sur la commode, ouvrit le tiroir. A l'intérieur se trouvait sa pince à billets en or et un portefeuille en cuir garni d'argent liquide. Il glissa quelques billets dans la pince, mit le tout dans une poche, éteignit la lampe, sortit de la chambre et se dirigea vers l'escalier. Il l'avait à moitié descendu lorsqu'il entendit frapper à la porte d'entrée.

Il faillit ne pas répondre, espérant que l'importun allait repartir. Mais s'il faisait le tour par l'arrière de la maison ? Bien qu'il doutât que le feu fût déjà visible, Edward ne pouvait courir ce risque. Il descendit rapidement les dernières marches et jeta un coup d'œil par l'une des fenêtres de l'entrée. Il n'y avait aucune voiture dans l'allée. S'avançant à pas feutrés jusqu'à la porte, il écarta légèrement les rideaux qui encadraient les vitraux et regarda à l'extérieur.

Thomas Lange se tenait sur le porche.

L'effroi lui glaça le cœur. Il sentit la sueur inonder son front. Qu'est-ce que Thomas venait faire ici ? Edward se redressa, puis il ouvrit la porte.

« Thomas, dit-il aimablement. Que puis-je faire pour vous ? J'étais sur le point de partir.

— Puis-je entrer un instant ? Je suis si heureux de vous trouver chez vous. »

Edward regarda ostensiblement sa montre. Mais Thomas était trop agité pour s'en apercevoir. Il passa devant lui et entra dans le salon.

« Je vous croyais en voyage, dit Edward. Ce matin au téléphone, Anna m'a dit qu'elle s'apprêtait à aller vous voir à l'aéroport avant votre départ.

— Je suis allé à Boston, mais j'ai reçu un message d'Anna à mon hôtel, m'annonçant que Paul avait à nouveau disparu. Je suis rentré immédiatement. Et je ne trouve pas Anna, non plus.

— Oh, elle ne doit pas être bien loin, dit calmement Edward.

— J'ai essayé en vain de dormir un peu en l'attendant. Et puis, je me suis dit qu'Iris et vous étiez peut-être au courant de ce qui s'était passé ; que vous saviez où se trouvait Anna.

— Iris est partie pour quelques jours. J'ai aperçu Anna au début de l'après-midi, mais pas depuis.

— Que désirait-elle ? demanda Thomas.

— Elle cherchait Paul. Mon Dieu, quelle épreuve pour vous tous ! »

Thomas fronça les sourcils.

« Qu'y a-t-il ? demanda Edward.

— J'ai téléphoné avant de venir ici. Personne n'a répondu.

— Je suis sorti à plusieurs reprises, expliqua Edward en regardant à nouveau sa montre.

— Je crains de vous mettre en retard, dit Thomas. Je vais rentrer.

— Non, non. Pas du tout, dit Edward, craignant soudain que Thomas ne sentît la fumée s'il rentrait chez lui. Ecoutez, j'ai une idée. Pourquoi n'irions-nous pas ensemble chercher Anna en ville ? Je suis sûr que vous n'êtes pas en état de conduire. »

Tom fut surpris par cette offre. « Je ne veux pas vous déranger. Et nous ignorons où la chercher.

— Ça ne me dérange pas du tout. Je serai vraiment heureux de pouvoir vous aider.

— Impossible. Je dois aller chercher Tracy.

— Nous pouvons la prendre en chemin. Nous passerons ensuite par le commissariat pour voir s'ils ont des nouvelles de Paul. »

Thomas hésita. Il eut soudain l'air exténué. « Vous avez raison, dit-il. Je ne peux pas rester à la maison, à côté du téléphone. Je deviendrais fou. »

Edward entraîna Thomas dans la direction du garage. « Vraiment, j'ai scrupule à vous obliger à changer vos projets, dit encore Thomas.

— J'allais simplement dîner à mon club », dit Edward. Il regarda en arrière vers le moulin. La fumée n'avait pas encore commencé à s'élever. « Croyez-moi, je peux m'y rendre n'importe quand. On n'a pas souvent l'occasion d'aider un ami en difficulté. » Ils pénétrèrent dans le garage. Edward ouvrit la porte de la Cadillac du côté passager. Thomas s'installa dans la voiture. Edward lui semblait toujours aussi chaleureux qu'un glaçon, mais au moins faisait-il un effort.

Un sentiment de fierté et de profonde satisfaction emplit Edward pendant qu'il se glissait derrière le volant. Ces gens-là sont si simples, pensa-t-il. De vrais moutons.

La voiture roula silencieusement hors du garage et longea l'allée.

La chaleur allait en augmentant à l'intérieur du moulin. Avec l'audace du désespoir, Anna roula sur le sol vers le réchaud, étouffant les flammes sous son corps. Se hissant contre le pied de la machine à coudre, elle chercha à atteindre la résistance dans son dos. Elle sentit une brûlure sur ses doigts, mais c'était sans importance, désormais. Elle maintint ses liens contre la plaque.

« Je vous en prie, mon Dieu », murmura-t-elle au moment où un chiffon enflammé transformait en torche une chaise en rotin près de l'établi.

Elle tordit ses poignets contre le réchaud, tirant et distendant les cordes qui les liaient. Il devenait difficile de respirer dans la fumée qui envahissait la pièce.

« Maman, gémit Paul. Au secours ! » Elle l'entendit tousser.

Le balai tomba sur le sol, mettant le feu à une pile de carnets. Anna essaya de séparer ses mains l'une de l'autre, mais la résistance n'était plus assez chaude.

« Maman ! » cria à nouveau Paul.

Ne renonce pas, s'ordonna-t-elle. Il a besoin de toi. Ne te laisse pas aller. La scène qui s'offrait à ses yeux était une vision d'enfer. Elle rassembla ses forces. « Essaie de couvrir ton nez et ta bouche, cria-t-elle,

cherchant à se faire entendre par-dessus les crépite-
ments. Essaie de ne pas respirer la fumée. »

Elle sentait les gouttes de sueur s'évaporer sur ses
joues. Ses yeux s'embuèrent. Etait-ce la fumée ou le
désespoir ?

« M'entends-tu ? cria-t-elle. Paul ! » Aucune
réponse ne lui parvint du grenier.

24

« Je suis certain qu'il existe une explication très
simple, dit Edward en s'engageant dans la longue
allée de sa propriété. Telle que je connais Anna, elle
n'a pas pu rester inactive. Elle a dû partir à la recherche de Paul.

— Attendez, dit soudain Thomas. Arrêtez la voiture ! Le téléphone sonne chez vous.

— Vous entendez des voix, dit Edward en
appuyant sans conviction sur le frein.

— Je vous assure que le téléphone sonne.

— Oh ! ce sont sans doute les Alison. Nous devions
dîner ensemble au club. Peu importe. Ils rappelleront
plus tard.

— C'est peut-être Anna, dit Thomas. Il faut que
vous répondiez ! »

Avant qu'Edward ait pu faire un geste, Thomas
avait sauté hors de la voiture et piqué un sprint vers la
maison. Edward tira le frein à main et courut derrière
lui.

« Je suis sûr que c'est Anna, dit Thomas en collant
son oreille contre la porte d'entrée. Ouvrez vite. »

Edward jeta un coup d'œil dans la direction du
moulin. Une mince colonne de fumée s'élevait dans
l'air.

« Ne soyez pas ridicule, dit-il.

— Elle a peut-être besoin de moi. A moins qu'elle n'ait eu un accident. Ouvrez la porte.

— Vous ne trouvez pas que vous exagérez, dit sèchement Edward.

— Vous avez dit que vous souhaitiez m'aider, fit Thomas d'une voix coupante. Si c'est vrai, ouvrez cette satanée porte avant que je ne casse la fenêtre. »

Les deux hommes se toisèrent pendant un moment. Edward fit un effort violent pour contenir sa fureur et ne pas frapper le visage de Thomas. Si cet imbécile brisait une fenêtre, il déclencherait l'alarme au commissariat de police, qui enverrait sur-le-champ une patrouille. Le téléphone continuait à sonner avec insistance. S'il donnait satisfaction à Thomas, il aurait encore le temps de se débarrasser de lui avant qu'il ne soit trop tard. « Votre conduite est insensée, Thomas », dit-il en introduisant la clef dans la serrure.

Tom l'écarta brusquement pour pénétrer dans la maison et se précipita vers le téléphone. Il tendit le récepteur à Edward.

« Monsieur Stewart, dit Tracy à l'autre bout du fil. Excusez-moi de vous déranger, mais savez-vous où sont mes parents ? Personne ne répond à la maison.

— Un moment », répondit Edward. Il se tourna vers Thomas.

« C'est pour vous. »

Thomas lui arracha littéralement le téléphone des mains et cria : « Allô ! » tandis qu'Edward retournait dans le hall. Il n'y avait pas de temps à perdre. Pas une minute. Il fallait que Thomas sorte d'ici avant que les flammes ne soient visibles. Edward regarda sa montre.

« Je suppose que Tracy veut qu'on la ramène chez elle. Nous allons passer la chercher. »

Thomas ne répondit pas. Il passa devant Edward et attendit au bord de l'allée que ce dernier ait refermé la porte d'entrée.

« Ecoutez, Edward, dit-il. Je vous remercie de votre proposition, mais je suis capable de conduire à pré-

sent. J'irai prendre Tracy chez ses amis et nous parti-
rons ensuite ensemble à la recherche d'Anna. »

Edward s'apprêta à protester, mais il se ravisa.
Pourvu que Thomas quittât la maison, tout lui était
égal. « Laissez-moi au moins vous reconduire chez
vous, dit-il en ouvrant la porte de sa voiture.

— Je préfère rentrer à pied. Je ne veux pas vous
déranger davantage.

— Ne soyez pas stupide. Laissez-moi vous reconduire. C'est sur mon chemin.

— Partez sans m'attendre. La marche me fera du
bien.

— Montez dans ma voiture. Ne vous faites pas
prier.

— Ce n'est pas bien loin. Je traverserai par-
derrière. »

Il devait convaincre Thomas. Il ne pouvait pas le
laisser prendre le raccourci. La fumée était trop visible. « Je préfère vous reconduire, dit-il sèchement.

— Ecoutez, j'aime mieux pour ma part rentrer à
pied. Je pense que j'ai déjà abusé de votre amabilité. »
Il se dirigea vers l'arrière de la maison.

Edward cria : « Comment osez-vous ? »

Thomas s'arrêta brusquement.

« Comment osez-vous vous introduire chez moi à
tout moment, parcourir ma propriété chaque fois que
ça vous chante ? Vous et votre famille, vous prenez
cette maison pour un jardin public. Je ne le tolérerai
pas davantage ! »

Pauvre imbécile, prétentieux et arrogant, songea
Thomas. Voilà donc ce que vous appelez aider un
voisin. Je sais maintenant quels sont vos véritables
sentiments envers nous. C'est bien ce que je soupçon-
nais.

Il n'y avait qu'une façon de réagir à l'accès de colère
de ce snob. Le calme et la réserve. « Désolé, mon cher
voisin, dit Thomas. J'ai justement envie de prendre ce
raccourci. »

Et d'un pas décidé, il entreprit de contourner la
maison.

Edward se précipita derrière lui. « Arrêtez immédiatement ! »

Thomas fit encore quelques pas, puis s'arrêta. Lentement, il se retourna et fit face à Edward.

Les deux hommes se mesurèrent du regard. Puis Thomas dit calmement : « On voit de la fumée dans la direction de votre moulin. On dirait qu'il y a le feu. »

Les traits d'Edward se décomposèrent. « Vous rêvez, dit-il. Sortez de ma propriété.

— Vous ne voulez même pas aller voir ?

— Non. Vous êtes complètement fou.

— Pas du tout, dit Thomas. Pourquoi vouliez-vous m'empêcher de passer par là ? »

Soudain, Edward se rua sur Thomas, le saisissant par le col de sa chemise, et se mit à le frapper, les yeux étincelants.

Un instant déséquilibré, Thomas rassembla ses forces et envoya son agresseur par terre d'un swing du droit. Avant qu'Edward ne pût se relever, il disparut derrière la maison. Il voyait distinctement les volutes de fumée grise qui se détachaient sur le ciel assombri de la fin du jour. Il se mit à courir.

Le sang battant à ses oreilles, son cœur tambourinant dans sa poitrine, il vola littéralement jusqu'au fond du parc, sautant par-dessus un muret de pierre, trébuchant, reprenant sa course.

Un rideau d'arbres dissimulait le moulin, mais on entrevoyait par-delà une lueur inhabituelle. Thomas poursuivit sa course, puis s'arrêta brusquement.

Sam, le chat de Paul, se faufilait dans l'herbe près de la porte du bâtiment en feu. L'animal se retourna à l'approche de Thomas et le regarda de ses grands yeux.

Des flammes léchaient les encadrements des lucarnes d'où s'échappait la fumée. L'entourage de la porte commençait à noircir. Tom entendit des craquements à l'intérieur et le son étouffé d'une voix familière qui lui glaça le cœur.

« Anna ! » Il se rua vers la porte.

La chaleur et la fumée se répandirent à l'extérieur,

lui noircissant le visage. Dans le moulin, les flammes dévoraient tout le bric-à-brac entassé dans la pièce, léchaient les murs. L'atmosphère était opaque.

« Anna ! hurla Thomas. Anna ! »

A travers le rugissement de l'incendie, il perçut un cri rauque et se jeta à l'intérieur de la pièce, renversant des débris enflammés sur son passage, repoussant les flammèches qui s'accrochaient à ses vêtements. « Anna ! Où es-tu ? »

Ses yeux s'accoutumèrent peu à peu à la scène d'enfer qui l'entourait et il distingua une forme sombre repliée sur elle-même. Ligotée, recroquevillée dans l'angle de la pièce, l'une de ses manches déjà en feu, Anna leva vers lui un regard absent, puis ses yeux se révulsèrent. Thomas s'agenouilla, entoura sa femme de ses bras pour la soulever. Il voulut dénouer les liens qui lui enserraient les poignets. La voir ainsi attachée le révoltait. Mais le feu se propageait et il se mit à tousser, à moitié asphyxié par la fumée.

Il regarda en direction de la porte. Une barrière incandescente s'élevait devant lui qu'il lui faudrait contourner pour sortir. Serrant Anna contre lui, Thomas se redressa avec précaution, vacillant sous le poids de son fardeau. Les flammes le cernaient de toutes parts, dévoraient tout sur leur passage, attisées par les vapeurs d'essence.

Thomas se fraya un chemin à travers la fournaise en direction de la porte. Il s'efforça d'éviter les projectiles enflammés qui menaçaient de les atteindre Anna et lui, insensible aux brûlures laissées sur sa peau par les flammèches qui le cinglaient au milieu du brasier.

Sur le seuil du moulin, une coque de bateau embrasée tomba devant ses pieds. Tom fit un bond en arrière, l'enjamba et se retrouva dehors sur la pelouse. Titubant, il s'éloigna du moulin, tomba à genoux et chercha à reprendre haleine après avoir déposé Anna sur l'herbe. La jeune femme gémit. Tom se tourna vers elle et posa sa tête sur sa poitrine. Elle toussait et respirait bruyamment, mais sans difficulté. Il commença à détacher ses liens.

Anna remua en sentant qu'on la libérait. Ses yeux s'ouvrirent et elle se tourna vers le visage noirci de son mari qui souriait au-dessus d'elle.

« Tu n'es pas blessée ?

— Paul », murmura-t-elle d'une voix rauque.

Thomas la regarda sans comprendre. Une terreur panique se lisait soudain sur ses traits. « Tom, Paul est dans le moulin.

— Je ne l'ai pas vu. »

Elle l'agrippa par sa chemise. « Dans le grenier ! »

Thomas se releva d'un bond et courut jusqu'à la porte du moulin. Anna vit les flammes qui jaillissaient par les fenêtres et embrasaient la porte tandis que la fumée s'échappait à l'extérieur.

Elle porta les mains à sa bouche, vit son mari hésiter, puis plonger à nouveau dans l'enfer de l'incendie. Les larmes se mirent à rouler sur ses joues noircies.

Il fallut plusieurs secondes à Edward pour réaliser qu'il était perdu. Thomas allait découvrir sa femme et son fils enfermés dans le moulin. Il ne pouvait pas les tuer tous. Plus maintenant.

Essuyant son visage avec sa manche, il reprit d'un pas hésitant le chemin de la maison. Il allait tout perdre. Son plan si bien conçu était réduit à zéro et il n'avait pas le temps d'en élaborer un autre. La fuite était son seul espoir. Il se précipita à l'intérieur de la maison ne sachant quoi emporter. Il lui fallait de l'argent. Il ouvrit le tiroir de la commode, entassa les billets dans les poches de son pantalon. Il songea ensuite à ses bateaux, saisit la valise remplie de maquettes qu'il transporta en bas de l'escalier, s'accrochant à la poignée comme à une bouée de sauvetage. Dans le hall, il s'arrêta, parcourant des yeux tous les objets de prix qui faisaient sa fierté. Puis il se força à reprendre sa marche.

Au pas de course, il regagna sa voiture stationnée

dans l'allée, mit le contact et appuya sur l'accélérateur. La voiture bondit en avant et fonça à travers le parc.

Au bout de l'allée, la Cadillac encore en pleine vitesse décrivit une large courbe, empiétant sur le milieu de la route. Edward jeta un coup d'œil sur sa droite. A une centaine de mètres, une voiture de police arrivait à toute allure.

Edward manœuvra désespérément le volant pour revenir sur le bon côté de la route, mais ne parvint qu'à amorcer un tête-à-queue. La voiture de police ne put éviter la Cadillac et les deux véhicules entrèrent en collision.

Etourdi par la violence du choc, Edward vit la portière de la voiture de police s'ouvrir. Il retrouva immédiatement ses esprits. Passant en marche arrière, il appuya sur l'accélérateur pour se dégager, puis repassa brutalement en marche avant et braqua le volant afin d'éviter un nouveau heurt. Edward reconnut Buddy Ferraro, l'inspecteur qui était toujours fourré chez les Lange. Il lança son moteur et la Cadillac bondit, manquant de peu l'inspecteur qui se tenait debout au milieu de la chaussée, la main levée.

« Halte ! » cria le policier. Edward ignora son injonction. Il accéléra et prit rapidement de la distance. La détonation d'un pistolet retentit, mais Edward n'y prêta pas attention. Il avait les yeux fixés sur le carrefour au bout de la route. L'embranchement de l'autoroute n'était pas loin.

Il sentait la peur le gagner à présent. Tu as tout perdu, se dit-il, la gorge serrée par l'angoisse. Soudain, il crut voir un enfant devant lui qui le regardait de ses yeux innocents et étonnés. Il fut pris d'une nausée, mais ne relâcha pas la pression de son pied sur la pédale. Il ne pouvait plus s'arrêter désormais. Il était trop tard. Il avait toujours été trop tard.

Il entendit une autre détonation et le mirage de l'enfant disparut. Avec une soudaine bouffée d'exaltation, il accéléra de plus belle avant de percevoir le choc du pneu qui éclatait à l'arrière. La Cadillac se mit en travers de la route. Comme si toute la scène se déroulait au ralenti, Edward se rendit compte que la lourde et puissante voiture échappait à son contrôle.

Je vais trop vite, pensa-t-il. Il essaya de bloquer les freins mais, lancée à pleine vitesse, la voiture ne fit que déraper et sortit de la route.

Un grand orme au feuillage épais se dressait sur sa trajectoire, à l'entrée de Hidden Brook Lane. Edward vit l'aigle doré qui surmontait son capot foncer sur l'arbre. L'oiseau percuta le tronc de l'arbre, se détacha de la calandre, rebondit par-dessus le capot et le pare-brise réduits en bouillie.

En voyant l'arbre arriver sur lui, Edward eut une dernière pensée. Il allait se diriger vers la côte Est, et s'embarquer à bord d'un voilier. Une fois au large, il s'emparerait du bateau. Il serait le plus grand capitaine qui ait jamais existé. L'Océan lui appartiendrait.

« Il sera à moi ! » s'écria-t-il, au moment où la colonne de la direction lui défonçait la poitrine.

Je n'aurais jamais dû le laisser retourner dans le moulin, pensa-t-elle. Il n'en sortira pas vivant. Je vais les perdre tous les deux. Il faut que j'aille le chercher.

Elle parvint à se dresser sur les mains et les genoux. Sa tête pesait comme un boulet. Elle essaya de se traîner vers le bâtiment en feu, tomba de tout son poids au bout de quelques mètres.

Puis elle songea à Tracy. Il lui restait une fille qui avait besoin d'elle. Peut-être Dieu l'avait-il épargnée pour Tracy. Sauvez-les, mon Dieu, sauvez-les !

Anna gémit en voyant une autre fenêtre s'embraser sur la façade du moulin. Elle fit une nouvelle tentative pour se lever. On n'entendait pas un son qui indiquât une présence humaine dans le moulin.

Quelque chose la poussait à y retourner. Une partie d'elle-même voulait se plonger dans les flammes comme une veuve éplorée se jette sur le bûcher funéraire. Ce serait le moyen d'en finir avec ce cauchemar.

« Tom ! » gémit-elle. A nouveau, la pensée de Tracy la retint.

Au loin s'élevait la plainte lancinante des sirènes des pompiers. Anna les entendit hurler de plus en plus distinctement sans saisir qu'elles se dirigeaient vers elle.

Soudain, dans l'encadrement de la porte du moulin, apparut une silhouette sombre, courbée en deux sous le poids d'un corps. Anna laissa échapper un cri de soulagement à la vue de son mari qui venait vers elle, haletant, le visage noirci par la fumée.

« Tom, cria-t-elle en se mettant debout. Chéri ! »

Puis elle fixa son regard sur Paul. Il paraissait sans vie. Sa tête ballottait, inerte, tandis que Thomas l'emportait à l'écart de l'incendie. Il posa doucement son fils sur le sol. « Il est vivant. Crois-moi. Il vit. »

Elle se couvrit la bouche de ses deux mains et tomba à genoux tandis que Thomas se penchait sur Paul et tentait de le ranimer. Incapable de bouger, Anna le vit appliquer sa bouche sur celle de son fils et lui insuffler son propre souffle. A la dixième tentative, la poitrine du garçon se souleva. Thomas leva les yeux et croisa le regard de sa femme.

Elle fit un signe de la tête, posa une main sur le bras de son fils pendant que Thomas se penchait pour pratiquer encore une fois le bouche-à-bouche. Bientôt, la poitrine de l'adolescent se souleva et s'abaissa à un rythme régulier ; un semblant de couleur apparut sur ses joues.

Des bruits de voitures se rapprochaient. Les pompiers et l'ambulance que Buddy avait prévenus par radio s'engageaient dans l'allée des Stewart.

« Tom, il revient complètement à lui ! » s'écria Anna en voyant Paul se tourner vers elle. Thomas se redressa. Ils dirigèrent tous les deux un regard inquiet vers leur fils et lui sourirent.

« Comment te sens-tu ? » demanda Anna.

Paul hocha la tête et se mit à tousser comme s'il perdait sa respiration.

« Il s'étouffe, dit Anna en saisissant le bras de Thomas.

— Non, mais il faut qu'il se débarrasse de toute cette fumée. » Thomas prit la main de Paul entre les siennes. « Ça va passer, dit-il. Tu ne te laisses pas facilement abattre, hein ? Un vrai dur ! »

Paul eut un faible sourire et serra les doigts de son père. Thomas contempla Anna avec amour. « Il doit tenir ça de toi », dit-il. Il s'approcha de l'oreille du garçon. « Nous allons t'emmener à l'hôpital, ne t'inquiète pas », dit-il tandis que les voitures de pompiers et l'ambulance stoppaient sur la pelouse.

Paul ferma les yeux. Thomas observa le visage de son fils et eut un soupir. « Je me demande ce qu'il tient de moi. »

Anna l'entoura de son bras tout en contemplant son fils qui respirait calmement. « Tout ce qu'il a de meilleur », dit-elle.

Composition réalisée par JOUVE

Imprimé en France sur Presse Offset par

BRODARD & TAUPIN

GROUPE CPI

La Flèche (Sarthe).
N° d'imprimeur : 3609 – Dépôt légal Édit. 5757-09/2000
LIBRAIRIE GÉNÉRALE FRANÇAISE - 43, quai de Grenelle - 75015 Paris.
ISBN : 2 - 253 - 04733 - 3

◈ 30/7531/4